Collins · Fuckwoman

Warwick Collins

FUCKWOMAN

Der Roman

Aus dem Englischen von Uda Strätling

Verlag Antje Kunstmann

Die Originalausgabe erscheint unter dem Titel *F***Woman* bei
Sinclair-Stevenson, London 2002
Umschlaggestaltung: Michel Keller, unter Verwendung einer
Ilustration von 2-D Graphics
Typografie + Satz: Frese · Werkstatt, München
Druck und Bindung: Pustet, Regensburg
ISBN 3-88857-294-9
1 2 3 4 5 • 04 03 02

Die meisten Menschen halten Hollywood für böse, aber das stimmt nicht. Hollywood ist falsch. Das ist nicht dasselbe. Die großen Weltreligionen haben die Seele erfunden, das heißt den Kern, das innerste Wesen des Menschen. Hollywood hat Bild und Image erfunden. Also das Gegenteil von Seele. Das Nicht-Wesen.

E. Remington Nesbit

Betrachtet man die Architektur der Stadt Los Angeles genauer, so springt eigentlich kein Stil besonders ins Auge. Den spanischen Kolonialstil hat sich die Stadt ebenso einverleibt wie eine ganze Melange anderer Stilrichtungen, und heute gibt es neben vielen Pseudostilen eben auch einen pseudospanischen Stil. Eine solche Architektur kennt nur eine Funktion: Sie soll beeindrucken – wie einst die gotischen Kathedralen Europas.
Der Glaube als solcher lebt in den Herzen und Köpfen der Menschen; die gotischen Kathedralen waren lediglich Symbole sakraler Macht, Ausdruck eines ungeheuren Geltungsanspruchs. In Los Angeles soll alles beeindrucken, das gilt auch für die Menschen. Es zeigt sich im Körperkult, der makellos gebräunten Haut, den stets wechselnden Fitness- und Wellnessmoden, den Muscle Men am Strand von Santa Monica. Los Angeles ist Travestie, ist Groteske, eben durch und durch Gothic. *Man mag das als falsch bezeichnen. Ich würde es anders ausdrücken, ich würde sagen, das Falsche, das Pseudohafte der Stadt ist echt.*

Helen A. Brinkman

1

Es ist und bleibt wahr, daß eine Gesellschaft bar aller spirituellen Werte notgedrungen nach mythischen Helden verlangt.

In den Räumen der Los Angeles *Angel Times* hätte eine Filmeinstellung – als langsame Fahrt durch die Nachrichtenredaktion angelegt, unter den Pendelleuchten hindurch und an den grünmetallenen Schreibtischen der emsig beschäftigten Journalisten vorbei – den Eindruck erweckt, daß die Menschen eine untrennbare Einheit mit ihren Computern bildeten und sonst in ihnen kein Leben war. Sie alle fütterten die Maschine, den großen Nachrichtenmoloch, und er forderte ihnen alles ab. Er sog ihnen das Mark aus. Anschließend gingen sie nach Hause und suchten sich irgendwie zu regenerieren, um am späten Vormittag oder frühen Nachmittag zurückzukehren (denn der Tagesrhythmus des Journalisten unterscheidet sich von dem der Normalsterblichen) und erneut von der Maschine leergesogen zu werden. Und wenn ein Gedanke vor allem den Chefredakteur und seine Kollegen in Schrecken versetzte, dann war er nicht schwarz, sondern weiß, vom ewigen Weiß leerer Seiten, Seiten, die darauf warteten, sich mit Druckerschwärze zu füllen.

An diesem wie an anderen Tagen saßen die Journalisten vor den Laptops auf ihren Schreibtischen. Über den meisten Plätzen hingen von Deckenhaltern TV-Monitore herab. Denn wir leben im visuellen Zeitalter, und der Zunft hat sich eine neue Dimension eröffnet. Zwar pflegten die Vertreter der Presse in ihrer ausschließlichen Konzentration auf das geschriebene Wort eine ältere Kunst, und das nicht ohne Stolz. Doch half auch der Stolz nichts gegen die andere Grundangst des Zeitungsgewerbes: daß nämlich das Fernsehen die Themen vorgab und man selbst lediglich den Hintergrund ausmalte, hier ein Detail, dort einen Kommentar hinzufügte.

Alles nur Subtext zur Story des Tages. Das war das Dilemma. Beim Gang durch die Nachrichtenredaktion hätte man hier und da Bruchstücke von Gesprächen zwischen Journalisten oder hastig ausgetauschten Informationen aufschnappen können, aber es waren die TV-Monitore, die den Diskurs bestimmten. Und selbst wenn es ein unzusammenhängender war, drehte sich letztlich alles im Raum darum.

Dieser narrative Diskurs war nicht immer auf Anhieb auszumachen: »*Anhaltend zähfließender Verkehr in Pacific Palisades*«, »*Smogwarnung für alle Routen von Encino stadteinwärts*«. Aber er war da, verbarg sich im Wust unspektakulärer Meldungen, und hatte man ihn einmal herausgehört, war er nicht zu verkennen.

An diesem Spätsommertag lief auf einem der TV-Monitore Channel 23, und zunehmend übertönte er alle anderen Redaktionsgeräusche. Die Fernsehreporterin eines Lokalsenders sprach mit Dr. James Holocenter, Psychiater und Kriminologe im Dienste der Polizei von Los Angeles, über Selbstjustiz.

Steif saß der hagere Kriminalpsychologe in seinem Büro der Polizeisonderbehörde in der City Hall auf einem Stuhl mit extrem hoher Rückenlehne. Die Interviewerin, eine junge Frau namens Jill Everhart, fragte: »*Dr. Holocenter, was sagen Sie zu Bürgern, die Selbstjustiz üben? Ist ein ungesetzliches Vorgehen vertretbar, wenn es der Gerechtigkeit dient?*«

Der namhafte Kriminalpsychologe gab sich zunächst gönnerhaft, als übe er Nachsicht mit einer übergescheiten Studentin: »*Nun, das hängt wohl davon ab, was man unter ›Selbstjustiz‹ versteht. Ich denke, da muß man von Fall zu Fall abwägen. Ein Bürger, der von seinem Recht zur vorläufigen Festnahme Gebrauch macht, sorgt damit für Recht und Ordnung. Und wer beim Nachbarn einen Einbruch beobachtet und meldet, trägt quasi sein ziviles Scherflein zum Schutze des Rechtsfriedens bei.*«

»*Schön und gut*«, entgegnete Miss Everhart, die langsam in Fahrt kam. »*Wie aber ist es in anderen Fällen – etwa dem, der derzeit für Schlagzeilen sorgt, nämlich der Frau, die sich – verzeihen Sie – Fuckwoman nennt?*«

Über das Wort »fuck« wurde ein Pfeifton gelegt, und was herauskam, war »F-woman«. Das gehörte zu den Eigenheiten elektronischer Nachrichtenübermittlung – eine Übertragungsverzögerung von Millisekunden gestattete die Identifizierung und das Herausfiltern einzelner Wörter. Dabei war der Pfeifton fast obszöner als das deftige alte angelsächsische Wort, das getilgt werden sollte. Irgendwie verlieh der Pfeifton dem Wort noch mehr Gewicht und ein ganz eigenes Timbre, er kratzte an Tabus und förderte zusätzlichen Reiz und Nuancenreichtum zutage. Interessant auch, daß Dr. Holocenter, der kriminalpsychologische Chefberater des Los Angeles Police Department, an diesem Punkt ein klein wenig in die Defensive zu geraten schien, als spannten sich mit der Erwähnung des Worts seine Nerven unmerklich an. Er wandte jetzt der Interviewerin den Kopf zu, als riefe ihn die anstößige Silbe in der gleichen Weise zur Ordnung wie die Hundepfeife einen abtrünnigen und folglich schuldbewußten Vierbeiner.

»*Wie soll ich Ihre Frage verstehen, Jill?*« fragte er.

»*Nun, wir haben hier eine Frau, die im Laufe der letzten Jahre mehrere lange gesuchte Serientäter gestellt hat, Vergewaltiger, die der Polizei immer wieder durchs Netz gegangen sind. Ist das nicht ein gutes Beispiel dafür, daß jemand der Allgemeinheit einen großen Dienst erweisen kann, auch wenn er sich außerhalb des Gesetzes bewegt?*«

Hier zeichnete sich ganz allmählich das Thema des Tages ab, zögernd zunächst, dann aber um so klarer, je deutlicher im Lauf des Interviews Positionen abgesteckt wurden und der Sache Kontur verliehen. Hier nahm eine Geschichte ihren Anfang: Aus einem harmlosen Interview entstand etwas, was schon nicht mehr nur banal war, aber seine Form noch nicht gefunden hatte.

Während das Interview weiterlief, wandte sich eine kleine Gruppe von Reportern, die in der Ecke des Redaktionsraums am

Kaffeeautomaten standen, dem nächsten Monitor zu; man trank seinen Kaffee mit nachdenklichem Gesicht, ließ das Fachsimpeln über die Dodgers und schenkte statt dessen seine ungeteilte Aufmerksamkeit dem kleinen Bildschirm.

Auf seinem Stuhl hatte Dr. Holocenter nun eine leicht veränderte Haltung eingenommen, weniger onkel- und gönnerhaft als vielmehr wachsam, fast konnte man sagen kampfbereit. Er hatte die Knie in Miss Everharts Richtung geschwenkt, als norde er sich neu ein. Er sah sie nun direkt an, als reklamiere er durch die Ausrichtung von Ellbogen und Schultern die Konzentrationsfähigkeit seines Berufsstands und die ganze Autorität der Fachkompetenz für sich.

Er sagte: *»Nur leider übt die Unbekannte, von der Sie sprechen, eine recht drastische Art von Gerechtigkeit, wenn sie loszieht und quasi Vergewaltiger vergewaltigt.«*

»Aber geht es vielleicht nicht gerade darum?« bemerkte Miss Everhart. *»Angewandte Gerechtigkeit?«*

»Mag sein«, entgegnete Dr. Holocenter. *»Doch gilt hier wie anderswo auch, daß doppeltes Unrecht noch kein Recht ergibt.«*

An dieser Stelle hielt Miss Everhart kurz inne. Vielleicht mußte sie für ihre nächste Bemerkung noch den rechten Ton zwischen Unschuld und Sarkasmus austarieren – zwei bekanntlich nicht eben leicht zu vereinbarende Haltungen. Wie immer ihre Erwägungen zu Nuance und Tonfall im einzelnen ausgesehen haben mochten, was dabei herauskam, das saß: *»Es deutet aber doch einiges darauf hin, daß Vergewaltiger nach einer Begegnung mit F-woman nicht mehr vergewaltigen.«*

Es entstand eine hübsche kleine Pause – gerade lange genug, um den Zuschauern klarzumachen, daß Dr. Holocenter keine Antwort parat hatte, daß er vielmehr gezwungen war, zu überlegen, vielleicht sogar in neuen Bahnen zu denken.

»Die Beweislage«, sagte Dr. Holocenter, *»ist hier alles andere als eindeutig. Es kann genausogut ganz andere Gründe dafür geben, daß die Tä-*

ter sich nichts mehr haben zuschulden kommen lassen. Fälle von Spontanheilung sind auch hier nicht unbekannt.«

Miss Everhart witterte nicht ganz zu Unrecht eine Ausflucht. Ein Zeichen von Schwäche: Der gute Mann geriet unter Druck, gar in die Defensive. Sie verzichtete nun auf die Rolle der Interviewerin, die schlichte Tatsachen zur Debatte stellt. In der nächsten Frage schwang unverhohlen Sarkasmus mit. Ihre Stimme wurde eine Idee tiefer, milder und zugleich bestimmter. Die Wendung »Es deutet einiges darauf hin« hatte es ihr offenbar angetan. Das klang so schön objektiv; also benutzte sie sie gleich noch mal.

»Es deutet jedoch einiges darauf hin, daß es erst nach der Intervention F-womans zu Spontanheilungen kommt.«

Wieder eine befriedigende Pause. Dann ließ der Kriminologe und Psychiater in wunderbar klarem Harvard-Englisch vernehmen:

»Auch für die Richtigkeit einer solchen Behauptung fehlen bisher die Beweise.«

Damit schien ein Patt erreicht. Holocenter verlegte sich auf eine andere Taktik. Er löste die übereinander geschlagenen Beine, beugte sich gewinnend vor, faltete die Hände und ließ sie locker auf den Knien ruhen. *»Wenn Sie mir aber als Fachmann auf meinem Gebiet, dem der Kriminalpsychologie, eine Bemerkung gestatten, dann möchte ich die psychische Verfassung der betreffenden Sexualtäter mal beiseite lassen und feststellen, daß die Persönlichkeit von F-woman selbst psychotische Züge aufweist.«*

Das war ein brenzliger Moment. Hier wurde der Interviewerin ein verlockender Köder hingeworfen, dazu angetan, ihre Fragen in eine neue Richtung zu lenken. Sie mußte entscheiden, ob das Angebot attraktiv genug war und ein Abweichen von der bisherigen Stoßrichtung rechtfertigte. Hatten die um die Monitore gruppierten Journalisten bisher gelegentlich noch Kommentare abgegeben, so herrschte jetzt gebanntes Schweigen, während man abwartete, ob Jill Everhart in die Falle ging.

»Ist das nicht eher zweitrangig, wenn sie auf der anderen Seite eine nicht

unbedeutende Anzahl von Frauen vor brutalen Vergewaltigungen bewahrt? Heiligt nicht vielleicht gerade in diesem Fall der Zweck die Mittel?«

Fast war so etwas wie ein kollektiver Seufzer der Erleichterung zu vernehmen, weil sich Everhart nicht hatte beirren lassen, weil sie auf Kurs blieb.

»Ganz so einfach ist es nicht«, meinte Dr. Holocenter. *»Durch ihr Vorgehen und die Art ihres Vorgehens behindert F-woman die Arbeit der zuständigen Behörden.«*

Miss Everhart hielt inne, als müsse sie sich sammeln, dann preschte sie vor: *»Offenbar finden aber nicht wenige Bürger, daß die Polizei ein Vakuum hinterläßt, wenn sie es nicht schafft, solche Serientäter zu schnappen, und freuen sich, daß F-woman in die Bresche springt.«*

Das war hart am Wind gesegelt. Dr. Holocenter erstarrte regelrecht, als gebe er seinem Körper Order, nicht die kleinste Regung zu zeigen, mit keiner unwillkürlichen Bewegung etwa Nervosität zu verraten. Man spürte förmlich die Hitze der Scheinwerfer. In der Nachrichtenredaktion hatten jetzt weitere Kollegen ihre Plätze verlassen und sich zu den Trauben um die Fernseher gesellt.

Dr. Holocenter zog es vor, die Bemerkung zu übergehen. *»Irgendwann, Jill, macht auch der Wiederholungstäter einen Fehler und verrät sich. Und dann fassen wir ihn. Das gleiche gilt für F-woman. Tatsache bleibt, daß sie gegen das Gesetz verstößt, und auch sie werden wir fassen.«*

»Noch haben Sie sie nicht.«

»Aber bald«, versicherte Dr. Holocenter.

»Wie können Sie sich Ihrer Sache so sicher sein?«

»Ich gehe davon aus, daß bei ihr – wie bei den meisten Psychotikern – eine gravierende Persönlichkeitsstörung vorliegt, und diese Störung wird ihr zum Verhängnis werden.«

»Können Sie uns verraten, worin dieses Störung Ihrer Meinung nach besteht?«

»Soviel kann ich wohl getrost sagen: Sie ist publicitysüchtig. Wann immer sie einen mutmaßlichen Vergewaltiger ergreift, hinterläßt sie kleine Botschaften, Bekennerbriefe, eine Art Handschrift.«

»Und wie deuten Sie dieses Verhalten?« fragte Miss Everhart.

»Mir scheint, sie sucht Beifall.«

»Beifall?«

»Der ganze Medienrummel, den sie mit ihren Aktionen auslöst, scheint mir einem innerpsychischen Motiv geschuldet – sie sucht den Beifall der Öffentlichkeit oder von Teilen der Öffentlichkeit.«

»Und Sie glauben, das wird sie zu Fall bringen? Dieser Hunger nach Anerkennung?«

»Er wird uns den entscheidenden Hinweis liefern«, versicherte Dr. Holocenter.

Miss Everhart war mit ihrer Ausbeute nicht unzufrieden, auch wenn Holocenter sich mit seinem kleinen Manöver die Beantwortung einer heiklen Frage erspart und damit das Gespräch auf ein anderes Thema gelenkt hatte, das Thema der Schwächen der Aktivistin selbst. Immerhin hatte er zu diesem Zweck etwas von Nachrichtenwert aufgeboten: einen kleinen Einblick ins polizeiliche Täterprofil der Selbstjustiz-Aktivistin, die sich Fuckwoman nannte. Jill Everhart war bereit, den Kuhhandel gelten zu lassen.

»Ich bedanke mich bei meinem Gesprächspartner: Dr. James Holocenter, kriminalpsychologischer Chefberater des LAPD.«

Es war schließlich das erste Mal, daß sich die Behörden zu der selbsternannten Rächerin äußerten, die sich Fuckwoman nannte, das erste Mal, daß die Polizei ihrer Hoffnung Ausdruck verlieh, sie zu ergreifen, das erste Mal, daß die Rede von ihrer vermeintlichen Archillesferse war. An den Fernsehmonitoren lösten sich die Grüppchen auf, die Journalisten kehrten an ihre Schreibtische zurück. Paradoxerweise bemächtigte sich im selben Maße, wie in der Nachrichtenredaktion alle wieder ihre Arbeit aufnahmen, ein unwirkliches Gefühl des Raums. Der Schein der Pendelleuchten tauchte die Schreibtische in ein diffuses Licht, wie man es von Krankenstationen kennt. In dieser künstlichen Atmosphäre wirkten die über ihre PCs und Laptops gebeugten Journalisten und Rechercheure bleich wie Gespenster.

2

AM NÄCHSTEN TAG bestimmte dieses eine Interview fast überall die Schlagzeilen. Der *Herald* brachte auf der zweiten Seite einen langen Artikel mit der Überschrift:

F-WOMAN BRINGT LAPD IN BEDRÄNGNIS

Im *Tablet* meldete man:

POLIZEIPSYCHOLOGE NENNT F-WOMAN PSYCHOTISCH

Der *Herald* ging ausführlicher auf das Interview ein als das Konkurrenzblatt. In dem Beitrag wurde zudem der Hintergrund beleuchtet und über jene Vergewaltigungsfälle berichtet, bei denen die Aktivistin tätig geworden war:

In einem Fernsehinterview mit dem kriminalpsychologischen Chefberater des LAPD Dr. James Holocenter brachte Fernsehmoderatorin Jill Everhart gestern das Thema der unbekannten Selbsthilfe-Aktivistin auf, die als »F-woman« von sich reden macht. Im Verlauf einer zunächst recht allgemeinen Erörterung des Phänomens der Selbstjustiz lenkte Miss Everhart das Gespräch schließlich direkt auf F-woman und brachte den Vertreter des sonst wenig auskunftsfreudigen LAPD mit kritischen Fragen in Bedrängnis.

Bisher hat das LAPD seine Verlautbarungen über die Aktionen der Selbsthilfe-Aktivistin auf knappe Erklärungen zu deren Angriffen auf Individuen aus dem Täterkreis im Großraum Los Angeles beschränkt. Der Polizei gilt F-womans eigenmächtiger Umgang mit dem Gesetz als kriminelles Verhalten, das entsprechend zu ahnden sei. Im Lauf des Interviews konnte Miss Everhart den erfahrenen

LAPD-Sprecher Holocenter jedoch zu weitergehenden Äußerungen bewegen, die, als Entlastung gedacht, entlarvend wirkten.

So mußte Holocenter einräumen, daß das Unvermögen des LAPD, in mindestens zwei Fällen gefährliche Sexualtäter zu fassen, die in der Folge von F-woman gestellt werden konnten, die Polizei ins Kreuzfeuer der Kritik gebracht hat. Auf das Konto des »Wäschetäters« Ron Acheson gehen sieben brutale, größtenteils in den Stadtteilen Van Nuys und Reseda verübte Vergewaltigungen. Dort konzentrierte sich der Täter auf Straßenzüge mit Ein- und Zweizimmerapartments, die bevorzugt von jungen Frauen bewohnt werden. Von Wäscheleinen stahl der Täter Dessous seiner Opfer und verfolgte sie auch heimlich als Stalker, ohne je identifiziert werden zu können. Jahrelang trieb Acheson sein Unwesen, ehe die Polizei ihn mit einer Wäscheleine gefesselt und mit einem Damenslip geknebelt in einem Hinterhof im benachbarten Sherman Oaks auffand. Acheson war nicht vernehmungsfähig. Erst als er den schlimmsten Schock in der U-Haft überwunden hatte, gab er zu Protokoll, er sei von der »Sextäterjägerin« F-woman überwältigt und gedemütigt worden.

Der zweite Fall ist der des Vergewaltigers Larry Delamous alias »Mouseman«. Delamous, ehedem Drehbuchschreiber für Fernseh-Soaps, lebte in einer eigenen Phantasiewelt. Er gab sich als Filmproduzent aus und traf Verabredungen mit Starlets und »Nachwuchsschauspielerinnen«, denen er Rollen in Aussicht stellte, um sie dann vermutlich zu betäuben und vergewaltigen. Die Zahl seiner Opfer liegt bis heute im dunkeln, weil viele der betroffenen Frauen nicht mit letzter Gewißheit sagen konnten, ob sie unter Einwirkung der Drogen vergewaltigt worden waren. Sie scheuten sich folglich, Anzeige zu erstatten. Viele fühlten sich zudem kompromittiert, weil sie eine Einladung angenommen und anschließend in Delamous' Wohnung mitgegangen waren. Delamous machte sich fraglos zunutze, daß vergewaltigte Frauen wegen der entwürdigenden Ermittlungs- und Gerichtsverfahren generell zögern, Strafanzeige zu stellen.

Anders als der »Wäschetäter« war Delamous kein Unbekannter, doch wegen der schwierigen Beweislage schien er vor Verfolgung sicher. Wann immer sein Verhalten Verdacht erregte, hielt er Monate oder gar Jahre still. Die Polizei vermutet, daß er sich in diesen Zeiten auswärts neue Betätigungsfelder suchte. Es dürfte kaum jemand so überrascht gewesen sein wie Delamous selbst, als er auf dem Weg zu einer Verabredung in Tarzana von der Fahrerin eines alten Ford angesprochen wurde. Die Frau stieg aus, versetzte ihm einen Schlag in die Magengrube und stieß ihn in ihren Wagen. Während Delamous noch um Luft rang, wurde ihm ein rasch wirkendes Mittel in die linke Gesäßbacke injiziert, sehr wahrscheinlich Pyroaxin. Delamous zufolge wurde er sodann an eine ihm unbekannte Adresse gebracht und dort drei Tage lang, in benommenem und kraftlosem Zustand, sexuellen Demütigungen ausgesetzt. Nach einem anonymen Anruf aus einer Sozialwohnung in der Nähe des Sepulveda Boulevard konnte die Polizei den Gefesselten aus seiner mißlichen Lage befreien. Neben dem Mann fand man eine Nachricht mit dem folgenden Wortlaut:

Manch einem bringen Tierchen
perverse Pläsierchen.
Doch entpuppt sich die Maus
als ganz üble Laus,
hört der Spaß auf.

Allem Anschein nach hat sich Delamous seither nichts mehr zuschulden kommen lassen. Er ist mittlerweile Zeuge Jehovas und geht in Anaheim einer Teilzeitbeschäftigung als Sozialarbeiter nach.

Es überrascht kaum, daß die freibeuterischen, ja poetisch vexierfreudigen Aktionen F-womans ihr die Sympathien der radikalen Feministinnen unserer Stadt eingetragen haben. Auch unter den Homosexuellen in West Hollywood und Silver Lake wächst ihre Fangemeinde. Einer ihrer glühendsten Bewunderer ist Crispin Frutos, Herausgeber der engagierten Schwulenzeitschrift Militante

Tunten. *In einem seiner wie immer pointierten Kommentare schrieb Frutos jüngst: »Die Aktionen der VergewaltigerIn F-woman sind nicht zuletzt als symbolische Angriffe auf sexuelle Stereotypen zu sehen. Sie sind Krypto-Performancekunst und radikale Sozialkritik in einem. Mit den Waffen der Rollenumkehr und Ironie hat sie mehr dazu beigetragen, rigide Geschlechtsstereotypen aufzubrechen, als jede andere schwule Ikone – mit Ausnahme vielleicht von Margaret Thatcher.«*

Über Margaret Thatcher als schwule Ikone mußte Cynthia Lelague schmunzeln, als sie am Morgen in der Nachrichtenredaktion der *Angel Times* die Berichte der Konkurrenz überflog. Die einmütige Verwendung der Letter F für das Wort »fuck« erheiterte sie noch mehr. Ähnlich wie die Audio-Bereinigung verhängte auch die gedruckte Verkürzung eine obskure Zensur über den Namen der Aktivistin. Der Ehrentitel »F-woman« mit seinem Reibelaut bewirkte nahezu das gleiche wie der Pfeifton der elektronischen Medien – er verschleierte die Wortbedeutung und betonte sie zugleich. Das Kürzel, befand Cynthia, als sie die Zeitung zusammenfaltete, war schlicht Ausdruck der verklemmten Sexualmoral der Gesellschaft.

Vielleicht hing sie noch derlei Gedanken über die gesellschaftlich sanktionierte und ritualisierte Prüderie nach, als sie sich auf den Weg ins Büro des Chefredakteurs machte, um mit ihm den Cipasso-Fall zu erörtern.

3

Ihr Boss Gore H. Emhard galt selbst als lebende Legende. Schon als Mittdreißiger, also vor sage und schreibe achtundzwanzig Jahren, war Emhard zum Chefredakteur der *Angel Times* avanciert. Der Mann war konservativ bis auf die Knochen und eingefleischter Republikaner. Er hatte Ronald Reagans Kandidatur für das Gouverneursamt nach Kräften unterstützt und war stolz darauf. Cynthia klopfte an die Milchglastür, wartete auf das barsche »Herein« und betrat das Allerheiligste.

Emhard, eifrig auf seiner Tastatur klappernd, legte letzte Hand an einen Leitartikel. Er hatte die Ärmel hochgekrempelt und das Fenster weit aufgerissen. Cynthia war seine Abneigung gegen Klimaanlagen nicht neu und ebensowenig der Hauch von Abenteuer und Marlboro Man, der ihn hartnäckig zu umgeben schien.

Sie wartete, während er klackernd seine Korrekturen eingab. Ohne aufzublicken, fragte er: »Was gibt's?«

»Die Cipasso-Geschichte – soll ich der mal nachgehen?«

Emhard hörte auf zu tippen und griff nach der Zigarette, die in einem schäbigen alten, aus einem Elefantenzeh gefertigten Aschenbecher vor sich hin qualmte. Er sog den Rauch ein wie ein Kranker, der hinter der Sauerstoffmaske röchelt. Nichts tat er lieber, als sie mit seinen Angewohnheiten zu ärgern. Demonstrativ drückte er jetzt die Zigarette im Elefantenzeh aus. Nach längerem Schweigen meinte er: »Verkraften Sie das auch, Cynthia?«

»Wie meinen Sie das?«

»Diesen Cipasso sollte man an die Wand stellen«, sagte Emhard. Er drehte sich ihr etwas mehr zu und hob eine Braue. »Haben Sie gehört, was er dieser Familie angetan hat?«

»Was denn genau?«

»Genau.« Emhard nickte. »Genau das. Und zwar allen.«

Da stand sie vor ihm: in ihrem sackartigen Kleid, ihr Blick hinter den runden Brillengläser sehr direkt. Was war bloß mit dieser Frau? überlegte er. Typ Sozialapostel, befand er, die weibliche Variante, wollte irgend etwas beweisen. Wenn er eines nicht leiden konnte, dann Gutmenschen. Sie waren einfach nicht schlagzeilenträchtig, und ihre Ansichten vertrugen sich meist nicht mit den Tatsachen.

Das war nicht das einzige, was ihn beunruhigte. Cynthia Lelagues Vater war in seiner Jugend Hippie gewesen, um sich dann (wie gewisse andere radikale Studenten) geschmeidig die kommerzielle Kultur anzuverwandeln; er hatte inzwischen einen eigenen florierenden Hörbuch-Verlag. Die Mutter, Professor Dr. Fernanda Lelague, war Soziologin mit stark feministischem Einschlag, eine Lichtgestalt an der UCLA. Damit war Cynthia Feministin mindestens der zweiten Generation. Und wie zum Teufel sollte er wissen, ob sich nicht irgendwo in den Adirondacks sogar noch eine steinalte Großmama oder Urgroßmama versteckte, die ihres Zeichens Suffragette gewesen war. Suspekter noch als eine Feminstin per se war ihm die Vorstellung eines ganzen Matriarchats von feministischen Intellektuellen.

Cynthia sprach. »Also nichts mit Cipasso?«

Sie konnte unglaublich hartnäckig sein. Woher kam das bloß, fragte er sich. Dieses ungute Gebräu von Müsli und ökologischer Warmduschermoral, versetzt mit etwas Postradikalismus und in umweltschonender Waschlauge weichgespült. Was ging heutzutage in den Köpfen junger Frauen vor? Sie verschmähten Make-up und figurbetonte Kleidung. Damit konnte er leben. Aber mußten sie so verdammt ernst sein?

»Also gut«, sagte Emhard. »Aber wenn der Kerl Sie zu fassen kriegt und Ihre Mutter meinen Kopf fordert, dann werde ich ihr sagen: Cynthia wollte nicht auf mich hören.«

»Mein Gott, Cipasso hat sie ja nicht umgebracht. Er hat sie gefesselt und vergewaltigt.«

Irgend etwas an der vollkommen ungerührten Art, wie sie es sagte, ließ Emhard aufhorchen. Es klang nach endgültiger Feststellung, nach Urteilsverkündung.

Zu seinem Erstaunen drängte es ihn, sie hinzuhalten. Was hörte er da eigentlich aus ihrer Stimme heraus? Was war das für eine Entschiedenheit? So so, er hat sie also nur vergewaltigt, dachte er bei sich. Er hat Mrs. Marcia Cabrera und ihre beiden erwachsenen Töchter, die zufällig zu Besuch bei ihr waren, bloß halbtot auf dem Fußboden zurückgelassen, aus Angst vor einer Rückkehr des Täters unfähig, auch nur zu telefonieren. Nicht einmal die Tatsache, daß Mrs. Cabrera südlich des Venice Boulevard in bester Wohnlage an den Kanälen lebte, nicht ihr teures Sicherheitssystem und auch nicht der Vertrag mit einer Wach- und Schließgesellschaft hatten Cipasso abgeschreckt. Und selbst jetzt, eine Woche später, fürchteten sich Mrs. Cabrera und ihre Töchter noch immer so, daß sie sich nicht trauten, ihre Häuser zu verlassen, solange Cipasso frei herumlief. Nur vergewaltigt, empörte sich Emhard im stillen. Dann dämmerte ihm, daß für Feministinnen ihres Schlages vielleicht alle Männer Vergewaltiger waren. Daß Cipasso sich aus ihrer Sicht nur insofern unterschied, als er es offen tat.

»Was haben Sie vor, Cynthia?« knurrte Emhard. »Wollen Sie als Lockvogel im engen Kleid die Straßen patrouillieren?«

»Das ist unter Niveau, Gore.«

Sie musterte ihn durch ihre Brillengläser, und er sah etwas aufblitzen, einen Funken Protest. Einen Augenblick fürchtete er, sie könnte sich hinreißen lassen, ihn anzuschreien oder zu weinen. Den Anblick weinender Feministinnen konnte er nicht ertragen. Ihre Tränen waren biologisch nicht abbaubar. Sie waren Säure; sie würden einem sicher die Hand verätzen. Wer hatte gleich noch Tränen und Klagen als Waffe, als »Wasserkraft« bezeichnet? Adler, wenn ihn nicht alles täuschte, Zeitgenosse Freuds, der am wenigsten Bekannte im Dreierbund Freud, Jung und Adler. Klang nach Staranwaltskanzlei, sinnierte er.

»Sie untersagen mir weitere Recherchen?« fragte Cynthia.

Hör sich das einer an, dachte Emhard. Wer stellt hier eigentlich die Fragen?

Er sagte: »Was interessiert Sie denn so an dem Fall?«

»Sie wissen doch, Gore: Sobald etwas die Sexualpolitik berührt ...«

Sie stand in der Tür, und plötzlich dachte er: Wenn sie nicht partout diese langen Schlabberkleider tragen würde, wenn sie die Brille weglassen und ab und zu mal lächeln würde, wäre die Frau richtig attraktiv. Sie war hochgewachsen, vielleicht etwas zu sehr für seinen Geschmack, aber sie besaß eine eigentümlich unauffällige Grazie. Einmal hatte er sie spät abends in der Nachrichtenredaktion überrascht. Er war mit einem Becher Kaffee vom Automaten auf dem Weg zurück in sein Büro gewesen und hatte sie zunächst gar nicht bemerkt. Sie mußte wohl noch an einem Artikel gearbeitet haben; jedenfalls stand sie gerade auf, um nach Hause zu gehen. Dabei hatte sie offenbar versehentlich ihre Autoschlüssel vom Tisch gewischt, denn sie beugte sich rasch und allem Anschein nach vollkommen mühelos vornüber, um etwas vom Boden zu heben. Sie tat es mit der Souplesse einer Ballettänzerin, bei durchgedrückten Knien. Mitten in der Bewegung hatte sie sich nach ihm umgesehen, sich plötzlich dessen bewußt, daß er stehengeblieben war und sie beobachtete.

»Sexualpolitik. Aha«, sagte er. Er nickte, als wüßte er Bescheid. Es hatte ihn häufig verblüfft, wie genau sie es bei Themen wie diesem nahm, bei denen politische Prinzipien im Spiel waren. Nun, er hatte andere Sorgen als die Cipasso-Sache. Seinen unfertigen Leitartikel zum Beispiel.

»Also gut, gehen Sie der Sache auf den Grund, Cynthia«, sagte er. »Zeigen Sie's ihm.«

Sie nickte und wandte sich zum Gehen.

Einen Augenblick fühlte sich Emhard verstört und irgendwie rastlos. Unter einem Berg von Computerausdrucken war ein Becher kalten Kaffees begraben. Er ertastete die kühle Glasur des Henkels und zog den Becher unter dem Papierhaufen hervor.

»Dafür habe ich bei Ihnen aber was gut, Cynthia!« rief er ihr nach.

Sie hörte es, machte kehrt und kam unwillig zurück.

»Ob Sie wohl so nett wären«, sagte Emhard und grinste auf eine Art, von der er wußte, daß es sie zur Weißglut brachte, »mir noch einen Becher schwarzen Kaffee zu bringen, ehe Sie gehen?«

Sie nickte, beugte sich vor und griff nach einem der leeren Becher, die gefährlich nahe am Rande des Schreibtischs standen. Sie weigerte sich prinzipiell, benutzte Becher einzusammeln oder zu spülen.

»Tun Sie mir noch einen Gefallen?« meinte Emhard.

»Und der wäre?«

»Zeigen Sie's ihm gründlich.«

4

Cynthia rief bei Detective Ed Stevens an. Nach dem vierten Versuch bekam sie ihn endlich an den Apparat. Als sei er im Haus unterwegs und ihren Anrufen immer gerade einen Schritt voraus gewesen. Vor ihrem geistigen Auge sah sie jeweils in gerade dem Raum das Telefon klingeln, den er soeben verließ. Schließlich stellte man sie in den Aktenraum zu ihm durch.

»Hier spricht Cynthia Lelague, *Angel Times*. Können Sie mir etwas zum aktuellen Fahndungsstand im Fall Cipasso sagen?«

»Wieso, was ist mit Fernando?« fragte Stevens.

Fernando Cinares war ein Reporterkollege. Kriminalfälle wie dieser fielen normalerweise in Fernandos Ressort.

»Nicht da«, sagte Cynthia. »Außerdem macht Fernando lieber Mordfälle als Vergewaltigungen.«

»Ach ja?« meinte Stevens.

»Mord ist macho«, erklärte Cynthia.

Sie hörte förmlich, wie es in Stevens' Hirn ratterte: Kennen wir uns von irgendwoher? Er fischte im trüben, versuchte, sich ein Bild von ihr zu machen. Das mit Fernando hatte er mal so in die Debatte geworfen, um ihre Reaktion zu testen. Jetzt rückte er ein Update heraus, das vielleicht ein klein wenig selektiv war; schließlich mußte man bei neuen Pressekontakten erst einmal einen *modus vivendi* finden, klarstellen, welche Informationen als vertraulich anzusehen und welche verwertbar waren, sonst machten Details allzu schnell in der ganzen Stadt die Runde. Und es gab Dinge, die seine Dienststelle vorerst noch für sich behalten wollte. Man hatte Schweiß- und Spermaproben. Cipasso war Rh-negativ, ein eher seltenes Merkmal. Keine Fingerabdrücke – bis auf einen halben Daumen an einer Gürtelschnalle, noch dazu durch Narbengewebe entstellt, und an dem saßen die Techniker noch. Aber langsam verdichteten sich die Profildaten. Die Tätererkennung wäre jetzt kaum noch ein Problem. Nur, warum sollte er das der Presse stecken? Einer aufdringlichen Reporterin noch dazu. Er konnte sich ein ungefähres Bild von ihr machen. Kein sonderlich schmeichelhaftes, ehrlich gesagt: eine dieser todernsten, soliden Personen, eine, die unförmige Sackkleider trug.

»Können wir das vielleicht persönlich besprechen?«

Stevens sah sich im Raum um. Er mauerte. »Jetzt?«

»Jetzt.« Na, die Dame fackelte nicht lange.

Er wollte sie aber noch ein bißchen schmoren lassen.

»So sieht bei euch also die Arbeitsteilung aus, wie?« fragte er. »Fernando übernimmt die Mordfälle, Sie die Sextäter?«

»So ähnlich.«

Kein bißchen locker, die Tusse, beschloß er. Ihm verging die Lust. »Sie finden mich an meinem Platz«, sagte er unvermittelt und legte auf.

Cynthia nahm sich nur schnell die Zeit, sich auf der Damentoilette das Gesicht mit Wasser zu benetzen und sich zu sammeln. Emhard gelang es regelmäßig, sie in Rage zu bringen. Die Örtlichkeit war schäbig und eng. Als das Gebäude erstellt wurde, war man noch davon ausgegangen, daß weibliche Vertreter der Zunft in dieser Männerdomäne allenfalls die Ausnahme bleiben würden, eine Anomalie.

Rasch ließ sie den grün gestrichenen Gang hinter sich, der nach unten zum Hinterausgang führte, und trat durch die Drehtür, die sich auf den Parkplatz öffnete. Draußen an der frischen Luft war sie wie verwandelt. Ihr Gang wurde federnd, freier. Dieselbe Gestalt, die in der Enge der Redaktionsräume plump und ungelenk wirkte, bewegte sich jetzt mit erstaunlicher Selbstverständlichkeit.

Ihr Gang war locker und raumgreifend. Ein junger Schwarzer sah ihr nach, gebannt vom Schwung ihrer Hüften.

Vier Straßenzüge, drei Ampeln. Die Polizeizentrale, ein Gebäude mit Halbsäulen und Portikus, lag etwas von der Straße zurückgesetzt. Im Foyer saß eine Polizeibeamtin hinter Panzerglas am Empfangsschalter. Irgendwo in den Tiefen des Gebäudes klingelte ein Telefon. »Harry?« rief wiederholt jemand aus einem der rückwärtigen Büros. »Harry?«

»Ich habe einen Termin bei Ed Stevens. Cynthia Lelague ist mein Name.«

Die Beamtin warf kurz einen Blick auf Cynthias Presseausweis und griff nach dem Telefonhörer. »Detective Stevens meinen Sie?« Sie legte offenbar Wert auf Formen. »Bei der Mordkommission links. Die Tür mit der Aufschrift Aktenraum. F3.« Sie lächelte verbindlich. »Finden Sie sich zurecht?«

Cynthia nickte.

Fern der Redaktionsräume atmete sie freier, als sei die Welt draußen ihr natürlicher Lebensraum. Sie glitt über die blitzblanken Fliesen, fand F3 ohne Schwierigkeiten, setzte ein Lächeln auf und schob sich, ohne anzuklopfen, durch die Schwingtür.

Drei Männer, bei einer Privatunterhaltung über wer weiß was ertappt, stoben auseinander. Einer schob sich rasch Fotos in die Gesäßtasche.

»Stevens?« richtete sie fragend an die Runde.

Die Männer grinsten. Sie hatten befürchtet, es wäre der Chef; mit dieser Wuchtbrumme würden sie spielend fertig. Zwei der drei kauten Kaugummi. »Kundschaft, Ed«, sagte einer. Zwei trollten sich. Sie drückten sich links und rechts an ihr vorbei.

»Cynthia Lelague?« Er war einer der Kaugummikauer, stand da, die Hände in die Hüften gestemmt, und musterte sie.

Ed Stevens war groß, athletisch gebaut, leicht übergewichtig. Er hielt ihr die Hand hin wie einen Trostpreis. Sie übersah sie.

»Cipasso, wenn Sie sich erinnern.«

Er schob seinen Kaugummi von der linken Backe in die rechte. Er dachte eine Weile nach, dann schob er ihn wieder zurück.

Cynthia sagte: »Bestnoten im Kaugummikauen, Kollege. Sprechen Sie auch?«

Durch Stevens ging ein Ruck. Sein Unterkiefer stand eine halbe Sekunde still, dann fing er heftig an zu mahlen. Stand erneut still. Stevens faßte einen Gedanken. Er kehrte ihr den Rücken zu und durchquerte den Raum. Er würde sie zappeln lassen. Sollte sie doch zu ihm kommen.

Sein Gang war der breitbeinige Imponiergang des Revolverhelden. Als er jedoch das Ende des langen Raums erreichte, erlebte er eine Überraschung. Gehört hatte er nichts. Nicht das leiseste Flüstern ihrer Sohlen auf dem Fußboden, nicht ihren Atem oder das Rascheln ihres Kleids, nichts – und Detectives sind sich des Raums in ihrem Rücken schließlich ausgesprochen bewußt; er gehört zur Intimsphäre ihrer Körper. Sie aber war offenbar wie ein Schatten hinter ihm hergeglitten, wie etwas, das trieb oder schwamm, denn als er stehenblieb, spürte er sie direkt hinter sich, und eine Hand legte sich auf seinen Arsch. Unmißverständlich, als hätte sie seinen Hintern verhaftet. Und sie sagte flüsternd zu ihm: »Wahrlich, Stevens, Sie gehen mir langsam auf die Nerven.«

Ihm begann der Kopf zu qualmen. Er hatte an diesem Tag keine Waffe bei sich, aber er hatte eine Phantasie: Er verspürte unbändige Lust, sich umzudrehen und sie einfach umzupusten, wieder und wieder abzudrücken und zuzusehen, wie sie zusammensackte, dann noch ein paarmal draufzuhalten, bis sie zu Boden ging und aus seinen Augen.

Scheiße noch mal. Stand hier in seinem eigenen Dienstzimmer mit der Hand dieser Wuchtbrumme voll auf seiner Spalte.

Es gab aber auch andere Überlegungen. Wenn er sich an ihr vergriff, hätte sie ihn schneller wegen Körperverletzung dran, als er bis drei zählen konnte. Und was würden die Kollegen sagen? Würden die etwa sagen, Ed Stevens hätte sich in seinem eigenen Dienstzimmer der sexuellen Nötigung erwehren müssen? Seitens dieser Schnalle? Wer würde ihm glauben? Er würde zum Gespött des

County. Als er sich etwas abgeregt hatte, sah er die Sache so: a) hatte er den Arsch in einem eisernen Griff und b) hatte er nichts gegen sie in der Hand.

»Einen hübschen kleinen Arsch haben Sie, Officer«, sagte sie. »Könnte mir gefallen.«

Und da plötzlich wurde aus heillosem Zorn etwas Höheres, mit dem er zurechtkommen konnte. Er mußte lachen, er stand einfach da und schüttelte sich vor Lachen, lachte, bis ihm die Tränen kamen.

Schließlich sagte er: »Sie nehmen es mit dem investigativen Journalismus aber ziemlich genau, Miss Lelague.«

»Das ist das Stichwort: Investigation. Im Fall Cipasso beispielsweise. Genau darum geht's.«

Sie nahm die Hand von seinem Arsch, aber erst nach einem freundlichen Tätscheln, genauer: zweimaligem Tätscheln. Er drehte sich betont langsam um und musterte sie, blickte, in der unverhohlenen Absicht einzuschüchtern, aus hünenhafter Höhe drohend auf sie herab. Aber sie wich keinen Zoll zurück, und der Blick, der seinem begegnete, war bemerkenswert. Ungerührt, eiskalt und absolut furchtlos. Er fragte sich, wie oft ihm das schon vorgekommen war.

»Cipasso«, wiederholte er. »Mal sehen.« Er schwieg einen Augenblick. »Aktenzeichen 323.«

Nur, um noch einmal klarzustellen, daß jede Minute kostbar und Einsatz gefragt war, stahl sich eine geschmeidige Hand unter seine Eier, und sanfter Druck hob ihn auf die Zehenspitzen.

»Und wie nennt man diesen speziellen Griff unter Ringern?« fragte Stevens. »Ich glaube fast, den kenne ich noch nicht.«

»Nennt man Doppelspiel, Officer. Er ist Feministinnen vorbehalten.«

Er kaute auf seinem Kaugummi und blickte mit einem breiten Lächeln auf sie herab.

»Ich glaube, ich sehe Sie allmählich, Miss Lelague.«

»Das scheint mir auch, Officer«, stimmte ihm Cynthia milde zu. »In der Tat.«

Das war Kooperation in Reinkultur. Das war partnerschaftliches Zusammenspiel, war Einvernehmen. Man begab sich zu gewaltigen Aktenschränken aus Stahl hinüber. Man ließ Schlüssel bringen und zeichnete gegen. Man schloß Schränke auf. Holte Akten hervor.

»Tun Sie mir einen Gefallen, ja?« meinte Cynthia. »Verschonen Sie mich mit dem staubtrockenen Zeug. Ich brauche weder seine Geburtsurkunde noch Auszüge aus dem Strafregister. Sondern Klartext. Was ich will, sind Profildaten.«

Er musterte sie nachdenklich, griff zu anderen Akten, studierte Überschriften: Vorstrafen; sozialer Hintergrund; therapeutische Behandlung, dann einen Abschnitt zu »physiologischer Chemie«: Auswertung von Fingerabdrücken, Blutgruppe, Spermiogramm und dreiundzwanzig weitere Rubriken. Ed Stevens bekam – nicht zum ersten Mal an diesem Morgen – den mächtigen Instinkt des Beutejägers zu spüren.

Cynthia Lelague verschlang alles. Das Profil war in der Tat happig. Mit zwei Jahren Waise. Von der jüngeren Schwester der Mutter großgezogen, selbst der Prostitution und schwerwiegender Delikte überführt. Cipasso war ein wahrer Sohn der kriminellen Klasse. Im psychologischen Gutachten hieß es: »Anzeichen von Mißbrauch im Kindesalter, vermutlich vom Stiefvater.« Es entstand das Bild eines Menschen, der einem Sumpf menschlicher Erniedrigung entstiegen war, eines Menschen, der von soviel Grauen umgeben war, daß er nichts anderes atmete, aß oder trank. Jetzt, mit zwanzig, war Cipasso nicht weniger als siebzehnmal vorbestraft – Raub, Überfall, Diebstahl, Vergewaltigung.

»Sympathischer Typ, wie?« meinte Stevens, der ihr kaugummikauend über die Schulter sah.

Und die Opfer. Hier stutzte sie. Immer gutsituierte Frauen aus dem Mittelstand. Sie sah sich die Fotos an: Frauen um die vierzig, fünfzig, Hausfrauen, Matronen. Alle strahlten die satte Zufriedenheit der Wohlsituierten aus. Das war eine erste heiße Spur. Was verbarg sich dahinter? Mit Charme hatte sich Cipasso Zutritt zu den Häusern seiner Opfer erschmeichelt. Fast immer hatte er die Frauen in ihren Schlafzimmern überfallen. War ihm diese Art Normalität verhaßt? Weil er sie nie gekannt hatte?

Und dann Cipasso selbst. Pablo. Ein zäher kleiner Straßenrowdy, nur Sehnen und Knochen. Nicht bösartig, aber auf den Polizeifotos schien der starre Blick von einer absichtsvollen Intensität.

Stevens sagte etwas. Sie war so mit Cipasso und seinen Opfern beschäftigt, daß sie sich nur mit Mühe losreißen konnte.

Stevens sagte: »Der Typ hätte das Zeug zum Gangster gehabt. Aber er ist nicht lenkbar. Die Zeiten ändern sich. Die Gangs verlegen sich mehr auf White-collar-Kriminalität. Sie rekrutieren keine Typen, die gewohnheitsmäßig Frauen vergewaltigen – jedenfalls nicht, wenn die Frauen sie an ihre Ehefrauen erinnern.«

Cynthia sagte: »Wenn Sie so gut Bescheid wissen, warum haben Sie ihn dann noch nicht?«

»Es gibt Typen, die sind lernfähig. Sie wachsen mit ihrer Aufgabe, wenn Sie verstehen, was ich meine. Sie beherrschen ihr Handwerk immer besser. Lernen aus Erfahrung. Cipasso macht den gleichen Fehler nie zweimal. Er ist nicht sonderlich helle, aber er hat Instinkt. Inzwischen ist er ein Meister, was das Verschwinden angeht, er löst sich einfach in Luft auf. So als würde er irgendwo im Glockenturm hausen und nur bei Dunkelheit herausgeflattert kommen.« Stevens schwieg. Dann fügte er hinzu: »Als hätte er eine Mission.«

»Mission?« Cynthia Lelague spielte mit dem Gedanken, betrachtete ihn von allen Seiten. »Obsession, würde ich eher sagen.«

Ed Stevens verschob seinen Kaugummi, vom oberen hinteren Backenzahn zum unteren linken, dann ein wenig hin und her und schließlich wieder zum vorderen Backenzahn unten links. Dann sagte er: »Genug Stoff für Ihren Artikel haben Sie, Miss Lelague. Suchen Sie noch irgendwas Bestimmtes?«

Cynthia überflog eine Reihe Daten zu den genauen Umständen der jeweiligen Vergehen. Sie war so vertieft, daß sie ihn kaum hörte. Schließlich sah sie hoch.

»Schon gut, Officer. Der Mann verkörpert einfach einen Typ, der in meinem Aufgabenbereich interessant ist.«

»Aufgabenbereich.« Stevens sagte es bedächtig. Es war zwar mehr Echo als Frage, aber Neugier schwang unüberhörbar mit. Nachdenklich schob er seinen Kaumgummi hierhin und dorthin. Wie sah dieser Aufgabenbereich wohl aus, fragte er sich.

»Sicher. Ich berichte nicht einfach über Straftaten. Ich habe dabei ein bestimmtes Anliegen. Hat jeder, genaugenommen, nur geben es viele nicht zu.«

»Ihr Anliegen sind Vergewaltigungen?« Ed Stevens konnte nur hoffen, daß er sich nicht zu weit vorwagte: die Erinnerung an den eisernen Griff um seine *cojones* war noch frisch.

»Klar. Bei Vergewaltigungen scheinen wie in einem Brennglas alle Übel unserer Zeit auf und erhellen bestimmte Zusammenhänge, die mich interessieren.«

»Weil's in Ihr Aufgabengebiet fällt?«

»Sie sagen es.« Sie starrte ein letztes Mal auf die Fotos von Cipasso, als präge sie sie ihrem Gedächtnis ein. Von links, von rechts, von vorn.

»Sie sind wohl so eine Radikalnummer, wie?«

»Ich würde das etwas anders ausdrücken. Ich würde sagen, ich betrachte die Dinge aus feministischer Sicht.«

»Feministin, wie?« Das war für ihn dasselbe wie Radikalnummer. Stevens wurde unruhig. Sie spürte, wie sein Argwohn wuchs, sich verdichtete wie eine dräuende Wolke.

»Keine Radikalnummer, wie?«

Sie schwieg einen Augenblick, zog ihre Aufmerksamkeit von den Unterlagen und den Fotos vor sich ab.

»Unsere kleine Radikalnummer haben wir zwei doch hinter uns, Detective Stevens, meinen Sie nicht?«

Sie schlug den Aktendeckel zu, stand auf und wandte sich ihm voll zu; wieder traf ihn ihr seltsam direkter Blick. Er sagte gedehnt: »Doch, ja, ganz Ihrer Meinung.«

Sie rückten auseinander wie zwei Tiere, die sich im Dunkeln wittern und es vorziehen, sich nicht ins Gehege zu kommen.

5

Aus den Tiefen des Redaktionsraums rief Gore Emhard nach ihr. Als Cynthia in der Tür zu seinem Büro erschien, saß Emhard über seinen Tisch gebeugt und hackte auf die Tasten seines Laptops ein.

»Haben Sie was zu Cipasso?« fragte Emhard, ohne aufzublicken.

»Einen Vorbericht, mehr nicht.«

Emhard sagte eine Zeitlang nichts, sondern hackte weiter.

Cynthia sagte: »Ich bleibe dran.«

Emhard mag genickt haben. Es schien ihn nicht sonderlich zu interessieren. Sie wollte gerade wieder gehen, als er meinte: »Fällt Ihnen nichts auf?«

»Woran?«

»Nun, vielleicht der Umwelt?«

»Global oder lokal?«

»Lokal.«

Sie ließ den Blick über das Chaos auf seinem überladenen Schreibtisch mit den benutzten Kaffeebechern schweifen.

»Nicht unbedingt.«

»Vielleicht ein neuer Bleistifthalter?«

Sie sah genauer hin. Auf dem Schreibtisch stand ein ledriger, graubrauner Zylinder.

»Sie wissen nicht, was das ist?«

»Bedaure, da muß ich passen.«

Emhard nickte. Irgend etwas schien ihn zu erheitern. Nach einer kurzen Pause sagte er: »Bisonschwengel.«

»Bitte?«

»Ich hab ihn in einem Trödelladen an der Melrose Avenue entdeckt. Holzdose für Bleistifte, mit der Haut eines Bisonpenis bezogen. Günstig geschossen. Schlappe fünf Dollar achtzig, würde ich sagen, wenn die Bemerkung nicht vielleicht eine Idee unpassend wäre.«

»Herrgott, Gore.«

Emhard freute sich. »Sprechen Sie ruhig weiter. Tun Sie sich keinen Zwang an. Sie sind Reporterin, Cynthia. Nehmen Sie kein Blatt vor den Mund.«

»Ein derart geschmackloser, politisch unkorrekter und umweltfeindlicher Gegenstand ist mir schon lange nicht mehr unter die Augen gekommen.«

»Dachte ich mir«, meinte Emhard zufrieden.

Damit war offenbar eine Art Einvernehmen erzielt. Sie schwiegen einen Augenblick, wie Vertragspartner nach beiderseits zufriedenstellendem Abschluß.

»Ist damit alles gesagt?« fragte Cynthia.

»Ich denke, ja.«

Sie machte auf dem Absatz kehrt und rauschte in der Nachrichtenredaktion an etlichen Tisch vorbei, bis sie ihren eigenen erreicht hatte. Wieder einmal war es Emhard gelungen, sie aus der Fassung zu bringen – zum Spottpreis von fünf Dollar achtzig. Und einen brauchbaren Bleistifthalter hatte er obendrein. Leider mußte sie mit der Retourkutsche warten. Sprich ihren Racheimpuls in sublimierter Form einer anderen Kampagne zukommen lassen.

Sie zog einen Stadtplan hervor. Die Schauplätze der Verbrechen Cipassos waren mit weichem Bleistift markiert. Zuletzt hatte er in der Lafayette Street zugeschlagen. Die Kreuzchen beschrieben einen engen Radius mit Schwerpunkt Venice. Venice war ein recht buntes Pflaster, Hippies und Bohemiens lebten dort neben Yuppies, und es gab auch noch eine Reihe alter, feiner Adressen. Warum beschränkte sich ein Verbrecher auf ein derart überschaubares Gebiet, wenn nicht aus einem inneren Zwang heraus?

Ob Cipassos Entwicklungsstörung mit wiederholten Abweisungen und Demütigungen gerade in dieser Gegend zu tun hatte? Vielleicht betrachtete er diesen Küstenabschnitt als Schauplatz persönlicher Schmach. Psychopathen hatten eine dünne Haut. Vielleicht nährte jeder Aufenthalt in Venice seinen Groll von neuem.

Sie überlegte, ob Cipasso wohl von außerhalb kam, ob er Venice nur für seine Übergriffe aufsuchte. Aber das schien abwegig – zu vorsätzlich, zu kontrolliert. Ihr fiel ein, was Stevens gesagt hatte, daß nämlich Cipasso zum Typ Kleinganove gehörte, den möglicherweise eine der Gangs rekrutiert hätte, wäre er etwas anders gestrickt. Doch selbst die Gangs mußte seine Zwanghaftigkeit abstoßen, das Fehlen jeglicher Vorzüge, die diese wettmachten, und, vor allem, daß er nicht formbar war. Cipasso paßte in keine Firma. Er lief nur in einer Spur – seiner eigenen.

Venice war dank seiner veränderlichen demographischen Struktur und des komplexen Geflechts an Subkulturen zum Untertauchen ideal. Wenn Cipasso aber mit Kalkül vorging, würde er dann vor der eigenen Haustür Straftaten begehen?

In Gedanken ließ sie die Opfer noch einmal Revue passieren: biedere Frauen, Muster an Stabilität und bürgerlicher Tugend. Nach welchen Kriterien wählte er aus? Studierte er die Verhaltensmuster seiner Opfer? Plante er seine Angriffe mit einer Detailbesessenheit, wie sie bestimmte Verbrecher an den Tag legten, oder handelte er impulsiv, wenn die Gelegenheit günstig war und die Versuchung groß? Einiges sprach dafür. Besonders, daß er sich ohne weiteres monatelang zurückhalten konnte und dann wieder zwei- oder sogar dreimal in einer Woche zuschlug, legte ein zyklisches Muster nahe. Kriminologen sprachen bei solchem Verhalten gelegentlich von einem Werwolf-Syndrom.

Vor allem aber fragte sich, wie Cipasso es anstellte, gleich wieder unsichtbar zu werden. Es mußte irgendeine Art Tarnung geben, irgend etwas, was ihn schlagartig vom Mainstream abhob. Was war der denkbar größte Gegensatz zu jung, gewalttätig, männlich? Paraplegiker? Da stieß Cynthia auf etwas, was sie bisher nicht bedacht hatte. In welcher Verkleidung konnte sich ein Mann am krassesten vom Bild des körperlich brutalen Vergewaltigers absetzen? Doch wohl als Frau, oder? Jetzt blitzten buntschillernd andere Erkenntnisse auf. Venice war traditionell immer ein Pflaster der Bohemiens gewesen. Unter anderem lebten dort eine ganze Menge Transvestiten. Der Ort war für sein exhibitionistisches Flair bekannt. Vielleicht schlüpfte Cipasso hinterher in eine solche Verkleidung. Sie stutzte. Vielleicht mußte sich Cipasso gar nicht verkleiden, vielleicht kleidete er sich immer so.

Gab es denn im Täterprofil irgend etwas, was auf eine emotionale oder sexuelle Abweichung hinwies? Zugegeben, die Schwere seiner Taten ließ ihn in jeder Hinsicht als abweichend erscheinen. Aber das verstellte nur den Blick auf die Tatsache, daß bestimmte Facetten seiner Persönlichkeit ganz normal sein konnten – oder zumindest einer Analyse zugänglich.

Sein Verhältnis zu älteren Frauen war fraglos gestört. Übte er Rache an der Mutter, die ihn so früh verlassen hatte? Handelte es sich bei allen Opfern um Mutterfiguren – Objekte seiner Wut und Enttäuschung? Wenn ja, war dann die Form der Rache nicht als zwar krankhafte, aber annähernd begreifliche, schlimmstmögliche Verletzung der Mutter-Sohn-Beziehung denkbar?

Im Hintergrund hörte Cynthia Gore Emhard mit dem Spätdienstredakteur Hal Barton über seinen neuen Bleistifthalter reden. Aus dem Rauschen des Großraums wurden manchmal Fetzen ferner Unterhaltungen von Unterströmungen herangetragen wie Walgesänge durch die Weiten der Meere.

»Eigentümliche Assoziationen, auratische Anmutungen«, schwärmte Emhard.

»Ökologisch natürlich unkorrekt«, hörte sie Hal Barton voll Bewunderung bemerken.

Sie konnte die beiden in Emhards Büro nebeneinander am Tisch auf den Bleistifthalter starren sehen. Ganz deutlich hörte sie

Emhard sagen: »Konnte einfach nicht widerstehen. Mußte das Ding sofort haben.«

Männer waren durch die Bank zwanghaft, das war ihr nicht neu. Jedes männliche Gen ein Gefahrenherd.

6

Alles in Weiss und Gold, weiße Tischplatten, minimalistisch weiße Wände. Und Bühne frei für die Drag-Queens, die auf den bescheidenen Brettern den Staub aufwirbelten, daß Dunstschleier aus Schweiß und schwerem Parfüm im Scheinwerferlicht rauchten.

Cynthia Lelague gefiel der Laden. Es herrschte das zweideutige Fluidum der Zeit selbst – oder aufgehobener Zeit. Das *El Greco* lag abseits der üblichen Piste, und auch das gefiel ihr. Ambiente teils Techno, teils asiatische Askese. Die kantigen Holztische und -stühle waren von japanischer Schlichtheit, das gleiche galt für das Speisenangebot, die großen Schalen nahrhafter Suppe.

Der Barkeeper war tatsächlich Japaner. Er trug eine Uniformmütze und Lederstiefel. Er näherte sich vom anderen Ende der Bar, blieb vor ihr stehen und musterte sie aus schmalen Augen. Zu ihrem Entzücken benutzte er Eyeliner. Wangen und Brauen erinnerten sie in ihrer hieratischen Strenge an Greta Garbo.

»Was darf's sein?« fragte er.

»Ein Bier. Ein großes.«

»Gern.« Er glitt nach hinten zur Kühlvitrine, gab Eiswürfel in ein Glas, setzte dieses und eins ohne vor ihr ab, riß die Lasche von einer Dose und stellte sie neben die Gläser, gespannt, wie sie ihr Bier trinken würde.

Sie schenkte sich Bier in das Glas ohne Eiswürfel und nahm einen tiefen Zug. Dann wandte sie sich wieder der Bühne zu.

Zu zehnt oder mehr legten sich die Drag-Queens mit ihren übertrieben geschminkten Augen und dicken Schichten Make-up ins Zeug, warfen die Beine hoch wie die gefeierten *Rockettes* oder die Girls im *Crazy Horse*. Cynthia verblüffte der Tenor der Show; sie hatte mit einer ebenso schrillen wie sentimentalen Huldigung an das Weibliche gerechnet, doch das Gegenteil war der Fall. Die Transen zielten aufs Groteske ab, auf Monstrosität, eine absurde Parodie von Weiblichkeit. In der Darbietung lag eine Art Schmähung alles Weiblichen, eine ohnmächtige Wut.

Ihr affektiertes Gekreische und wilder Cancan ließen Cynthia an Höhlenzeichnungen denken, deren Sinn für die Urheber darin lag, sich der magischen Kraft der abgebildeten Tiere zu bemächtigen. Ob hier nicht vielleicht ein ähnliches Ritual der Inbesitznahme vollzogen wurde, die Tänzer sich durch diesen Akt vor dem bösen Frauenblick zu schützen suchten?

»Verraten Sie mir etwas«, sagte sie. Sie setzte ihr Glas ab.

»Kommt darauf an«, erwiderte der Barkeeper.

»Wenn die Typen da abtreten, verwandeln sie sich alle wieder in Anwälte, Steuerberater und Werbepsychologen? Oder leben einige immer so?«

»Die meisten werden wieder Anwälte. Der eine oder andere bleibt so.«

Sie nickte und trank einen Schluck. Dann wischte sie sich den Mund mit dem Handrücken ab und erwiderte sein Lächeln.

»Sind Sie Fag Hag?« fragte er.

Sie nahm an, daß das eine technische Frage ohne Harm war, reine Formsache.

»Nein, aber vielleicht wird's ja noch. Was anderes: Wenn Sie dahinterkommen wollten, wer den Fummel anbehält, sich also nicht umzieht – woran würden Sie das erkennen?«

»Warum sollte mich das interessieren?«

»Einfach, weil Sie neugierig sind.«

»Warum sollte ich es Ihnen verraten?«

»Weil Sie es wissen.«

Seine schönen schrägen Augen musterten sie eindringlich. »Finden Sie sie komisch?«

»Ein bißchen schon. Aber deshalb frage ich nicht.«

Er sah ihr vielsagend in die Augen. »Der einzig wirklich komische Vogel in diesem Laden«, sagte er schlicht, »sind Sie.«

»Das macht schon zwei Tiefschläge«, meinte Cynthia freundlich. »Jetzt habe ich was gut.«

Er wandte das aparte Gesicht der Bühne zu und bedachte die Queens. Schließlich sagte er: »Achten Sie auf die Schuhe.«

Sie nahm einen Schluck Bier.

»Die Schuhe?«

»Die mit den bequemen Schuhen sind die, die sich hinterher nicht umziehen.«

Sie nickte. »Verstehe.«

»Verstehe«, sagte er und nickte seinerseits. »Ich empfehle mich.«

»Vielen Dank.«

Er glitt hinter der Bar zu zwei neuen Gästen hin, die mit lässig aufgestützten, nietenbesetzten Leder-Ellbogen am Tresen lehnten. Sie hätten ohne weiteres zu einer Motorradeskorte gehören können, aber Schein und Sein waren hier in diesem Laden schlecht zu trennen. Cynthia richtete ihre Aufmerksamkeit wieder auf die Bühne und besah sich die Schuhe. Die Worte des Barkeepers hatten einiges für sich. Die meisten Darsteller stöckelten unsicher auf hohen Absätzen herum. Bei einigen wirkten die Schuhe sehr eng. Männer hatten schließlich größere Füße als Frauen, und die Enge war vermutlich dem Bemühen geschuldet, ihre Füße zierlicher erscheinen zu lassen. Als sie die Reihe mehrmals durchgegangen war, blieben nur zwei Darsteller mit Schuhen über, die aussahen, als würden sie ständig getragen. Der eine war ein Zweimetermann und schwarz, Typ Basketball-Zweitligist. Der andere war einen Kopf kleiner, Latino, etwa von Cipassos Statur. Er trug passend zu seinen dunklen, dick geschminkten Augen eine schwarze Perücke. Er hatte den Körper eines Knaben, die Anmut eines Tänzers. Sie musterte ihn genauer. Trotz seines schlanken Wuchses verriet die Schulterpartie große Kraft.

Seit Wochen klapperte sie die Drag-Bars der Nachbarschaft ab, jetzt stieg in ihr etwas auf, ein Gefühl wie der erste leichte Rausch des Alkohols.

Als die Queens von der Bühne abtraten, beglich Cynthia beim Barkeeper ihre Rechnung, verließ das Lokal und wandte sich scharf nach links in eine schmale Seitenstraße. Sie hoffte, einen Hintereingang zu finden, doch es gab an dieser Seite des Gebäudes nur massiv vergitterte Fenster. Ein hoher schmiedeeiserner Zaun mit Spitzen bildete die Grenze zu einem benachbarten Abbruchgelände.

Sie trat den Rückzug an und schritt die Vorderseite des Gebäudes ab. Die Lichtkegel eines Wagens fegten über die Straße und jagten Cynthias Schatten steil die Wand hoch. Im Wagen saßen zwei Männer, sie blickten stur geradeaus. Der Wagen verlangsamte die Fahrt. Vielleicht überlegten die Insassen, ob sie sie ansprechen sollten. Vielleicht hielten sie sie für eine Ambulante. Sie war leidenschaftslos gefaßt. Als der Wagen mit laufendem Motor am Kantstein bremste, stieg einer der Männer aus und verschwand im *El Greco's*, der Wagen aber fuhr gleich wieder an und brauste davon. Sie wartete, bis er außer Sicht war, dann kehrte sie in die Stichstraße zurück und folgte ihr auf den kleinen Parkplatz hinter der Bar. Dort standen ein paar Oldtimer – ein betagter Studebaker und etliche edle Karossen: ein Mercedes, mehrere Cadillacs, ein Aston Martin und ein Buick Riviera, ein echter Klassiker. Die Anwälte, sagte sie sich, die Steuerberater, die zum Slumming herkamen.

Im Hintereingang des *El Greco* flackerte ein Lichtspalt auf, dann strich jemand in Jeans mit langem dunklem Haar katzengleich über den Parkplatz. Sie hörte einen Wagenschlag zufallen und gleich darauf das harsche Motorengeräusch des alten Studebaker. Scheinwerfer wurden aufgeblendet. Fast im selben Moment schon schoß der Wagen schottersprühend rückwärts aus seiner Lücke. Er blieb rüttelnd stehen, fuhr schlingernd an und hielt direkt auf sie zu.

Sie trat beiseite, und der Wagen brauste dicht an ihr vorbei; sie sah die Augen unter der dunklen Perücke, und als der Wagen auf den Fußweg scherte und mit laufendem Motor stehenblieb, wußte sie Bescheid. Wußte, daß sie in Rück- und Seitenspiegel beobachtet wurde. Sie lehnte sich an den Eisenzaun und atmete wie vor Schreck und Schwäche aus. Sie hatte einmal Schauspielunterricht genommen, und jetzt versuchte sie sich in die Rolle hineinzuversetzen, versuchte im ganzen Körper Furcht zu empfinden oder sie sich wenigstens vorzustellen.

Er hätte das Gaspedal durchtreten können, dann würde sie ihn so bald nicht wiedersehen; er ließ sich von seinem Instinkt leiten und würde genau spüren, ob etwas faul war. Doch der Motor drehte sich weiter im Leerlauf, und der Fahrer spielte mit dem Gas, als müßte er nachdenken.

Cynthia richtete sich auf, tat so, als sammle sie sich, stellte sich vor, daß sie Furchtlosigkeit mimte. Sie wußte, daß eine furchtsame Frau ganz bewußt nicht in den Wagen schauen würde.

Sie wechselte auf die andere Seite der schmalen Durchfahrt und wollte sich an dem wartenden Auto vorbeischieben. Sie war fast durch und glaubte schon, er würde sie doch noch ziehen lassen, als sie das Klicken der entriegelten Tür hörte. Dann war er so schnell draußen, daß der Wagenschlag ihre Hüfte traf und er sie fast im selben Moment mit seinem vollen Gewicht von der Seite anfiel. Eine Klaue legte sich eisern über ihren Mund, dann schleifte er sie wie eine Puppe auf eine Lücke im Eisengitter und auf das dunkle Gelände dahinter zu. Er hielt ihr den Mund zu und zischte ihr ins Ohr: »Keinen Ton, oder ich mach dich sofort kalt.« Sie spürte, wie sich ihr Kleid am Zaun verhakte, fühlte die Kraft in dem Ruck, mit dem er sie weiterzerrte, hörte Stoff reißen. Dann wurde sie, halb erstickt, aufs freie Gelände geschleppt.

Einmal hatte sie im Fernsehen gesehen, wie eine Falltürspinne blitzschnell aus ihrer Wohnröhre vor- und mit einem zappelnden Insekt zurückschoß. Sie konnte es der Beute in etwa nachfühlen. Er hatte sie ein ziemliches Stück ins Dunkel geschleift, die Straßenlaternen waren nur noch als schwacher Schimmer in der schwarzen Nacht zu sehen, dann, als er an eine freie, von leeren Versandkisten abgeschirmte Stelle kam, schien er den Ort gefunden zu haben, wo er sie mit Gewalt nehmen und demütigen würde. Er lockerte seinen Griff etwas, um sie zu Boden zu werfen oder zu stoßen, und das war der Moment, da sie – für ihn vollkommen unerwartet – angriff.

Genau diesen Moment hatte sie abgepaßt, wenn er seinen Griff um Kehle und Mund lösen müßte. Sie hatte ihn durch ihre Wehrlosigkeit in Sicherheit zu wiegen gesucht. Als er jetzt für den Bruchteil einer Sekunde die Hände wegnahm, um sie anders packen und hinwerfen zu können, versetzte sie ihm einen solchen Schlag in die Magengrube, daß sie förmlich spürte, wie es ihn durchzuckte.

Aber seine Kondition war hervorragend. Instinktiv hatte er das erste Anzeichen von Gegenwehr vorausgesehen und im letzten Moment noch versucht auszuweichen. Sie hatte ihn nicht voll erwischt, aber sie nutzte den kurzen Überraschungsmoment, um ihm das Handgelenk zu verdrehen und sich ganz aus seinem Griff zu befreien. Blitzschnell fuhr sie herum und stieß ihm das Knie zwischen die Beine, ließ sofort einen Handballenschlag an die Schläfe folgen. Er ging zu Boden, wand sich aber wie ein Aal sofort auf den Rücken – für sie die Gelegenheit, sich mit ihrem vollen Gewicht auf ein Knie fallen zu lassen, genau auf den Solarplexus, und ihm die Luft zu nehmen. Er krümmte sich vor Schmerz und rollte sich, verzweifelt nach Atem ringend, auf die Seite.

Während er sich vor Schmerzen wand, machte sie kurzen Prozeß. Sie öffnete seinen Gürtel, riß ihm die Hosen herunter und zurrte den Gürtel um seine Knie so fest wie nur möglich. Einer, der so durchtrainiert war wie er, würde kaum zwanzig, höchstens dreißig Sekunden brauchen, um sich zu erholen. Während er immer noch nach Luft rang, sprengte sie mit einem Ruck die oberen drei Knöpfe seines Hemds ab, zerrte es ihm nach hinten über die Schultern und fesselte mit dem Stoff seine Hände. Er kam jetzt wieder zu Kräften und bäumte sich wild auf.

Sie versetzte ihm einen ordentlichen Schlag zwischen Hals und Kiefer, schlug so hart zu, daß er mehrere Sekunden stillag. Seine Perücke war heruntergefallen. Darunter war sein Schädel kahlgeschoren.

Vielleicht weiß der Beutegreifer am besten, wann die Lage aussichtslos ist. Cipasso spuckte und schrie, schleuderte ihr wüste Schmähungen entgegen. Sie griff sich die Perücke und begann, sie ihm mit aller Geduld in den Mund zu stopfen. Da konnte er die Zähne so fest zusammenbeißen, wie er wollte, immer wieder entrang sich ihm ein Wutkreischen, löste sich notgedrungen sein Unterkiefer, und jedesmal schob sie die Perücke weiter hinein. Allmählich wurde das Schreien dumpfer, und schließlich wurde es verschluckt wie das Pfeifen eines Zugs, der im Tunnel verschwindet.

Sie las ihre Handtasche auf, holte das Klebeband hervor, das sie eingesteckt hatte, und wand es ihm um Mund und Genick, damit die Perücke drinblieb. Er atmete geräuschvoll durch die Nase, schnaubte vor Wut und Empörung.

Sie richtete sich auf, streifte ihre Schuhe ab, zog den Reißverschluß ihres Kleids herunter und hob es sich über den Kopf. Dann stand sie nackt über ihm auf dem Abbruchgelände, Brüste und Unterbauch im Mondlicht glänzend. Ihre Scham war ein gebogener, herzförmiger Schatten. Sie blickte auf ihn hinunter und atmete nach der Anstrengung ein paarmal tief durch. Er wälzte sich ruckend herum, bis er auf dem Rücken lag und zu seiner Peinigerin hochsehen konnte.

»Du fickst Frauen gern gegen ihren Willen?« Sie pflanzte die Füße links und rechts neben ihm auf, ohne jede Hast. »Hörst sie gern schreien?«

Er sah zu ihr hoch. Die Perücke stand ihm vor dem Mund wie ein Schnurrbart.

»Also gut«, meinte sie, »dann ficken wir jetzt.«

7

Die Redaktionsräume der *Angel Times* füllten sich; nach und nach erschienen die Kollegen zum Frühdienst. Cynthia saß an ihrem Terminal, als eine Ausgabe der *Gazette* auf ihren Tisch klatschte.

Sie blickte von dem Geschoß zu seinem Ursprung hoch. »Wer zum Teufel ist diese Fuckwoman?« knurrte Gore Emhard. »Was ist das bloß für eine Irre?«

Er stand neben ihr, den Blick stier auf die Zeitung gerichtet, die aufgeschlagen dalag wie das Opfer eines Sturzes aus großer Höhe. Cynthia beugte sich vor, um Schlagzeile und Einstieg zu lesen, dann sah sie wieder zu ihm hoch.

»Sieht mir ganz so aus, als hätten Sie eine heiße Story verschlafen, Cynthia«, sagte Emhard.

Er deutete auf die Titelseite der *Gazette*. Die Schlagzeile schrie:

F-WOMAN SCHLÄGT WIEDER ZU

Emhard griff hoch und schaltete den Fernseher über Cynthias Tisch ein. Es wurde soeben eine Meldung verlesen. Bei jeder Erwähnung von »Fuckwoman« ertönte der mittlerweile vertraute Pfeifton.

Der Moderator sagte: »*Am späten Abend fiel gestern der vorbestrafte Schwerverbrecher und mehrfache Vergewaltiger Pablo Cipasso mitten in Venice auf einem verlassenen Baugrundstück unweit der stadtbekannten Transvestiten-Bar* El Greco *der Selbsthilfe-Aktivistin in die Hände, die sich F-woman nennt. Cipasso gehört zu den meistgesuchten Verbrechern des Großraums Los Angeles. Die Polizei verdächtigt ihn gut eines halben Dutzends gewalttätiger Sexualdelikte im Umfeld von Venice. Obwohl alle diese*

Verbrechen seine Handschrift trugen – Cipasso suchte seine Opfer meist unter gutsituierten Frauen gesetzten Alters aus dem Mittelstand und überwältigte sie vorzugsweise in ihren eigenen Schlafzimmern –, hat die Polizei es auch in drei Jahren nicht vermocht, den Täter zu fassen. Nun scheint ihnen F-woman zuvorgekommen zu sein.«

»Verdammt«, sagte Emhard.

»Drei Jahre Angst und Schrecken, und das LAPD war trotz seines überschaubaren Operationsgebiets außerstande, Cipasso aufzuspüren. Jetzt lieferte seine Festnahme Hinweise auf ein heimliches Doppelleben. Spuren von Make-up, eine Perücke und Damenschuhe lassen darauf schließen, daß Cipasso als Frauenimitator auftrat. Die Polizei geht inzwischen davon aus, daß er zum Kreis der Amateurkünstler des El Greco *gehörte. Man nimmt außerdem an, daß die Aktivistin, die sich als F-woman einen Namen gemacht hat, sich den Tätern des öfteren als Lockvogel, als hilfloses Opfer anbietet.*

»Taffes Luder«, murmelte Emhard wie zu sich selbst.

»Cipasso muß die Sextäterjägerin wohl kurz nach Verlassen der Bar El Greco *erspäht und zum Opfer auserkoren haben. Er stieg offenbar in der Absicht aus seinem alten Studebaker, sie zu überwältigen und sich an ihr zu vergreifen. Nach Auskunft der Polizei kam es in der Nähe des Wagens zu einem Kampf, Schleifspuren führen weit auf eine benachbarte Brache hinaus. Nachdem er sein scheinbar hilfloses Opfer dorthin geschafft hatte, erlebte Cipasso offenbar beim Versuch, die Frau zu vergewaltigen, sein blaues Wunder. Die Unbekannte, die sich F-woman nennt, wehrte sich, sie konnte den Täter überwältigen und fesseln. Dann wurde er, wie es heißt, verschiedenen sexuellen Demütigungen ausgesetzt.«*

»Eine Verrückte«, meinte Emhard.

»Cipasso, der nach Auskunft der Polizei augenscheinlich mit seinem eigenen Gürtel und Hemd gefesselt wurde, mußte zudem die Schmach über sich ergehen lassen, mit der Frauenperücke geknebelt zu werden, die er bei seinem Auftritt trug. Zu den ›weitreichenden‹ sexuellen Demütigungen machte die Polizei keine weiteren Angaben. Der Zustand des Gefaßten wird als kritisch bezeichnet, er sei verwirrt und inkohärent und müsse stark sediert werden.«

»Großer Gott«, meinte Emhard. »Da fragt man sich doch, wer verrückter ist – die Vergewaltiger oder dieses Teufelsweib. So etwas sollten sie im Fernsehen gar nicht senden.«

»Weitere Details und ein psychologisches Profil der Selbsthilfe-Aktivistin F-woman strahlt in diesem Moment der zu unserer Sendergruppe gehörende Channel 26 aus.«

Beide griffen sie gleichzeitig hoch, um auf Channel 26 umzuschalten.

»Gegenstand von Spekulationen wird zunehmend die Täterpersönlichkeit von F-woman selbst. Angesichts der beträchtlichen und stetig wachsenden Zustimmung, die F-womans Selbsthilfe-Aktionen, ihr kompromißloses Vorgehen gegen ausgewählte Sexualtäter innerhalb der Bevölkerung finden, bemühen sich Polizeipsychologen, zur besseren Tätererkennung ein Profil der feministischen Rächerin zu erstellen. Dr. James Holocenter, beratender Kriminalpsychologe der Sonderdienststelle Profiling beim LAPD, nahm in einem Interview folgendermaßen Stellung.«

Holocenter sprach mit ruhiger Autorität, er kam gut rüber, souverän, überzeugend. Cynthia schien der Mann wie ausgewechselt, verglichen mit dem steifen und brüsken LAPD-Vertreter der letzten Sendung – vielleicht, weil er sich auf seinem ureigenen Terrain bewegte und glaubte, diesmal im Vorteil zu sein. Zuvor hatte er sehr defensiv gewirkt, als müsse er der Kritik am LAPD entgegentreten, das mit der Fahndung nach den Vergewaltigern wie nach Fuckwoman nicht weiterkam. Jetzt schmetterte er einige unangenehme Fragen geschickt ab und erklärte: *»Ich vermute, daß es sich um eine Frau handelt, die einen tiefsitzenden Groll gegen das männliche Geschlecht hegt. Vielleicht hat sie früh Erfahrungen mit Mißbrauch gemacht. Das sind natürlich nur Vermutungen, aber irgendwo muß man ja anfangen.«*

Die Moderatorin sagte: *»Holocenter verwies außerdem auf die Art der hinterlassenen Spuren, die Rückschlüsse auf bestimmte Persönlichkeitsmerkmale zuließen.«*

Holocenter war jetzt ganz Herr der Lage und dozierte, als lese er einen vorbereiteten Text ab. *»Interessanterweise scheint sich F-woman* *bei ihren Kampagnen an Comic-Vorbildern wie Superman zu orientieren. Eine Verbeugung vor Superman und ähnlichen Helden ist bei diesen Unternehmungen geradezu zu einem Wahrzeichen F-womans geworden. Soviel darf ich Ihnen an dieser Stelle verraten, daß nämlich im jüngsten Fall eine Bekennerbotschaft mit dem folgenden Wortlaut hinterlassen wurde: ›Ist es ein Vogel, ist es ein Vieh?‹ Hier handelt es sich zum einen natürlich um eine Hommage an Superman. Mir scheint jedoch auch eine Anspielung auf das Animalische enthalten zu sein, das heißt die Handlungen, die sie ihren Opfern aufzwingt. Wir haben es zweifellos mit einer psychisch Kranken zu tun. Einer psycho-sexuell unreifen und paranoiden Persönlichkeit, wie wir meinen. F-woman bedarf psychiatrischer Behandlung, eventuell einer medikamentösen Triebdämpfung.«*

»Wie ich diese Ad-hoc-Indikationen liebe«, murmelte Cynthia.

»Bitte?« meinte Emhard.

»Nichts. Ich führe Selbstgespräche.«

Sie verfolgten die Sendung weiter.

Die Moderatorin: *»Nicht wenige Bürger sehen das anders. Auf die Frage, wer oder was sich hinter der Selbsthilfe-Aktivistin F-woman verbergen könnte, äußerte sich ein Superstore-Manager in Venice folgendermaßen –«*

Ein Mittvierziger im weißen Kittel mit Pferdeschwanz hielt sein schmales Gesicht in die Kamera. *»Meinetwegen kann sie eine Außerirdische sein. Aber eins steht fest: Die Außerirdische macht ihre Sache verdammt viel besser als die Polizei von Los Angeles.«*

Jetzt wieder die Moderatorin: *»Eine weitere Meinung holten wir von Taco Fujimori ein, Barkeeper im* El Greco, *wo Cipasso vermutlich in einer der Amateur-Transvestitenshows auftrat. Nach der Identität von F-woman gefragt, antwortete Mr. Fujimori: ›Am ehesten eine Diesel-Dyke aus Orange County.‹ Mr. Fujimori beschrieb der Polizei die Frau, die gestern abend die Bar aufsuchte und gezielt Fragen stellte. Hier sehen Sie das aufgrund der Angaben Fujimoris erstellte Phantombild.«*

Im Bild erschien ein Wesen, das stark an einen Menschenaffen mit Perücke erinnerte. Die Gefühle zwischen ihr und dem Barkeeper, sagte sich Cynthia, beruhten offenbar auf Gegenseitigkeit. Trotzdem war sie erleichtert, nicht so ohne weiteres identifizierbar zu sein.

Cynthia bemerkte: »Wahrscheinlich war es der Orang-Utan aus dem Griffith Park Zoo.«

»Bitte?« meinte Emhard.

»Nichts, was eine Wiederholung verdiente«, sagte Cynthia. »Die Ansichten über ihre Identität scheinen ziemlich auseinanderzugehen.«

»Ein Vergewaltiger ist so schlimm wie der andere«, sagte Emhard. Er schaltete den Fernseher aus und reckte die langen Arme. Er hatte einen steifen Hals. Den Blick an die Zimmerdecke gerichtet, massierte er sich eine Zeitlang mit den Fingern die Halswirbel. »Zu meiner Zeit haben wir Grünschnäbel von der Journaille uns Samstag abends in unsere Fords und Pick-ups geschwungen und sind zum *Busted Steer* downtown gefahren. Dort haben wir uns volllaufen lassen, ein bißchen Poker gespielt und blöde Witze erzählt. Manchmal gab's Streit, und dann haben wir uns eben die halbe Nacht geprügelt. Das war anständiger Spaß auf saubere amerikanische Art. Bei diesem perversen Zeug dreht sich mir der Magen um.«

Er knetete sich noch ein bißchen den Nacken, dann trollte er sich. Cynthia blickte ihm nach, bis er in seinem Büro verschwunden war. Ob er sich mit seinem Bisonpenis-Bleistifthalter trösten würde? Vielleicht war das das einzige, was noch an die heile Welt von damals erinnerte?

Sie konzentrierte sich wieder auf ihren Bildschirm und gab ihren Text für die morgige Ausgabe ein.

8

Cynthia ging immer erst nach der regulären Öffnungszeit in den Aztec Health Club in der 3rd Street, dann kostete alles nur die Hälfte. Wenn man zusätzliche Ausgaben vermied, ließ sich der Laden recht günstig nutzen. Sobald man dort aber eine Kleinigkeit aß oder trank, sich eine Massage gönnte oder von den hundert anderen Wellness-Angeboten Gebrauch machte, zahlte man astronomische Summen.

Der Club hatte ausgezeichnete Krafttrainingsmaschinen, Flach- und Schrägbänke, Beinpressen. Sie trainierte dort jeden Abend anderthalb Stunden und schwamm dann vierzig Längen im Olympiabecken. Schwimmen lockerte die Muskeln und verbesserte die Koordination.

Trainingsziel war für Cynthia nicht allein Körperkraft, obwohl sie Kräfte mobilisieren konnte, die man nicht ohne weiteres erwartet hätte. Sie trainierte ihren Körper, damit er für sich selber dachte, sich ökonomisch und geschmeidig bewegte, instinktsicher reagierte. Die Ruhe, ja Nonchalance, mit der sie ihren Angriff einleitete, löste bei ihren Gegnern häufig erst Konsternation, dann Schrecken aus. Denn Cynthia täuschte und schlug dann mit unerwarteter Wucht zu.

Ihre Einschätzung des Gegners war klar und simpel. Physisch war er ihr überlegen. Das war größtenteils eine Frage der Chemie; Männer strotzten vor Testosteron und anderen Hormonen, ihr Muskelgewebe war anders, wies einen höheren Anteil an kräftigen, quergestreiften Muskelfasern auf. Was sie aber den Männern voraus hatte, war eine bedingungslose Selbstachtung und Freiheitlichkeit. Sie lehrte ihren Körper, locker, gelenkig, geschmeidig zu sein – und einzustecken, weil sie wußte, daß der Schmerz nicht von Dauer war. Und er hätte ein Nachspiel. Sie ließ ihre Angreifer kommen, entwand sich und schlug dann zurück. Ihrer Erfahrung nach konnte sie, wenn sie ganz gesammelte, verinnerlichte Entschlossenheit war, um so härter zuschlagen. Und das erschreckte ihre Gegner am meisten. Es brachte sie gründlich aus dem Tritt, daß Cynthia die Gewalt, die sie ihr antaten, gelassen hinnahm. Doch der weit größere Schaden war psychischer Natur. Tief in der männlichen Psyche schlummerte die Überzeugung, daß eine Frau nicht ernstlich zurückschlagen könne. Männer glaubten einfach nicht, daß eine Frau sich seelenruhig und in der Absicht, ihn bis zum bitteren Ende zu führen, einem Kampf stellen würde. Meldeten sich also erste Zweifel oder leise Angst, dann begann das männliche Selbstvertrauen schnell zu bröckeln. Die Kerle verkrampften sich, wurden furchtsam. Wurden von inneren Spannungen zerrissen. An diesem Punkt trat ein Kampf in die entscheidende Phase: wenn der eine Gegner zu wachsen, der andere zu schrumpfen begann.

An zwei Abenden in der Woche nahm Cynthia Judo-Unterricht bei einem Mexikaner namens Juan Cortez. Sie ließ sich werfen und niederdrücken und versuchte dann, sich zu befreien. Alles Denken richtete sich einzig auf die Aufgabe, den Griff des Gegners zu sprengen. Wenn die eine Abwehrtechnik nicht half, probierte sie eine andere. Sie versuchte Juan einzulullen und sich dann mit voller Kraft in eine unerwartete Bewegung zu werfen. Wenn ein Überraschungsmanöver nicht zum Erfolg führte, gelang es ihr doch immerhin häufig, ihren Judolehrer soweit zu irritieren, daß er sich zu einer Reaktion hinreißen ließ. Dann legte sie ohne Vorwarnung alle Kraft doch noch ins vorige Manöver, das somit wieder vollkommen unerwartet kam. Juan konnte nur staunen über die Konsequenz und Nüchternheit, die Lakonie, mit der sie blitzschnell die Taktik wechselte.

An diesem Abend erschien Cynthia kurz nach Mitternacht im Aztec Health Club, stieg die Stufen zum imposanten Eingangsportal hinauf und trat an die verglaste Pförtnerloge. Ohne aufzublicken sagte der Pförtner: »Tut mir leid, wir haben geschlossen.« Doch der Schatten vor der Scheibe rührte sich nicht. Er sah hoch, und hinter den Brillengläsern weiteten sich seine Augen. »Ach, Sie sind's, Miss Lelague.«

»Hi, Matthew. Tut mir leid, aber ich kann mir den Club zur normalen Öffnungszeit nicht leisten.«

»Haben Sie einflußreiche Freunde, Miss Lelague?« zog Matthew sie auf. »Daß Ihnen jemand diese Sonderregelung ermöglicht hat?«

Er drückte auf einen Knopf, und die Tür schwang auf. »Die Klimaanlage ist leider schon abgeschaltet. Und es brennt nur noch die Nachtbeleuchtung.«

Cynthia grinste. »Deshalb der Sonderpreis.«

Sie trat durch die Tür in die große Empfangshalle. Alle Lichter waren heruntergedimmt. Sie sah ihren Atem dampfen.

Sie glitt durch die langen Flure, hielt sich nach rechts, schritt dann am Schwimmbecken entlang, das im Dunkeln milchweiß rauchte. Es gefiel ihr, sich fast lautlos zu bewegen und nur das Wispern ihrer Schritte auf den Kacheln zu vernehmen.

Am Ende der Schwimmhalle schob sie, nur leicht atmend, eine weitere Tür auf.

Auch der Fitnessraum war nur spärlich von oben beleuchtet. Sie ließ den Blick an den Gewichtstürmen und anderen Stationen vorbei zu einer freien Fläche schweifen, in deren Mitte eine Matte lag. Sie spähte ins Dunkel dahinter.

Am Ende des Raums stand jemand, im Halbdämmer nur undeutlich zu sehen. Das Gesicht war nicht zu erkennen. Die reglose Gestalt hätte ebensogut ein Teil der Einrichtung sein können. Bis auf den Atem, der alle paar Sekunden aus der Dunkelheit wölkte.

»Hi, Juan!« rief Cynthia.

»Hi, Cyncy«, erwiderte Juan. »Du kommst spät.«

»Tut mir leid. Es gab für die Spätausgabe noch zu tun.«

Juan Cortez rührte sich nicht. Nur sein Atem hob sich hell vor der Dunkelheit ab. Cynthia zog Trainingshose und -jacke aus. Darunter trug sie ein Ringertrikot.

Sie ging bis in die Mitte der freien Fläche vor. Dort bezog sie auf der Matte Stellung. Ihr Atem stieg als Nebel auf.

Demonstrativ drehte sie Juan den Rücken zu. Sie ahnte seine Atemzüge hinter sich im Dunkeln. Plötzlich nichts mehr. Dann dumpf trommelnde Schritte, als er lossprintete.

Unmittelbar bevor er sie erreichte, trat sie rasch beiseite, so daß er sie nur seitlich streifte, packte sein Handgelenk und warf ihn nach hinten ab. Sogleich drückte sie mit Knien und Unterschenkeln seine Schultern auf die Matte.

»Nicht schlecht«, meinte Juan.

Juan ließ aus der Bodenlage die Beine hochschnellen. Es war, als besäßen sie einen eigenen Willen. Wie eine Schere schlossen sie sich um Cynthias Hals und rissen sie um.

Er zwang sie auf die Matte. Sie wehrte sich, konnte sich aber nicht befreien.

»Ergibst du dich?« fragte Juan.

Cynthia ließ sich zurückfallen. Ihre gekrümmten Zehen lösten sich. Ihr Arm ruhte scheinbar ergeben auf der Matte, ihre Finger lockerten sich.

Argwöhnisch schöpfte Juan Atem. Weiß wölkte es in der feuchten Luft.

Dann ächzte er, als Cynthia unerwartet unter ihm bockte und er versuchte, den gewaltigen Stoß abzufangen. Gleich darauf stieß sie ihr Becken hoch und brachte ihn durch die Verlagerung des Angriffspunkts aus dem Gleichgewicht. Ehe er sich fangen konnte, setzte sie die Wucht ihrer Knie ein. Mit jedem Ruck lockerte sich Juans Halt ein bißchen mehr. Dann bäumte sie sich ein letztes Mal hoch, und Juan landete bäuchlings auf der Matte.

Sie drückte ihn runter und drehte ihm den Arm auf den Rükken. Sie lagen voreinander wie Liebende.

»Mann, Cyncy«, meinte Juan. »Du balgst wie die Katzen.«

Cynthia schluckte. »Klar, Juan. Allzeit wachsam, allzeit bereit.«

»Angst vor Vergewaltigern, Cyncy? Schlechte Träume?«

»Ich gehe das rein professionell an, Juano.«

Sie ließ von ihm ab, rollte sich weg und blieb auf dem Rücken liegen.

»Als würdest du jeden Moment mit der Schicksalsbegegnung rechnen«, sagte Juan.

»Kommt der Sache recht nah.«

Er wälzte sich langsam auf den Rücken und blickte zur Decke hoch. Beide waren sie schweißgebadet.

Nach einer Zeit richtete sich Cynthia auf. »Kommst du schwimmen?«

Juan lächelte nur.

Cynthia trat durch die offene Tür des Fitnessraums in die Schwimmhalle. Dampf schwebte im Dunkeln über dem Wasser. Sie legte einen eleganten Kopfsprung hin und kraulte in ziemlichem Tempo die mittlere Bahn hinunter. Juan blickte der ins milchige Weiß entschwindenden Gestalt nach, dem hellen Doppelstreif der von ihren Beinschlägen gezogenen Schaumspur. Am Ende des Beckens, das er im Dunkeln kaum noch sehen konnte, wendete sie unter Wasser.

Anschließend gingen sie gemeinsam zu den Umkleideräumen. Er naßgeschwitzt, sie tropfnaß. Juan hielt auf die Tür mit der Aufschrift MEN zu. Er blieb kurz stehen und sah zu ihr hinüber, als sie vor der Tür mit dem Schild WOMEN stehenblieb.

»Nächste Woche?«

Er nickte. »Wie immer.«

Im Frauenumkleideraum zog Cynthia sich aus. Hinter der Wand hörte sie Juan in der Dusche. Sie lauschte einen Augenblick, dann suchte sie sich selbst eine Kabine.

Das Wasser war kalt. Sie regelte die Temperatur. Wie Nadeln prasselte es heiß auf Schultern, Nacken und Rücken. Sie ließ das kühle, glatte Seifenstück über ihren Unterbauch und die Schenkel gleiten, Mond vor ihrer Sonne. Das war fast die einzige Liebkosung, schien ihr, die sie noch kannte, die einzige zärtliche Berührung, die ihr Körper erfuhr. Seit einiger Zeit spürte sie, wie etwas im Innern sie zu Juan hindrängte, wie eine Zentrifugalkraft, aber ihr Verstand wehrte sich, als wäre schon der Gedanke zu intim. Als richtete ihr Wille ein gleich starkes entgegengesetztes Kraftfeld auf, ein zentripetales, nach innen gekehrtes.

Sie drehte sich um und legte den Kopf in den Nacken, ließ die heißen Nadeln auf Hals, Schultern und Brüste prasseln, bis Dampf ihren Körper umhüllte.

9

Draussen verabschiedete Matthew sie mit einem »Wiedersehen, Miss Lelague«.

Er saß in seiner Pförtnerloge und las. Er hatte, als er sie aus dem Gebäude treten sah, sein Heft rasch unter die Schreibtischauflage geschoben. Sie hatte nur einen flüchtigen Blick auf das Titelbild mit zwei Männern erhascht, die nebeneinander lässig an einer Mauer lehnten. Beide waren nackt, abgesehen von ihren Sandalen, die aber den Reiz eher noch steigerten. Sie hatte sich schon gedacht, daß Matthew schwul war. Das änderte nichts an ihrer Sympathie, weder so noch so.

Es gab keine sexuelle Spielart, die sie erschreckte, mit Ausnahme vielleicht des Sadomasochismus. Und da führte sie ihren Widerwillen darauf zurück, daß sie jeglichen Ausdruck von Macht oder Gewalt zwischen Männern und Frauen als inhärent politisch empfand. Schwarzes SM-Leder erinnerte sie ungut an Faschismus, und sie verstand nicht, weshalb Menschen gerade mit diesem Feuer spielen mußten, den dunklen Mächten von Beherrschung und Unterwerfung, um sich einen Kick zu verschaffen. Über Gefühlsverstrickungen zwischen Männern und Frauen, die zu derart seltsamen Zeremonien, zu absonderlichen Inszenierungen von Agression führten, konnte sie nur staunen.

Die Schwulenszene interessierte sie nicht zuletzt deshalb, weil sie Vergleichsmöglichkeiten bot. Einer ihrer schwulen Freunde hatte ihr erklärt, Beziehungen zwischen Männern seien viel einfacher und das, was man voneinander wolle, viel klarer. Es gebe keine Geschlechtsbarrieren zu überwinden, keine unterschiedlichen Erwartungen, keine Politik des Aushandelns. Die Partner waren gleich, sie wollten das gleiche. Er hatte ihr eröffnet, daß er schwulen Sex als rein empfinde, die Heterosexualität hingegen als mit dem Makel konfliktträchtiger, widerstrebender Erwartungen behaftet.

Sie überquerte die Burlington Avenue und ging in der heißen Nacht durch die dunklen Straßen, bewegte sich in ihren vernünftigen Schuhen fast lautlos über Gehwegplatten, die immer noch die Sonnenhitze vom Tage abstrahlten.

In der Union Avenue lehnten mehrere Huren still an einer Mauer, die meisten von ihnen drogenabhängig. Ihre Gesichter wirkten sehr blaß, und wenn sie sich rührten, dann auf die seltsam bedächtige Art von Leuten, die nicht ganz bei sich sind. Auf der 2nd Avenue wankten ein paar Betrunkene an ihr vorbei: Alle Augenblicke ihre Plastikflaschen an den Hals setzend, zogen sie taumelnd des Weges.

In der Valencia Street sah sie aus dem pechschwarzen Schlagschatten einer Mauer drei Paar Hosenbeine hervorragen. Der Rest der Körper war in Dunkel gehüllt. Irgend etwas an der Stellung der Beine – wie sie männliche Präsenz bekundeten, ohne daß die Männer sich zeigten – ließ eine Form von Anmache denkbar erscheinen. Vermutlich wußten die Kerle, daß sie sie gesehen hatte, und warteten erst einmal ihre Reaktion ab. Sie spürte die zielgerichtete Aufmerksamkeit. Sie wußte, daß die Männer auf Anzeichen von Angst lauerten, denn Angst war das, was sie interessierte, was sie erregte. Eine Frau in Angst lockte Schleicher und Schlimmeres so schnell aus dem Schatten wie eine verletzte Antilope Löwen oder Hyänen aus afrikanischer Nacht.

Vielleicht witterten die drei unsichtbaren Männer also, daß sie keine Angst vor ihnen hatte. Sie wußte, die drei würden sie, ohne beiseite zu rücken, nahen lassen, bis sie genau auf ihrer Höhe war. So nah, daß die Männer die Hände hätten ausstrecken und sie berühren können; ihr Auftauchen forderte sie praktisch dazu heraus. Genauso, als würde sie direkt vor sie hintreten und ihnen frech in die Augen starren. Cynthia hatte sehr wohl Angst, aber über ihre Angst bestimmte sie, niemand sonst. Im Dunkeln ging sie unbehelligt an ihnen vorbei.

Sie schloß die Tür zu ihrem Apartment auf und machte Licht. Der Schein zerschnitt die nackte Rechtwinkligkeit des Raums.

Das Apartment bestand aus einem einzigen großen, kahlen Raum, der fast mönchisch wirkte. Es gab eine Kochzeile und gleich daneben eine Naßzelle.

Das Sofa diente zugleich als Bett. Sie brauchte keine drei Minuten, um es aufzuklappen und zu beziehen. Es gab keine Klimaanlage, denn die Wohnung war eigentlich ein Atelier mit Nordlicht. Bilder hingen keine an den Wänden. Sie mochte die Leere des Raums, die unverstellte, klare Geometrie. Wenn sie überhaupt einem Glauben zuneigte, dann dem Zenbuddhismus. Ihr Studioapartment strahlte asketische Strenge aus.

Sie löschte das Licht, weil sie sich gern im Dunkeln auszog. Dann konnte sie die Vorhänge aufziehen und das Fenster öffnen, ohne sich beobachtet zu fühlen. Im Dunkeln streifte sie sich das Kleid über den Kopf und hängte es in den einzig vorhandenen Schrank. Nackt legte sie sich aufs Bett und starrte an die Decke.

Manchmal dachte sie zu nächtlicher Stunde darüber nach, wie seltsam ihr Leben war. Es glich einem Privattheater, absurdem Theater. Jeder verarbeitet die Erfahrungen, die er oder sie im Leben macht, anders; ihr Leben, fand Cynthia, folgte einer ganz eigenen Logik.

Manchmal dachte sie daran, wie sie aufgewachsen war. Sie fragte sich, ob sie ein anderes Leben hätte führen können. Doch letztlich kam ihr beides, wer sie war und wer sie vielleicht hätte sein können, gleichermaßen unwirklich vor, so unwirklich wie das Verhältnis zwischen gelebtem Leben und dem, was man im Kino sieht.

10

Wenige Tage später erhielt sie etwas unerwartet einen Brief von ihrer Mutter, dem ein Zeitungsausschnitt aus der *Pasadena Post* beigelegt war:

Liebe Cynthia,

mein Schatz, wie geht es Dir? Wir haben seit Wochen nichts mehr von Dir gehört. Ich hoffe, daß Dich die Arbeit nicht zu sehr anstrengt und daß Du Dich vernünftig ernährst.

Ich schreibe Dir teils deshalb, weil ich Dir diesen Ausschnitt schicken wollte – ich denke, er wird Dir gefallen. Hast Du die kuriose Karriere der Selbsthilfe-Aktivistin verfolgt, die als »Fuckwoman« auftritt? Als ich zuerst von ihr hörte, dachte ich, es müsse sich um eine exzentrische junge Frau aus einem Caravanpark handeln, mit ernsthaften psychischen Problemen – einem alten Groll auf den abwesenden Vater, so in der Art. Sie erinnerte mich an einige der jungen Frauen, die zum Tag der offenen Tür bei uns im Fachbereich Psychologie auftauchen: voller Wut über soziale Benachteiligungen und mit latent suizidalen Tendenzen. Doch in letzter Zeit scheint mir eher, als sei da ein bestimmter, ausgeprägt politischer Standpunkt im Spiel. Das macht sie nicht unbedingt besser oder schlechter, es verleiht der Persönlichkeit lediglich mehr Tiefe.

Wir haben hier in Pasadena einen recht fähigen Lokalreporter namens James Blender, der erst Anfang zwanzig ist, aber mit Sicherheit eines Tages für eine der großen Zeitungen schreiben wird. Seine Beiträge sind in der Regel sorgfältig recherchiert und fundierter, als es gemeinhin der Fall ist. Die Post honoriert das, indem sie ihm gelegentlich Platz für längere Beiträge einräumt. Der Artikel, den ich hier mitschicke, besticht durch seine gedankliche Tiefe – auch wenn man bezweifeln muß, ob in den Medien von einer solch bizarren Gestalt überhaupt mit so etwas wie Wahrhaftigkeit gesprochen werden kann.

Cynthia, Liebes, manchmal verfolgt mich in Wach- oder Alpträumen die Vorstellung, es könnte sich bei »Fuckwoman« um Dich handeln. Ich weiß, es ist albern, so etwas von der eigenen Tochter zu denken, aber es gibt bestimmte Wesenszüge, zumindest den Berichten zufolge, die mich doch sehr an Dich erinnern. Und das, was ich zu einem rudimentären psychologisches Profil »Fuckwomans« zusammenzutragen vermag, paßt recht gut auf Dich, muß ich gestehen. Es ist nicht nur die auffällige Selbstsicherheit, die gelegentliche Überheblichkeit und der unbedingte Gerechtigkeitssinn. Ich fühle mich auch an Deine Art von Konfliktbewältigung erinnert – diese beängstigende Unerschrockenheit und Kampfbereitschaft, die Dich zu einer solch respektablen Gegnerin machen. Nur ein Beispiel: Ich entsinne mich, wie Dein Tennispartner Harry, der Sohn der Entwhistles, damals, als ihr Teenager wart, bei seinen Linienbällen häufiger falsche Ansagen machte, als Dir billig schien. Du bist kurzerhand um das Netz herummarschiert, hast ihn gepackt und am T-Shirt an einem der Eisenhaken der Platzpfosten aufgehängt. Dann bist Du eiskalt auf Deine Seite zurückmarschiert, während er dort zappelte wie ein aufgespießtes Insekt, hast seelenruhig Deinen Aufschlag wiederholt, bist vom Platz gestapft und hast ihn buchstäblich in der Luft hängen lassen. Ich konnte ihn nur mit Hilfe Deines Vaters herunterholen, denn Du bestandst darauf, daß er noch eine Weile büßen solle, und ich erinnere mich auch deutlich, wie Dein Vater sich vor Lachen kaum halten konnte, als wir den Bengel endlich erlösten und so tun mußten, als wären wir über das Verhalten unserer Amazonentochter entsetzt.

Ich habe immer gewußt, daß Du stark bist, aber bis zu diesem Vorfall ahnte ich nicht, wie entschlossen Du sein kannst. Es war ja nicht allein körperliche Kraft, die den jungen Entwhistle dort hinauf-

befördert hat. Es war, als hätte Dich etwas überkommen, wie Popeye, wenn er seinen Spinat verschlingt, oder den unglaublichen Hulk. Ich weiß, was geschieht, wenn etwas Dein Gerechtigkeitsempfinden verletzt.

Cynthia, Liebes, wenn Du mal Gelegenheit zu ein paar Zeilen findest, wäre es mir eine gewisse Erleichterung, von Dir zu hören – vor allem, daß Du ganz sicher nicht »Fuckwoman« bist und nie warst.

Alles Liebe, Fernanda

Ihre Mutter hatte immer mit ihrem Namen unterschrieben, in der schönen, klaren Schrift, die den Blick auf ihr Wesen so deutlich freigab wie ein Fenster.

Cynthia legte den Brief weg und nahm sich den Zeitungsartikel vor. Die Überschrift lautete:

TARANTINOS PUDEL *von James Blender*

Sie las:

Die Berichterstattung über die Selbsthilfe-Aktivistin F-woman, die in manchen Kreisen inzwischen wie eine neuzeitliche Ikone gehandelt wird, hat sich bis dato den aufsehenerregendsten ihrer Aktionen gewidmet. Es sind dies Fälle, in denen sich die Heldin mit dem Namen, der zugleich Programm ist, Vergewaltiger schnappte, die immer noch ungehindert ihr Unwesen trieben, sie kampfunfähig machte und diversen, meist nicht näher bezeichneten Demütigungen sexueller Art unterwarf. Doch jüngst kam es zu einem Vorfall, der die »Zivilfahnderin« in einem ganz anderen Licht erscheinen läßt und womöglich weit mehr zum Verständnis ihrer Motive beträgt.

Die Episode, bekannt geworden als Jim-Rivers-Fall, dürfte dem LAPD größeres Kopfzerbrechen bereitet haben als alle bisherigen Aktionen. Der Hergang stellt sich in etwa so dar:

In der Nähe des Griffith Park waren weibliche Besucher wieder-

holt von einem Mann belästigt und gelegentlich bedroht worden, der sich als »Jünger Quentins« titulierte. Einige der Betroffenen meldeten die Vorfälle der örtlichen Polizei und gaben zu Protokoll, daß sie von einem Mann verfolgt worden seien, der sich brüstete, ein Anhänger Quentin Tarantinos, des Enfant terrible der Filmbranche, zu sein, und behauptete, ihnen zu einer Begegnung mit seinem Idol verhelfen zu können. Das machte bei den meisten Frauen offenbar nicht den erhofften Eindruck, es heißt, daß nicht wenige auf sein Ansinnen erwiderten, im Zweifelsfall könnten sie auf eine solche Begegnung gerne verzichten. Das erzürnte den Mann offenbar, der rasch ausfällig wurde, die Frauen »blöde Fotzen« und »kulturlose Bimbos« schimpfte und sich in der Folge gelegentlich entblößte.

Daraufhin machte F-woman offenbar Jagd auf den Erreger öffentlichen Ärgernisses und rechnete auf ihre eigene, ruppige Art mit ihm ab. Jedenfalls fand man wenig später einen gewissen Jim Rivers, Avantgarde-Filmkritiker und Herausgeber der Zeitschrift Style is Everything *(in Frankreich als* La Surface est Tout *im Handel) an der Nordwestecke des Griffith Park von einer Brücke über der Kreuzung von Golden State und Ventura Freeway hängend – lebend, wenn auch tief beschämt. Man hatte ihn seiner Hosen entledigt und mit unlöslicher blauer Tinte eine Botschaft auf seine Gesäßbacken geschrieben, die allerdings in ihrer Gänze von Verkehrsteilnehmern kaum zu entziffern war. Die Polizei mußte Straßensperren errichten, damit unter dem Mann Netze gespannt und er von einem Spezialrettungsteam abgeseilt werden konnte. Schweißgebadet und schlotternd landete er sicher auf dem Asphalt, wo seine Retter die Netze wieder einrollten und ihn auf eine Decke betteten. Erst dann konnte man den Mann von Ledergurt und Fesseln befreien und seine Blöße bedecken.*

Rivers gab zu Protokoll, er habe eine halbe Stunde über dem brausenden Verkehr gehangen, einige Auto- und Lastwagenfahrer hätten gehupt, andere ihm freundlich die Faust entgegengereckt. Man hielt das Ganze offenbar für einen Scherz, einen Streich übermütiger

UCLA-Studenten, oder meinte, Rivers mache sich einen Spaß daraus, dem morgendlichen Berufsverkehr aus Encino seinen nackten Hintern entgegenzustrecken. Unfaßbar, so Rivers, wie gründlich manche Zeitgenossen narrative Strukturen verkennten.

Erst als Rivers einigermaßen die Fassung wiedererlangt hatte, konnte er aussagen und der Polizei erklären, daß er von einer Frau gefangengenommen und dieser Schmach ausgesetzt worden war, einer Frau, die angegeben habe, F-woman zu sein. Er beschrieb die Täterin als »große, markige Marathon-Nummer mit blonder Perücke und abartig verstellter Stimme, näselnd, als käme sie von einem fremden Stern«. Rivers räumte ein, er habe sie zunächst für »ein typisches Valley-Girl« gehalten. Erstaunlicherweise wurde der Cineast nicht den demütigenden sexuellen Praktiken ausgesetzt, denen F-woman ihre Opfer normalerweise unterzieht. Offenbar genügte der »Zivilfahnderin« in diesem Fall die beschämende Zurschaustellung im dichten Berufsverkehr Richtung San Bernadino Valley als Vergeltung für das Rivers angelastete Fehlverhalten.

Als viertes aktenkundiges Opfer der Kampagnen von F-woman hat Rivers damit einen Ruhm erlangt, der ihm selbst zweifelhaft erscheinen mag – hatte sich der Ästhet, Film- und Kulturkritiker bis dato doch vor allem einen bescheidenen, aber doch exklusiven Ruf als Adept des frühen Tarantino erworben. Als solcher erfuhr Rivers viel Zuspruch, besonders mit seiner harschen Kritik an Hollywood-Regisseuren und ihrem mangelnden Sinn für sozialen Realismus, und er war berühmt – oder berüchtigt (solange er Aufsehen erregen konnte, war Rivers offenbar beides recht) – als Verfechter von Tarantinos abgebrühtem Slang, seinem Cool, der ihm für unsere Zeit als vorbildlich galt. Im Gegensatz zu anderen Opfern von F-woman ist Rivers nicht vorbestraft, ist weder der Vergewaltigung noch anderer Straftaten gegen die sexuelle Selbstbestimmung überführt worden. Kenner der Aktionen F-womans sind deshalb der Meinung, daß aus Sicht der Selbsthilfe-Aktivistin das Vergehen im Fall Rivers in seiner Grundhaltung zu suchen sei. Das scheint auch der Knittelvers zu be-

legen, den die Beamten auf seinen Hinterbacken sicherten, als Rivers aus seiner mißlichen Lage befreit worden war:

Real wie sozialer Realismus
à la Quentin Tarantino
ist auch der Zauberer von Oz
oder ein Travolta Latino.

Der Geschmähte beschwerte sich beim LAPD über die nicht minder demütigende Behandlung, die ihm auf der Wache widerfuhr, wohin man ihn zur Befragung verbrachte, denn dort habe man auf einer eingehenden graphologischen und kryptologischen Untersuchung der handschriftlichen Botschaft bestanden, von der man sich Hinweise auf die Identität von F-woman erhoffte. Darüber hinaus seien zur »Dechiffrierung« Psychologen, Psychiater und selbst Literaturwissenschaftler herangezogen worden. Empört zeigte sich Rivers ferner, als der Text – auf Originalhintergrund, nämlich in Gestalt eines Schwarzweißfotos seines Allerwertesten – von den Behörden als Fahndungsplakat verbreitet wurde, weil man sich aus der Bevölkerung Hinweise zur Handschrift erhofft.

Kaum hatte Mr. Rivers zu seinem sonstigen Cool zurückgefunden, erklärte er, die gröbste Mißhandlung seitens F-woman sei ihr Stil. Ihm einen Knittelvers zuzumuten, der nicht einmal metrisch stimme, übersteige als stilistischer Affront selbst die körperlichen Nöte, denen er ausgesetzt worden sei. Aus gut unterrichteten Kreisen war unterdessen zu erfahren, Rivers gehe nach dem Zwischenfall tags nicht mehr aus dem Haus und habe sich mehrere Hochleistungsgewehre und einen scharf abgerichteten Schäferhund zugelegt. Trotzdem, hieß es ferner, liege er nachts wach – aus Angst, seine Hauptkritikerin könne wiederkehren.

Seither, hört man, hat es eine neuerliche Provokation gegeben, nämlich einen zweiten, der Anaheim Gazette ohne Absender aus Canoga Park zugesandten Knittelvers, der sich somit nicht zurück-

verfolgen läßt. Erklärtermaßen ebenfalls aus der Feder von F-woman, setzt die Zuschrift den unorthodoxen filmtheoretischen Dialog zwischen Rivers und seiner Widersacherin fort. Polizeiermittler hielten das Schreiben zunächst für einen Scherz, doch graphologische Gutachten belegen, daß es aus derselben Hand stammt wie die Verse auf Rivers Gesäß. Die neue Botschaft wurde in der gleichen unlöslichen blauen Tinte verfaßt, diesmal jedoch auf einem schlichten weißen Blatt Papier, wie es in den meisten Schreibwarenläden erhältlich ist. Die Botschaft lautete:

Nichts gegen große Gefühle,
nichts gegen Phantasie.
Doch wenn Idioten im Ernst
das Zufügen von Schmerz
Als Balsam empfinden,
und es lacht ihnen das Herz
Bei einem Film so erz-
affektiert wie Pulp Fiction.
Dann sage ich: Hoch lebe Schmalz
à la Bogart und Hepburn.
Wer Gewalt geil
findet, Vergewaltigung gut
Der suche sein Heil
bei Rivers' Revers.

Die letzte Zeile, zweifellos eine Anspielung auf die Verbreitung des Originalverses auf des Mißhandelten Hinterteil, scheint besonders darauf angelegt, den gefeierten Kulturkritiker und Ästheten erneut empfindlich in seiner Eitelkeit zu treffen. In den Medien wurde die Sache wieder aufgewärmt, zum besseren Vergleich mit den neuen Versen fand das ursprüngliche Schwarzweiß-Fahndungsfoto der Rivers-Backen abermals weite Verbreitung, und um beide Botschaften entbrannte eine heftige Diskussion. Auch Rivers wurde nach seiner

Meinung zum zweiten Poem gefragt. Einziger Kommentar: Die Verskunst von F-woman sei nicht besser geworden. Auf Nachfragen erklärte Rivers, die letzten vier Zeilen seien stilistisch von einer so bodenlosen Ungeheuerlichkeit, daß schon der Gedanke, F-woman könne irgend etwas Erhellendes zur Geschichte des zeitgenössischen Films zu sagen haben, zur Farce werde.

Dennoch war aus zuverlässiger Quelle zu erfahren, daß Rivers sich mit zusätzlichen Waffen und entsprechender Hochleistungsmunition eingedeckt und sich einen zweiten Wachhund, einen Dobermann, zugelegt habe. Bekannten wurde versichert, der Dobermann solle lediglich dem Schäferhund Gesellschaft leisten. Guten Freunden eröffnete Rivers, nun warteten sie zu dritt gespannt auf die nächste Filmdiskussionsrunde mit F-woman und erhofften sich »ein knallhartes, schweißtreibendes Narrativ mit einem Subtext unmotivierter Gewalt«.

Fortsetzung folgt.

11

Cynthia konnte ihrer Mutter die Sorge nachfühlen, die ihr der Artikel bereitete. Denn war die Tochter tatsächlich »Fuckwoman«, mußte Fernanda ja damit rechnen, daß sich irgendwo ein Irrer auf seiner Bude verschanzt hielt, seinen Groll nährte und nur auf eine günstige Gelegenheit wartete, die Tochter mit Blei vollpumpen zu können. Zur Beruhigung hätte sie ihrer Mutter darlegen müssen, daß der typische Tarantino-Fan letztlich ein harmloser Spinner war. Ein Ausbund an männlichen Komplexen, Unzulänglichkeitsgefühlen und Schwächen, der das genaue Gegenteil markierte.

Wollte sie aber der Mutter die Vorgeschichte zur Rivers-Episode erzählen, würde diese erst recht erschrecken. Cynthia hatte nämlich auf der Suche nach Rivers ein bestimmtes Areal im nördlichen Teil des Griffith Park durchkämmt. Nach mehreren vergeblichen Nachtpatrouillen hatte sie schließlich beobachtet, wie jemand, der verdächtig nach Rivers aussah, spät abends etwa dort, wo die anderen Vorfällen gemeldet worden waren, eine junge Frau ansprach. Sie hatte ungern eingreifen wollen, weil sie keine Zeugen wünschte. Doch nach einem heftigen Wortwechsel und nachdem Rivers etwas Beleidigendes gesagt und die junge Frau sich angewidert abgewandt hatte, war Cynthia ihm zu seinem Apartment am Hang oberhalb des Parks gefolgt. Es lag in einer eleganten älteren Stadtvilla, die man in Apartments unterteilt hatte. Rivers wohnte im Erdgeschoß direkt an der Straße. Durch eines der vorderen Fenster konnte sie rasch einen Blick ins Innere werfen: minimalistischer Einrichtungsstil mit ausgewählten Einzelstücken.

Nachdem sie sich die Nummer des Apartments notiert hatte, fuhr sie nach Hause, um ein paar Stunden zu schlafen. Sie stellte den Wecker auf fünf; als er schrillte, duschte sie, zog sich an, trank eine Tasse Kaffee und fuhr in der noch nachtschlafenden Stille erneut zum Griffith Park. In den Anlagen bog sie in eine der abgelegenen Seitenstraßen und stellte den Wagen auf einem leeren Parkplatz ab. Sie vergewisserte sich, daß sie nicht beobachtet wurde, stieg aus, legte ihre Taschenlampe so vor den Wagen, daß sie halbwegs sehen konnte, und tauschte die Nummernschilder gegen falsche aus. Dann fuhr sie zu Rivers' Apartment und parkte in einigen Straßen Entfernung. Als sie schließlich vor seiner Wohnung stand und an die lackierte Holztür klopfte, war es auf ihrer Uhr sieben Minuten vor sechs.

Fast sofort ging in einem oberen Fenster Licht an. Sie glaubte, jemanden die Treppe herabsteigen zu hören. Sie nahm an, der Betreffende würde verschlafen und verwirrt sein.

Dann wurde unten Licht gemacht. Sie hörte das schwache Knarren einer aufgezogenen Schublade und erriet, daß er sich bewaffnet hatte. Einen Augenblick später wurde das Licht wieder gelöscht, und Schritte näherten sich der Tür. Ihr war klar, daß der Haushaltsvorstand durch diese Maßnahme die Gefahr verringern wollte, eine gute Zielscheibe abzugeben. Rivers' zwanghafte Vorkehrungen verrieten ihr einiges über seinen Gemütszustand. Ihm machte das Klopfen an der Tür angst, keine Frage.

Es wurden Sicherheitsriegel zurückgeschoben, dann ging die Tür auf. Ein Gesicht erschien im Dunkel. Leise raunzte Rivers:

»*Fuck*, verdammt. Wer ist da?«

»Fuckwoman«, erwiderte Cynthia.

Einen Augenblick blieb es angenehm still, so etwa drei bis vier Sekunden. Dann sagte Cynthia: »Wollen Sie nicht vortreten, damit ich Sie zweifelsfrei identifizieren kann?«

Im Halbdämmer der offenen Tür wirkte Rivers gespenstisch fahl. Die nächste der Straßenlaternen spendete gerade soviel Licht, daß Cynthia die Umrisse seines Gesichts erkennen konnte. Hinter der Nickelbrille wurden seine Augen groß. Sie standen wenige

Schritte voneinander entfernt und musterten sich im Halbdunkel, so gut es ging.

»Fick dich. Ich denke nicht dran«, sagte Rivers.

Sie wußte sehr wohl, daß die möglichst häufige Einstreuung des Kraftausdrucks symbolischen Charakter hatte, Männlichkeit demonstrieren sollte, als Emblem coolen tarantinoesken Realismus gedacht war. Das machte ihr eine solch rein dekorative Verwendung aber nicht unbedingt sympathischer.

Rivers schien noch zu überlegen, ob er ihr einfach die Tür vor der Nase zuschlagen sollte. Statt dessen sagte er in großzügig herablassendem Ton: »Also gut, Lady. Dann wollen wir die verfickte Sache doch mal klären. Was wollen Sie eigentlich?«

»Wenn ich das Wort noch einmal hören muß«, informierte ihn Cynthia freundlich, »dann schleife ich Ihnen die Eier.«

Wieder folgte eine schmeichelhafte Pause, während er abwägte. Weil ihre Augen sich inzwischen an das Dämmerlicht gewöhnt hatten, sah sie den dunklen Bartschimmer auf seinen Wangen, den japanischen Zuschnitt seines Hausrocks.

Schließlich fragte er: »Was bezwecken Sie mit Ihrem Besuch?«

Cynthia antwortete: »Ich werde Sie dafür bestrafen, daß Sie Frauen im Griffith Park belästigt haben.«

Er ließ eine Art verächtliches Schnauben vernehmen, dann schob er verblüffend geistesgegenwärtig (offenbar war er jetzt hellwach) die Tür zu. Sie konnte aber noch einen Fuß in den Spalt schieben; alles weitere war eine Frage der Beharrlichkeit.

Die folgenden Minuten erinnerten Cynthia ein wenig an einen Ex-Freund aus der Studentenzeit. Beide waren sie oft in den frühen Morgenstunden aufgewacht. Sobald der eine merkte, daß der andere auch nicht mehr schlief, hatten sie hingebungsvoll und schweigend gevögelt – bis auf den keuchenden Atem. So ungefähr war es jetzt auch. Sie und Rivers bewegten sich, vor Anstrengung keuchend, nach einer komischen und intimen Choreografie vor und zurück, ohne daß ein einziges Wort fiel. Zwischen ihnen schaukelte das Türblatt. Vor, zurück. Rein, raus. Hierbei muß Rivers, der sich immer noch mühte, die Tür zuzuschieben, in die Tasche seines Hausrocks gegriffen und die Pistole gezückt haben.

Die Waffe war ein interessantes neues narratives Element. Sie erschien sehr geschäftsmäßig im Türspalt, ihr Lauf, vom schimmernden Stahlblau der Eisenbahnschienen, war genau auf Cynthias Kopf gerichtet. Sie musterte das Ding prüfend. Es war eine Pistole im Kaliber .32 auto, nicht unähnlich den Kanonen, die Pumpkin und Honey Bunny in *Pulp Fiction* beim Überfall auf das Restaurant verwendet hatten. Durchaus elegant, aber – für ihren Geschmack, jedenfalls – etwas sehr kunstsinnig.

Rivers fühlte sich jetzt gedrängt zu sprechen. Im beherrschten Tonfall eiskalter Wut zischte er: »Hau ab, verficktnochmal, du verfickte Fotze, sonst können sie deine verfickte Visage hier gleich vom verfickten Asphalt kratzen.«

In einem Tarantino-Film, sagte sie sich, wäre jetzt der Punkt erreicht, wo der andere begreift, daß es brenzlig wird – wegen der »fick«-Häufung in dem einen Satz, die doch recht deutlich signalisiert, daß der Halter der Waffe nunmehr die Schnauze voll hat und Ernst zu machen gedenkt, so daß es angezeigt scheint, sich allmählich aus seiner näheren Umgebung zu entfernen. Zudem sprach die geradezu lateinamerikanische Kadenz des Satzes, der rhythmische Ton der Drohung, mit »verfickts« gespickt wie ein Kaktus mit Dornen, für eine gewisse Eloquenz und männliche Luzidität. Theoretisch jedenfalls. Leider aber war Cynthia nun mal entschieden der Ansicht, daß Tarantino-Filme ihrem narrativen Konzept nach keineswegs konsequent einem Realismus verpflichtet waren – man denke nur an die affigen Exkurse zu Hamburgern und dergleichen mehr –, so daß sie nicht umhin konnte, Rivers' reizende kleine Litanei ganz einfach zu übergehen.

»Mein Lieber«, eröffnete ihm Cynthia, »Sie haben gerade eine Hand von der Tür genommen und sie um die Waffe gelegt. Wissen Sie, was das bedeutet?«

Keine Antwort.

»Vielleicht darf ich Sie aufklären. Es bedeutet, daß Ihnen für die Tür nicht mehr Ihr ganzes Gewicht zur Verfügung steht. Ich frage mich wirklich, ob Tarantino von diesen Dingen besonders viel versteht, den kleinen Details, auf die Frauen doch sehr achten. Jedenfalls haben Sie damit, aus meiner Sicht, schlechte Karten, denn ich habe noch beide Hände frei.«

»Fick dich. Blöde Fotze! Letzte Warnung«, knurrte Rivers. »Oder ich puste dir das Gehirn weg.«

Er hatte den einen Fuß gegen die Tür gestemmt und packte die Pistole jetzt mit beiden Händen. Er hielt sie ihr entgegen, der Pistolenlauf sein letztes Wort.

Cynthia sagte: »Damit haben Sie endgültig die Arschkarte gezogen.«

Sie ließ einen Augenblick verstreichen, sammelte gutgelaunt Kraft für die bevorstehende Aufgabe, nämlich die Tür aufzudrücken. Dann setzte sie ihr volles Gewicht ein, und sie hörte hinter der Tür die Sohlen seiner Hausschuhe auf dem sicherlich edlen Parkett quietschen. Auch dies geriet zum intimen Moment zwischen ihnen beiden, einer weiteren Schrittfolge in dem kleinen Tanz, der durchaus und sehr treffend als »frühmorgendlicher Türfick« betitelt werden konnte. Eine Art hochkonzentriertes schweigendes Muskelspiel, ein Hin und Her. Er atmete jetzt hastiger, als stehe er kurz vorm Orgasmus, sie hingegen tief, gleichmäßig, rhythmisch. So war das eben mit den Männern, dachte sie: einfach weniger Stehvermögen. Langsam und unaufhaltsam drang sie vor. Dann war sie drinnen und schob Rivers übers Parkett durch den finsteren Raum an die hintere Wand.

Es herrschte ein Augenblick Stille, nur beider heftiger Atem war zu hören.

»Nun«, bemerkte sie schließlich, »wollen Sie nicht lieber die Pistole weglegen. Sie könnten noch jemanden verletzen.«

Aber irgendwelche letzten Reserven trotzigen Widerstands

machten ihn renitent. Er schlotterte vor Angst, aber er schluckte tapfer und hielt ihr die Pistolenmündung an den Kopf.

»Letzte Chance«, sagte er. »Ich puste dir das Gehirn weg.«

Sein Finger spannte sich am Hahn. Sie spürte die Nervosität dieses Finger, und das gefiel ihr zwar nicht, aber es machte ihr auch nicht sonderlich Eindruck.

»Muß ich ungemütlich werden?« fragte Cynthia.

Aug in Aug in der dunklen Wohnung, den kalten Stahl der Pistolenmündung über der linken Braue, griff sie blind nach unten, schob ihre Hand zwischen die Falten des Hausrocks und packte seine Eier (das wurde richtiggehend zur Manie im Umgang mit Fremden). Sie drückte ein wenig, bis er zu zittern begann, dann drückte sie noch ein klein wenig mehr.

Die Pistole bebte jetzt leise. Sie spürte die Vibration an der Stirn. Sie erhöhte den Druck weiter, und da tat es einen Laut, der halb Stöhnen, halb mannhaftes Schluchzen war, dann fiel die Waffe mit einem dumpfen Schlag auf den Teppich.

Rivers sank in die Knie. Vornübergekrümmt hielt er sich tröstend mit beiden Händen. Dazu wimmerte er *»Fuck, fuck, fuck ....«*

Cynthia ließ ihn ausreden. Zu seiner eigenen Sicherheit beförderte sie die Handfeuerwaffe mit einem Tritt in die Ecke. Über ihm aufragend, wartete sie seelenruhig, bis er sich erholt hatte.

Ein solches Betragen hätte Cynthias Mutter zweifellos entsetzt. Aus ihrer Sicht würde es doch sehr den Anschein gehabt haben, als forderte eine Tochter, die in die Wohnung eines Mannes eindrang und ihm eiskalt die Eier abquetschte, während er ihr eine geladene Waffe an die Stirn hielt, ihr Schicksal heraus. Cynthia aber wußte, daß sie nicht die geringste Gefahr lief. Wie gern hätte sie ihrer Mutter erklärt, daß eine Handfeuerwaffe beim wahren Tarantino-Fan bestenfalls als Modeaccessoire anzusehen sei – Requisite, cineastischer Dekor – und ungefähr so bedrohlich war wie ein Staubwedel. Zu gern hätte sie ihrer Mutter dargelegt, wie verschwindend gering die Wahrscheinlichkeit sei, daß ein Tarantino-Fan seine Waffe tatsächlich aus nächster Nähe abfeuerte und sich folglich statt mit Filmblut und -schmerz mit wirklichem Blut und wirklichem Schmerz konfrontiert sah. Ihrer Meinung nach wäre keine mathematische Formel überhaupt imstande, die Nichtigkeit noch zu beziffern.

Soweit die Geschichte der Geiselnahme Rivers'.

Kaum war bei Rivers die Luft raus, wurde er auf fast rührende Weise vernünftig und willfährig. Sie sagte: »Ziehen Sie sich an. Ich nehme Sie mit.«

Sie wartete, während er sich ankleidete. Dann traten sie in die Morgendämmerung hinaus und gingen durch die menschenleeren Straßen zur Ecke, wo sie ihren alten Ford abgestellt hatte. Sie stiegen ein, und Cynthia fuhr im anbrechenden Tag kurz vor Sonnenaufgang Richtung Golden State Freeway. Diese Tageszeit mochte sie besonders. Rivers an ihrer Seite schwieg. Dort, wo sich die Straße über den Ventura Freeway schwang, fuhr sie an den Rand. Es kamen zwar Autos vorbei, aber die Fahrer nahmen wohl an, daß das Paar am Straßenrand in aller Ruhe etwas besprach, mehr nicht.

Als Rivers begriff, daß ihm kein Leid zugefügt, sondern daß er lediglich so sicher wie möglich von der Brücke herabgelassen werden sollte, wurde er vor Erleichterung fast ohnmächtig. Er ließ sich widerstandslos fesseln und den Ledergurt anlegen. Sie gestattete ihm sogar, sich selbst davon zu überzeugen, daß der Gurt sicher angebracht war.

Die einzig unerwartete Schmach bei der ganzen Prozedur war, daß sie darauf bestand, ihm die Hosen auszuziehen, ihn auf den Bauch zu drehen und mit unlöslicher blauer Tinte eine filmkritische Botschaft auf seinen Arschbacken zu hinterlassen.

»Was steht denn da?« wollte er wissen.

Sie las ihm die Zeilen laut vor.

»Na großartig«, murmelte er. »Klasse.«

Dann ließ sie ihn vorsichtig über die Brüstung hinab in die rosige Dämmerung über dem Ventura Freeway.

12

SCHON WÄHREND SIE ihn über das Brückengeländer abseilte, hatte sich Cynthia nur zu gut vorstellen können, daß Rivers bereits emsig überlegte, wie er durch eine kolportierte Version des Geschehens das Gesicht wahren könnte. Sie ging davon aus, daß er sich jetzt schon die Geschichte zurechtlegte, die er der Polizei erzählen würde, nämlich wie er im Bett überwältigt und mit Waffengewalt aus dem Haus geschleift und von einem maskierten Irren unbestimmten Geschlechts im Wagen entführt worden sei. Sodann habe ihn eine gewaltige, geifernde Amazone bei vorgehaltener Pistole aus dem Wagen gezwungen und unter den wüstesten Drohungen über den Ventura Freeway hinabgelassen, und allein seiner eigenen bewunderungswürdigen Nervenstärke und hypnotisierenden Überzeugungskraft sei zu verdanken, daß er mit dem Leben davongekommen war.

Es hatte sie deshalb wenig überrascht, als Rivers behauptete, Fuckwoman habe – man bedenke immerhin die Vorlieben, mit denen andere Opfer hatten Bekanntschaft machen müssen – keineswegs besondere Gnade walten lassen, nein, daß sie seiner körperlichen Unversehrtheit in so hohem Maß Rechnung getragen habe, liege einzig und allein an seiner Geistesgegenwart und Überredungskunst. »Sie hat mir ihre Wumme an die Schläfe gedrückt«, erklärte er seinen polizeilichen Rettern. »Die Sache wurde langsam etwas konfrontativ.« Er nickte. »Will sagen brenzlig. Ich kann von Glück reden, daß ich eben eine Spur überzeugender bin als manch anderer.«

Und was die Gewehre und den Schäferhund und das angeblich heiß ersehnte Wiedersehen anging, die hielt Cynthia für weiteres

Imponiergehabe. Er produzierte sich für seine Tarantino-Klientel. Sie traute ihm den Einsatz des Gewehrs genausowenig zu wie den der Handfeuerwaffe. Mit dem Hund allerdings wäre vielleicht nicht zu spaßen.

Das war der Grund für die weiteren Verse, die an die *Anaheim Gazette* gingen. Als Abmahnung, quasi, wegen unannehmbaren Verhaltens.

Außerdem hatte ihre eher untypische Vers-Einsendung bis zu einem gewissen Grad experimentellen Charakter gehabt – als weiterer bescheidener Forschungsbeitrag zur Erkundung der männlichen Psyche. Denn es war doch eigentlich anzunehmen, daß jeder halbwegs vernünftige Mensch in Rivers' Lage dankbar wäre, die peinliche Episode überstanden zu haben, und das alles möglichst schnell hinter sich lassen wollte. Folglich würde er sich nichts vorlügen oder sich gar an einer Geschichtsklitterung versuchen. Im schlimmsten Fall jedoch würde Rivers genau das Gegenteil tun: Der Vorfall würde ihn nicht loslassen, er würde in seinen seelischen Wunden herumstochern, bis sein Leben künftig nur noch um diese eine Geschichte kreiste.

Kurzum, sie war neugierig, ob die Lügengespinste über seine Peinigerin, die er der Polizei unmittelbar nach seiner Befreiung darbot, ein kurzlebiges Ablenkungsmanöver darstellten oder tieferen Beweggründen entsprangen. Konnte der Wunsch, das Gesicht zu wahren, zum zentralen Antrieb der gesamten Persönlichkeit werden und alle anderen überlagern?

Aus ihrer ganz persönlichen Sicht war ebendies von einem Tarantino-Fan zu erwarten. Wie in der Kunst, so im Leben – *La Surface est Tout.*

13

Als Gore Emhard mit einer Zeitung unterm Arm die Redaktion betrat, trug er seine Gedanken vor sich her wie einen Trauerflor. Kollegen traten beiseite, um ihn durchzulassen. Er zog grußlos an ihnen vorüber, ganz auf seinen inneren Kompaß eingenordet. Als er Cynthias Schreibtisch erreicht hatte, blieb er ohne ein guten Morgen stehen und schaltete den Fernseher über ihrem Platz ein. Der Bildschirm belebte sich, ein Sprecher erschien.

»Das müssen Sie sich ansehen«, meinte Emhard. »Es ist krank. Sehen Sie nur, was Fuckwoman angezettelt hat.«

Zunächst wurde eine Meldung über die bevorstehende neue Verhandlungsrunde zur atomaren Abrüstung zwischen amerikanischem und russischem Präsidenten verlesen, dann eine zum drohenden japanischen Handelsembargo, ein Dauerbrenner. Emhard ließ sich schweigend vom Fernsehen bestrahlen. Dann sagte der Sprecher: *»In Los Angeles wurde gestern in der Nähe des Civic Centre erneut eine Frau vergewaltigt. Es ist dort der vierte brutale Angriff in diesem Jahr, und Polizeifahnder sprechen mittlerweile von einem erscheckenden Serienmuster. In diesem Gebiet sind etliche städtische Behörden angesiedelt. In allen bisherigen Fällen traf es Angestellte der City Hall. Die Angst geht um: Weibliche Angestellte weigern sich mittlerweile, ohne Begleitung das Haus zu verlassen. Selbst lange, leere Flure innerhalb der Gebäude meiden sie.«*

»Wieder so ein Irrer«, bemerkte Cynthia.

»Nein«, widersprach Emhard. »Das hier ist anders.« Er deutete mit einer knappen Kopfbewegung auf den Fernsehapparat. »Hören Sie.«

Der Sprecher fuhr fort: *»Zum jüngsten Vergewaltigungsfall kam es bei hellichtem Tag in einem der begrünten Innenhöfe des Komplexes. Dem*

Täter gelang es offenbar, die Schreie seines Opfers zu ersticken, so daß niemand etwas von der Not der Frau merkte. Das LAPD hat jetzt Einzelheiten des Verbrechens bekanntgegeben. Aus Gründen des Zeugenschutzes wurde die Identität der Frau nicht preisgegeben. Wir sprachen mit dem Kriminologen und Psychiater Dr. James Holocenter über den Fall.«

Holocenter saß in seinem Büro, im Rücken eine mit Fachliteratur bestückte Bücherwand. Eine natürliche Autorität verlieh seinem hageren Asketengesicht ehrfurchtgebietende Strenge. Holocenter hatte sein Jackett abgelegt; rote Hosenträger suggerierten Zwanglosigkeit. Die Hosenträger wirkten altmodisch und kurios, zugleich aber unkonventionell und entwaffnend. Holocenter sprach jetzt vor laufender Kamera überzeugender und mit noch größerer Selbstverständlichkeit, als man es bislang von ihm kannte. Cynthia fiel auf, daß bei seinem Erscheinen etliche Reporterkollegen und Rechercheure ebenfalls ihre Fernseher einschalteten oder zu einem der Bildschirme hingezogen wurden. Was die Veränderung in der Medienpräsenz Holocenters bewirkte, ließ sich nicht recht ergründen. Vielleicht lag es an der Übereinstimmung von Persona und Rahmen, daran, daß die Person im gegebenen Kontext zuhause war. Was immer der Grund war, Cynthia jedenfalls hatte das Gefühl, der komplexen und letztlich unerklärlichen Evolution einer neuen Medienpersönlichkeit beizuwohnen.

Holocenter sprach direkt in die Kamera: *»Beunruhigend an diesen Fällen ist vor allem die Tatsache, daß der City-Hall-Täter von der Selbstjustiz-Aktivistin F-woman besessen zu sein scheint. Aussagen seiner Opfer zufolge hat der Mann ausdrücklich betont, er suche ›die Konfrontation mit F-woman‹. Wörtlich: ›Ich will es wissen: F-man trifft F-woman.‹«*

»Das ist in der Tat krank«, sagte Cynthia.

Emhard nickte bloß, als wollte er sagen: traurig, aber wahr. Er wandte sich ab und trug seine schwere Bürde davon. Cynthia blickte ihm eine Zeitlang nach, dann richtete sie ihre Aufmerksamkeit wieder auf den Bildschirm.

Der Sprecher fuhr fort: *»In einer kurzen Stellungnahme sagte Bür-*

germeister Frank Dally heute morgen, die wahre Tragödie liege darin, daß Selbstjustiz im Stil einer F-woman die Gewaltbereitschaft in der Bevölkerung verstärke, und in der Folge sei die Zahl der Übergriffe von gestörten Männern wie dem City-Hall-Täter gestiegen.«

»Großer Gott«, murmelte Cynthia.

Rasch blätterte sie auf der Suche nach weiteren Meldungen die Zeitungen auf ihrem Schreibtisch durch. Sie wurde nicht fündig. Angesichts der Brisanz des Falls überraschte sie die Zurückhaltung der Behörden. Sie langte hoch, drehte am Fernseher den Ton weg und griff zum Telefonhörer.

»Officer Stevens, bitte.« Sie verfolgte den Stummfilm im Fernsehen und wartete. Dann hörte sie ein Klicken in der Leitung und eine Männerstimme, die sich mit »Stevens« meldete.

»Hallo, hier spricht Cynthia Lelague.«

»So so, Miss Lelague.«

Stevens klang gutgelaunt. Ob er seinen Kollegen wohl von ihrer kleinen Nummer im Aktenraum erzählt hatte? Sie sagte: »Haben Sie irgendwas Brauchbares zum City-Hall-Täter?«

»Null«, sagte Stevens ohne Zögern. »So gesehen der schlimmste Fall aller Zeiten. Er hinterläßt einfach keine Spuren. Als wären die Opfer von einer Maschine angefallen worden.«

»Irgend etwas in den Akten, was einen Gang lohnt?«

»Nichts zu holen. Sag ich doch.« Stevens schwieg einen Augenblick. Dann wechselte er das Register. »Aber Sie sind jederzeit willkommen, Miss Lelague. Können mir gern ein paar neue Ringergriffe zeigen. Wie hieß der neulich doch gleich – *Doppelsinn*?«

Sie konnte sich ein Grinsen nicht verkneifen. »Doppelspiel. Und der ist nur für besondere Anlässe, bedauere.«

»Ich muß mir unbedingt Ihr feminstisches Ringer-Handbuch besorgen. Als Geschenk für meine Freundin Emmylou. Das ist eine wilde und abenteuerlustige Frau – aber nicht so wild und abenteuerlustig wie Sie, Miss Lelague.«

»So?« meinte Cynthia. Sie war sich nicht ganz sicher, was sie von dem unerwartet schäkernden Ton halten sollte. Fast hatte sie den Eindruck, der Mann flirte mit ihr.

Stevens fuhr fort: »Wenn Sie mir freundlicherweise den Titel nennen wollten?«

»*Intuitive Manuellbedienung.*«

Cynthia hörte am anderen Ende ein Prusten. Sie hatte den Fernsehmonitor über ihrem Schreibtisch während des Telefonats nicht aus den Augen gelassen. Jetzt wurde eine Außenaufnahme der City Hall eingeblendet, und Bürgermeister Dally erschien auf der Haupttreppe. Offenbar der Auftakt zu einer offiziellen Erklärung.

»Vielen Dank erst mal, Detective Stevens. Ich muß Schluß machen.«

»Stets zu Diensten, Miss Lelague. Wiederhören.«

Sie legte auf und drehte am Fernseher den Ton wieder hoch.

Der Sprecher leitete über: *»Bürgermeister Frank Dally hat sich unserem Chefreporter Myron Overbear gegenüber zu dem City-Hall-Sextäter geäußert.«*

Myron Overbear war Starreporter bei TVLA. Dem Aussehen nach war der Mann eine Kombination von Sydney Poitier und Morgan Freeman. Overbear war schwarz wie Ebenholz, einer der bestaussehenden Männer, die Cynthia je untergekommen waren. Stets von ausgesuchter Höflichkeit, ging Overbear mit einer unnachahmlichen ironischen Distanz daran, seinen Interviewpartnern Informationen zu entlocken, einer Haltung, die etwas von der kühlen Eleganz einer Luxuslimousine hatte. Es hieß, Overbear habe sich ursprünglich – wie so viele Schauspieler – mit dem Ziel im Fernsehjournalismus versucht, Produzenten und Casting Directors auf sich aufmerksam zu machen. Filmangebote gab es bald mehr als genug, doch wider Erwarten fand Overbear Gefallen am Reporterdasein. Er trennte sich von seinem Agenten und verlegte sich ganz aufs Nachrichtengeschäft. Er kleidete sich gut, und zwar mit Augenmaß, nie effekthascherisch. Jetzt war es ungewöhnlich kalt für Oktober, und Overbear trug einen schwarzen Leinenanzug und dazu einen weißen Schal. Wann immer Overbear die Bildfläche betrat, fiel Cynthia auf, und das nicht zum ersten Mal, nahmen die Gesichter einiger weiblicher Kollegen einen abwesenden, verdächtig verträumten Ausdruck an. Doch auch männliche Kollegen, noch emsig mit ihren Handsets oder Diktiergeräten beschäftigt, zog es nun zu den Fernsehmonitoren hin.

Die Kamera fuhr von einer Ausgangsposition hinter Myron Overbears Schulter langsam auf das Gesicht des Bürgermeisters zu. Über das vorgehaltene Mikrophon hinweg sprach der Reporter sein Gegenüber auf die vornehm zurückhaltende Art an, wie sie Männern seiner Statur nicht selten eigen ist:

»Herr Bürgermeister –«

Cynthia drehte den Ton zwei Stufen höher.

Frank Dally war selbst wendig, aber ein ganz anderer Typ. Er war Anfang vierzig, besaß den Machtinstinkt des Politikers und als erfolgreicher Anwalt eine gute Portion Selbstzufriedenheit. Sein grauer Anzug saß tadellos, das frisch frisierte Haar ebenfalls. Was ihm an Körpergröße fehlte, kompensierte er, wie viele etwas kurzgeratene Männer, mit einem Quentchen mehr Präsenz und Vitalität, als man erwartet hätte. Wurde er angesprochen, hörte er auf geradezu aggressive Art zu – Kopf erhoben und leicht zur Seite geneigt, den bohrenden Blick auf sein Gegenüber gerichtet.

Myron Overbear begann: *»Herr Bürgermeister, Sie haben die Ansicht vertreten, daß Selbstjustiz, wie sie F-woman praktiziert, die Zahl brutaler Vergewaltigungen eher erhöht als verringert. Läßt sich eine solche Behauptung wirklich halten?«*

Dally rang sich ein angedeutetes Lächeln ab, quasi in Anerkennung der kaltblütigen Attacke, des Kontrasts zwischen der Schärfe der Frage und der Nonchalance des Fragestellers. Dann wurde das Lächeln abgestellt, und er setzte sein amtliches Gesicht auf. Er sprach klar und deutlich und untermalte das Gesagte gelegentlich mit wohleinstudierten Gesten.

»Betrachten wir die Sache doch einmal genauer. Wir müssen uns in die

Lage von jemandem versetzen, dessen Wahrnehmung gestört ist. Der Betreffende sieht eine Einzelkämpferin wie F-woman das Gesetz selbst in die Hand nehmen und an die Stelle gesetzlich legitimierter Gewalt die eigene Willkür setzen.« Dally blickte über die Schulter des Interviewers hinweg in die Kamera, als wolle er seiner Aussage rhetorischen Nachdruck verleihen. *»Muß das nicht als Aufforderung mißverstanden werden, es ihr gleichzutun? Ist das nicht ein Aufruf zur Gesetzlosigkeit?«*

»Wollen Sie damit sagen, daß F-woman unmittelbar dafür verantwortlich zu machen ist, daß dieser Mann unschuldige Frauen überfällt?«

»So ist es. Immerhin spricht er gegenüber seinen Opfern ständig von F-woman, erklärt ihr den Kampf. Seine Übergriffe sind von diesem Interesse geleitet. Ich denke, wenn wir uns die gesellschaftlichen Hintergründe gerade dieser Gewalttaten ansehen, dann ist nicht dieser Mann der Missetäter.«

»Sondern?«

»Meines Erachtens die Anstifterin.«

»Verdammt«, murmelte Cynthia. Sie sah verstohlen nach den Kollegen, die sich nun in Trauben um die Fernsehmonitore versammelten.

»Herr Bürgermeister...«, Myron Overbear setzte erneut an, *»...nähern Sie sich da nicht bedenklich der Position derer, die finden, wenn eine Frau sich aufreizend kleidet, fordere sie Männer geradezu zu Übergriffen auf? Ist nicht die Unterstellung eines solchen Aufforderungscharakters eine bedenkliche Annahme? Haben wir die Verantwortung nicht eher beim Täter zu suchen als beim vermeintlichen Anstifter?«*

»Ich spreche hier nicht im allgemeinen. Ich spreche von einem ganz konkreten Einzelfall. Sie brauchen sich nur die Erklärungen des Vergewaltigers selbst anzusehen. Er sagt, er tue das, weil er auf ein Kräftemessen mit F-woman aus ist. Wer also die Selbstjustiz einer F-woman befürwortet, solch gesetzloses Vorgehen, sollte sich auch klarmachen, welche Folgen es zeitigt. Das ist die Krux solcher Aktionen. Das müssen wir als Gesellschaft klar sehen.«

Myron Overbears Schweigen schien so etwas wie Zustimmung auszudrücken. Gerade dann mußte man sich bei ihm aber vorsehen. Und prompt fragte er mit fast tonloser Stimme: *»Sie meinen* *also, Herr Bürgermeister, vor Gericht müßte sich letztlich die Sextäterjägerin verantworten, nicht der Sextäter?«*

Cynthia sah Bürgermeister Dally innerlich zusammenzucken, aber er fing sich rasch wieder. *»Ich meine, wir dürfen, wenn der Vergewaltiger gefaßt und vor Gericht gestellt wird, den allgemeinen Kontext nicht vergessen.«*

»Den allgemeinen Kontext …«, wiederholte Myron Overbear, ließ sich die Worte förmlich auf der Zunge vergehen. *»Sagten Sie aber nicht, man könne hier nicht verallgemeinern? Sie sprachen von einem konkreten Einzelfall.«*

»Sehr richtig. Der allgemeine Kontext in diesem konkreten Fall sind die Menschen, die mit der Selbstjustiz einer F-woman sympathisieren.«

»Sollten wir die auch vor Gericht stellen?«

Aber Dally war jetzt auf Zack. Diesmal war er gewappnet. *»Ich würde schon sagen, daß auch die Befürworter von Selbstjustiz indirekt, aber deswegen nicht in unbedeutendem Maß unter Anklage stehen. Das zeigt dieser aktuelle Fall sehr deutlich. Ein Vergewaltiger läßt sich von den Aktionen einer Einzelkämpferin dazu anstiften, sich an unschuldigen Frauen zu vergreifen. Wenn wir nach den Gründen fragen, können wir das Verhalten der Rechtsbrecherin F-woman nicht außer acht lassen, und auch nicht diejenigen, die mit einem solchen gesetzlosen Vorgehen sympathisieren.«*

Myron Overbear konnte mit seiner Ausbeute zufrieden sein. Er sagte abschließend: *»Wir werden die weitere Entwicklung mit Interesse verfolgen.«*

Der Bürgermeister nickte. Der Chefreporter sprach in die Kamera: *»Myron Overbear, TVLA. Und damit gebe ich zurück ins Studio.«*

Cynthia schaltete den Fernseher aus. Sie holte tief Luft und trat an das große Panoramafenster auf der Nordseite des Großraums. Der Himmel war grau und verhangen. Sie starrte in den Smog hinaus, der von Van Nuys bis Encino alles eintrübte.

14

Cynthia sass in Meditationshaltung auf dem Fußboden ihres kleinen Studioapartments. Sie hielt die Augen geschlossen. Fast eine Stunde blieb sie im Dunkeln in Kontemplation versunken.

Dann schlug sie die Augen auf.

Sie erhob sich, ging ans Fenster und öffnete es. Wenn man so auf die Stadt hinausblickte, glichen die in der Nacht schimmernden Gebilde der Wolkenkratzer und anderer architektonischer Wahrzeichen der Stadt den lebenswichtigen Organen des menschlichen Körpers. Und die Verkehrsströme dazwischen waren wie das Blut, das durch Venen und Arterien kreiste: Die Lichtbahnen auf den Expressways entsprachen dem schnelleren arteriellen Blut, der langsame, wegen der vielen roten Ampeln stockende Verkehr im Zentrum und in den Stadtbezirken glich eher dem zähflüssigen venösen Blut. Versonnen blickte Cynthia auf den gespenstischen Torso der Stadt hinaus.

Schließlich wandte sie sich ab, ging an den Schrank, suchte ein schulterfreies Top und Leggins heraus und zog sich an. Im Halbdämmer prüfte sie den Effekt im Spiegel. Pah. Wie eine Frau auf dem Weg zum Aerobic-Kurs. Dabei kam es – jedenfalls an diesem Abend – auf Sexappeal an, also entkleidete sie sich wieder und streifte statt dessen einen Kaftan über. Schon besser. Sie mochte Kaftane wegen ihres subtilen Fluidums: Normalerweise fiel der Stoff eher lose, ohne die Konturen des Körpers zu betonen, also brav. Erst im Gehen zeichneten sich Beine und Schenkel unter dem Stoff deutlich ab, und das konnte, je nach Art der Bewegung, sehr aufreizend wirken. Letztlich jedoch blieb das eine Äußerlichkeit; entscheidend war an diesem Abend, daß die Kleidung ihr volle Bewegungsfreiheit erlaubte. Darauf kam es ihr vor allem an.

Sorgfältig trug sie jetzt dicht vor dem großen Garderobenspiegel ihr Make-up auf, nahm weit mehr Puder als sonst, für die Augen reichlich Lidschatten und bemalte sich die Lippen schließlich mit einem satten Blutrot. Kritisch betrachtete sie sich ein letztes Mal im Glas. Sie kam sich genauso gespenstisch vor wie die Stadt. Sie probte ein breites Lächeln und war mit dem nuttigen Effekt sehr zufrieden.

Sie verließ das Apartment und brach in die Stadt auf.

Wie Goldstaub flirrten die Lichter downtown. Dort waren die Straßen hell erleuchtet, und Menschen strömten an ihr vorbei. Je weiter sie aber ging, um so leerer und düsterer wurden die Straßen. Sie durchquerte einsame Gegenden ohne Straßenlaternen, wo die Mülltonnen überquollen und ihr nur noch vereinzelt Betrunkene und Huren begegneten.

Sie ging noch eine Viertelstunde weiter, an Reklametafeln vorbei, über menschenleere Gehwege, durch Niemandsland mit wahllos abgestellten Autos, die herrenlos wirkten. Auf dem letzten Stück der Baton Rouge Street lungerte ein Pulk junger Männer im Schatten einer schäbigen Betonwand. Als sie vorbeiging, warf einer ihr ein Steinchen vor die Füße, und eine Stimme raunte: »Ey, chickie, chickie.«

Cynthia ignorierte die Anmache. Sie setzte ihren Weg fort. Doch dann rief ihr aus dem Dunkel eine andere Stimme nach, lauter, aufschneiderischer – eine Rudelführerstimme. »Ey, Nickelfutt, du wilderst.«

Obwohl die herrische Stimme Autorität besaß, blieb Cynthia nicht stehen. Sie konzentrierte sich auf ihren Hüftschwung. Sie genoß die geschmeidigen Bewegungen ihres Körper unter dem losen Kaftan. Jetzt folgten ihr Schritte, immer mehr. Dem Klang nach heftete sich ein rundes Dutzend Kerle auf ihre Fersen.

Sie fühlte sich stark: locker, elastisch. Ihr machte die Sache Spaß, sie kostete das Gefühl und die Unerhörtheit dessen aus, daß die Kerle sie tatsächlich einschüchtern zu können glaubten, nur weil sie ihr nachgingen. Wahrscheinlich hatten sie es schon dutzend-, hundertfach getan: eine Frau halb umkommen lassen vor Angst, ehe sie taten, was sie zu tun beabsichtigten.

Sie folgten ihr bis ans Ende der Baton Rouge Street, und dort rief einer der Männer dann beiläufig: »Ey, geiler Arsch.«

Cynthia fand, es sei an der Zeit stehenzubleiben.

Die Männer umringten sie wie von selbst, träge und ohne Hast, so wie sich Treibholz an einem Felsen verfängt. Wie in einem Traum dümpelten die Gestalten um sie herum. Man wollte begutachten, was man da aufgegabelt hatte. Der eine oder andere erinnerte sie an Juan, und sie empfand einen leisen, hinterhältigen Anflug von Zuneigung. Es hätten Brüder und Vettern von ihm sein können.

Sie sagte: »Welcher von euch Helden hat die Bemerkung über meinen Arsch gemacht?«

Wieherndes Gelächter machte die Runde. Breitete sich hier und da ringförmig aus und überlagerte sich wie Wellen in einem Becken. Diese kollektive Erheiterung, die an sich selbst immer neue Nahrung fand, faszinierte sie. Als alle genug gewiehert hatten, gröhlte einer: »Doch egal, wer. Dein Arsch gefällt uns allen, Süße.«

Cynthia nickte, als wäre einer juristischen Formalität genüge getan. »Dann übernehmt ihr also alle gleichermaßen Verantwortung für die Bemerkung?«

Wieder die gleiche Reaktion – eine Welle der Erheiterung, ein männerbündlerisches Gehabe, demzufolge ein hämisches Grinsen herumgereicht werden mußte wie eine Flasche Bier, damit jeder mal einen Zug nehmen konnte. »Sieht so aus.«

Sie musterte der Reihe nach die Gesichter, die sich langsam zu einem Ring um sie zusammenschlossen.

Dann sagte sie: »Wenn ihr mich in Frieden laßt und euch für die

Anmache entschuldigt, bin ich bereit, die Sache auf sich beruhen zu lassen. Schließlich müssen junge Männer alle erst mal lernen, mit ihren hormonellen Problemen fertigzuwerden. Testosteron fördert bekanntlich die Bereitschaft zur Gewalt und andere Formen unsozialen Verhaltens.«

Sie glotzten, als käme sie von einem fremden Stern. Wie mühsam war es doch, zur männlichen Psyche durchzudringen. Cynthia versuchte es noch mal. »Wahrscheinlich ärgert ihr euch, weil eure Aufmerksamkeitsspanne geringer ist als die der Mädchen in eurer Klasse. Ihr nehmt es übel, daß eure Lehrer euch ihre Anerkennung versagen. Das und euer chaotischer Hormonhaushalt setzen einen Teufelskreis in Gang, und dann stürzt ihr euch unüberlegt in Dinge, die ihr nicht im Griff habt. Manchmal hilft es, sich über diese Dinge klar zu werden. Ich, für meinen Teil, würde euch ja gern nachsehen, was ihr glaubt, mit mir machen zu können. Für euer Geschlecht könnt ihr schließlich nichts.«

Es herrschte erst mal Schweigen. Dann rief jemand von hinten: »Hast du eben was von Testosteron gesagt?«

»Ganz recht.«

»Wir testen gleich den Ton, in dem du stöhnst«, tönte dieselbe Stimme.

»Eine bedauerliche Bemerkung«, erwiderte Cynthia. »Wirklich sehr bedauerlich. Denn wenn ihr mich anrührt, müßt ihr die Konsequenzen tragen.«

Cynthia wollte weitergehen, aber zwei Typen verstellten ihr betont lässig den Weg.

»Unklug«, sagte sie.

Ihre Arme waren locker durchgestreckt. Wenn sie jetzt den Oberkörper ein wenig drehte und die linke Schulter vorschob, nähme sie eine Position ein, aus der sie eine Rechte schlagen könnte, ohne ihre Absicht vorher kundzutun. Und so landete sie scheinbar ohne jede Vorwarnung bei dem Mann unmittelbar vor sich einen Treffer auf den Solarplexus; als er sich krümmte, ließ sie ihm eiskalt ihr Knie entgegenschnellen. Sie spürte, wie sein Nasenbein unter der Wucht zersplitterte.

Ihr war klar, daß den Jungs in diesem Moment des Staunens eines dämmern mußte. Hinter dem begrenzten Horizont ihrer Selbstherrlichkeit stieg jetzt die Erkenntnis auf, daß diese Frau sich bis zum Letzten verteidigen würde. Nur kannten sie die Tragweite dieser Tatsache noch nicht. Sie lief jeder normalen Erwartung dessen zuwider, wie eine Frau sich zu verhalten habe. Und dennoch mußten sie, ähnlich wie wenn man einen Teller quasi in Zeitlupe vom Küchentisch segeln und endlos auf die wartenden Fliesen zufallen sieht, mit ansehen, wie ihr Kumpel die Hände vors Gesicht schlug und rückwärts auf die Straße taumelte. Mußten zusehen, wie die Lebenskraft ihn verließ und wie er, obwohl er sich noch auf den Beinen hielt, tödlich still wurde. Dann sahen sie die Lichter ausgehen, die Kraft aus seinen Gliedern ebben, seine Beine einknicken, ihn auf dem Gehweg zusammenbrechen.

Wie lange standen sie da und glotzten? Wie lange starrten sie auf seine erst zuckenden, dann reglosen Glieder? Sie begriffen, daß er bewußtlos war, vielleicht tot. Sie erkannten, daß die mörderische Wucht des Knies Wirklichkeit war, und mühsam bewältigten sie den Rückschluß von Wirkung zu Ursache und somit zu Cynthia Lelague, die sich nicht vom Fleck gerührt hatte, die seelenruhig im Dunkeln auf sie wartete.

Doch, diese Frist gab es, ehe die Dinge in Bewegung, ehe sie außer Kontrolle gerieten.

15

Eine Zeitlang schienen sie alle zu träumen. Als die Männer zu sich kamen, war ihr Erwachen unsanft. Kollektiv aufgerüttelt, dämmerte ihnen, daß diese Frau doch tatsächlich einen der ihren so beiläufig ausgelöscht hatte, wie man eine Schabe zertritt, und es geschah etwas Seltsames.

Hätten sie es mit einem Kerl zu tun gehabt, wären jetzt vielleicht Messer und Revolver gezückt worden. Möglicherweise blieb Cynthia das eben deshalb erspart, weil sie eine Frau war. Falls ja, dann profitierte sie aber sicher weniger von Ritterlichkeit als dem letzten Schimmer männlicher Selbstherrlichkeit, derzufolge ein Zufallstreffer auf Kosten des einen Kumpels lange nicht besagte, daß die ganze Gang nicht auch ohne Hilfsmittel spielend mit ihr fertig würde.

Jetzt endlich schienen sie zu einem kollektiven Willen zu finden. Sie warfen sich auf sie wie ein Jagdrudel auf Großwild. Cynthia unternahm keinerlei Fluchtversuch, sie ließ sie kommen, als rechne sie nicht nur mit dieser zweiten Phase von Verstümmelung, Vergewaltigung und unausweichlichem Tod, sondern begrüße sie geradezu.

Handgreiflich zu werden bereitete da zunächst keine Schwierigkeiten; es gab keine Gegenwehr, also fielen die Männer über sie her und packten sie, wo sie konnten, an Armen und Beinen. Sie erlaubte es ihnen zunächst, erlaubte ihnen, wahllos hinzugreifen, erlaubte ihnen, selbstherrlich ihre Macht über den Körper einer Frau zu behaupten.

Die Männer schienen zwischen zwei Möglichkeiten zu schwanken: sie gleich zu Brei zu schlagen oder sie erst kollektiv zu vergewaltigen und dann zu Brei zu schlagen. Darüber bestand einen Moment Uneinigkeit.

»Los, wir ficken sie tot«, rief jemand.

»Nein«, fand jemand anderes. »Erst machen wir sie fertig.«

Sie erlaubte ihnen auch das flüchtige, berauschende Gefühl, über ihr Leben und ihren Tod bestimmen zu können – auch wenn aus ihrer Sicht diese Entscheidung selten so eindeutig ihr allein oblegen hatte.

Vielleicht sonnten sie sich zu sehr in diesem Allmachtsgefühl. Vielleicht kosteten sie die Vorstellung zu lange aus. Es kam aufs gleiche raus. Denn es war eindeutig Cynthias Entscheidung, trotz ihrer äußerst bescheidenen Bewegungsfreiheit einem Typen in ihrem Rücken den linken Ellbogen sanft, fast unmerklich in den Solarplexus zu rammen. Und es war Cynthias Entscheidung, das rechte Knie – eine der wenigen Möglichkeiten, die ihr blieben – einem zweiten kontrolliert, aber folgenschwer in die Eier zu stoßen und dank dieses unsichtbaren Treffers ein weiteres Paar Hände abzuwerfen. Und es war schließlich Cynthias Entscheidung, fast zeitgleich mit diesem letzten Schlag einem dritten Angreifer mit einem rückwärtigen Tritt den Absatz zwischen die Beine zu keilen. Ein dritter Widersacher gab sie frei, unerwartet abgelenkt von dem Schmerz in seiner Mitte.

In den wenigen Sekunden also, in denen die Meute um sie noch selbstsicher und nur über ihr weiteres Schicksal unentschlossen schien, entging Wesentliches ihrer kollektiven Wahrnehmung. Noch während man in aller Ruhe über Cynthias Schicksal und die Art ihres Scheidens aus der Welt befinden zu können meinte, war der Schaden schon da, einzelnen absichtsvoll und methodisch zugefügt, und die Reihen lichteten sich. Während die Gang noch Cynthias Zukunft bedachte, entglitt das Geschehen längst Mann für Mann ihrer Kontrolle, bereitete Cynthia bedächtig den Boden für das Kommende vor.

Obwohl schon etliche ausfielen und sich vor Schmerzen wanden, umdrängten Männer sie wie Schwarmbienen ihre Königin. Doch das unsichtbare Zerstörungswerk machte Fortschritte. Jetzt, da mehrere Paar Hände sich lösten, hatte sie mehr Armfreiheit. Noch ein paar Zentimeter mehr, und schon bekamen wieder andere das demoralisierende Übelkeitsgefühl zu spüren, das einem Schlag auf den Solarplexus folgt. Das alles geschah unauffällig, fast artig. Das erstaunte Grunzen der Getroffenen erinnerte an sexuelle Befriedigung. Und vielleicht wurde erst in dem Moment, als einer der ihren links leise ächzend zu Boden ging, klar, daß Cynthia den linken Arm nun vollkommen frei hatte. Der Typ unmittelbar vor ihr versuchte, sie zu vergewaltigen, er hatte seinen Schwanz herausgeholt und stieß ihn ihr zwischen die Beine. Im Vollgefühl der wiedergewonnenen Freiheit schlug sie ihm den Handballen mit solcher Wucht ins Gesicht, daß er quer über die Straße flog und der Länge nach am Bordstein landete.

Es war ein gewaltiger Schlag, auf Nasenwurzel und Auge plaziert, ein wahrhaft bewußtseinstilgender Treffer.

Bisher hatte man lediglich versucht, sie zu halten. Jetzt ging es darum, zurückzuschlagen und sich zu rächen. Um aber zuschlagen zu können, muß man erst loslassen. Zu diesem Schluß gelangten die Typen, die sie rechts festhielten, offenbar gleichzeitig. Sie ließen Cynthias rechten Arm los, um ausholen zu können.

»Unklug«, murmelte Cynthia.

Sie schlug in blitzschneller Folge einen linken, dann einen rechten Haken. Zwei weitere Angreifer taumelten zurück.

Jetzt trat und boxte sie, landete Treffer um Treffer. Sie entwickelte einen regelrechten Vernichtungsrhythmus. Ein solcher Kampf hatte schließlich sein eigenes Ethos: rangehen, dranbleiben und ganze, gründliche Arbeit leisten. Alles in ihrem Blickfeld vernichtete sie. Alles in ihrem Rücken hielt sie mit Ellbogenschlägen und Tritten in Schach, bis sie sich umdrehen und direkt damit befassen könnte. Zunächst wollte sie mit allem aufräumen, was ihr vorne in die Quere kam.

Sie machte ihre Sache gewissenhaft und mit großem Eifer. Und sie ging dabei nicht defensiv vor, beileibe nicht. Schlag für Schlag schien sie von einer Phase zur nächsten voranzuschreiten. Jetzt wehrte sie längst nicht mehr nur Angriffe ab oder versuchte, sich mehr Raum zu erkämpfen. Jetzt knöpfte sie sich einzelne vor, setzte ihnen nach. Sie glich einem räuberischen Rieseninsekt. Sie schlug bevorzugt mit dem Handballen zu, aus kurzer Distanz auch mit Unterarm und Ellbogen. Sie mußte an ihr liebstes Milton-Zitat denken: die *»two-handed engine at the door«*. Diese *two-handed engine* war sie. Sie war der Tod, der nächtliche Zerstörer. Bald lag ein Großteil der Gangmitglieder flach oder taumelte, die Hände vor Gesicht, Magen oder Hoden geschlagen, umher.

Jetzt rang sie mit ihrem schwergewichtigsten Gegner. Er war aus den dunklen Schatten vor ihr aufgestiegen wie ein Walroß aus dem Wasser, sein Bullennacken ein einziges Muskelpaket. Er warf sich ihr mit seinem vollen Gewicht entgegen; ihr blieb die Luft weg, sie wurde rücklings gegen eine Wand geschoben. Die Schläge, die sie dafür auf ihn niederprasseln ließ, schienen ihm allenfalls lästig. Er walzte gegen sie an wie ein Bulldozer und versuchte, ihr den Raum für weitere Schläge zu nehmen. Mitgehen, ausweichen war jetzt die beste Strategie. Sie ließ sich erneut gegen die Wand zurückdrängen. Ein letzter mächtiger Rempler warf sie dagegen, er rechnete offenbar damit, daß ihr das abermals den Atem nehmen würde, daß sie vortaumeln würde, ihm direkt in die Arme, wo er sie dann in aller Ruhe erledigen konnte. Aber wie eine Katze drehte sie sich in letzter Sekunde, federte den Stoß mit der linken Schulter ab. Die Drehung nahm dem Aufprall die Wucht, sie landete seitlich versetzt vor ihm. Sie wich blitzschnell aus, als er sich ihr erneut entgegenwarf, nutzte ihre günstige Position und verpaßte ihm von der Seite einen Kopfhaken gegen die Schläfe, der ihn fast fällte. Er drehte sich ihr zu, war aber schwer groggy. Mit einer schnellen Schlagserie trieb sie ihn rückwärts über die Straße bis zur gegenüberliegenden Mauer. Dort legte sie ihm die Hände um den Hals. Sie starrte ihm in die schreckgeweiteten Augen. Sie drückte ihm die Luft ab und sah seinen Blick trüb werden.

»Verrate mir etwas.«

Die Luft entwich fast seufzend seiner Gurgel. Sie drückte noch fester zu.

»Was weißt du über einen gewissen Fuckman?«

Er versuchte zu sprechen, es kam nur ein röchelndes »Kenn kein Fuckman« heraus. Sie lockerte ihren Würgegriff gerade so weit, daß er reden konnte.

»Gibt hier kein Fuckman, wüßten wir sonst.« Er rang um Atem. »Hier nicht.«

Sie sah ihm prüfend in die Augen: Sagte er die Wahrheit? Ja, beschloß sie, und ließ voller Verachtung von ihm ab.

Ganz langsam sackte er an der Wand zu Boden.

Sie war müde und fühlte sich dort auf der mit stöhnenden Körpern übersäten Straße irgendwie sehr allein. Doch schon bald hatte sie die Fassung wiedererlangt. Ihre Schultertasche lag offen, geplündert, geschändet, wie man sie selbst hatte schänden wollen, auf der Straße. Sie hatte keine Ahnung, welcher der Typen die Tasche gefilzt hatte, während die anderen auf sie losgingen. Egal. Sie nahm sie hoch, machte sie zu, dann wandte sie sich dem oberen Ende der Straße zu und ging.

Sie empfand keine Reue. Das, was diese Männer mit ihr vorgehabt hatten, war unsäglich, und daran, an diese Tatsache, würde sie denken.

Aus einer Telefonzelle wählte sie den Notruf. Als sie die freundliche, leicht gestreßte Stimme eines Mannes hörte, sagte sie: »Es hat in der Baton Rouge Street einen Unfall gegeben.«

»Welcher Art?« fragte die Stimme mit einem leicht zynischen Unterton.

»Eine Gruppe Männer hat eine wehrlose Frau angegriffen. Es gibt fünfzehn oder sechzehn Verletzte.«

Am anderen Ende der Leitung herrschte Schweigen. Dann wurde das Gespräch offenbar zu jemand anderem durchgestellt, einem Vorgesetzten vermutlich. Eine andere Stimme sagte: »Würden Sie mir bitten Ihren Namen nennen, Miss.«

»Wozu brauchen Sie meinen Namen?«

»Es rufen uns jede Menge Spinner an, die einen Fehlalarm witzig finden.«

»Verstehe«, sagte sie und beobachtete die sich im Glas der Zelle spiegelnden Lichter des vorbeifließenden Verkehrs. »Hier spricht Fuckwoman.«

Wieder entstand in der Leitung ein Schweigen.

»Ist das Ihr Ernst?«

Cynthia sagte: »Hören Sie, da draußen geht es einer Menge Leute gar nicht gut.«

»Sie wollen mir im Ernst sagen, es gebe fünfzehn, sechzehn Verletzte? Darf ich fragen, was eigentlich vorgefallen ist?«

Cynthia war es plötzlich leid, sich ständig zu wiederholen. Ein Streifenwagen glitt mit blitzenden roten Lichtern durch die Nachtluft an ihrer Zelle vorbei. An der Ecke bog er in ziemlichem Tempo in die Baton Rouge Street. Sie sah den Wagen schlingern, als der Fahrer den vielen Körpern auszuweichen versuchte, die kreuz und quer auf der Fahrbahn lagen. Bei diesem Manöver krängte der Wagen gefährlich und verlor auf einer Seite die Bodenhaftung. In ihrer Telefonzelle hörte sie Gummi kreischen, der Wagen schoß auf den Gehweg hinauf und schrammte unter lautem Knirschen an der Wand entlang. Zwei Officers stiegen auf der unbeschädigten Seite aus. Der erste sicherte den Schauplatz mit einer großkalibrigen Automatikpistole, der zweite rief über Funk Verstärkung herbei.

Sie hängte ein.

16

Empfand Cynthia gar keine Reue?

Sie entsann sich an eine Geschichte, die Gore Emhard ihr im Zuge seiner Kampagne, sie mit üblen Zoten zu schocken, mal erzählt hatte. Ein Wüstennomade und heiliger Mann, der von einer Oase zur nächsten zog, mußte feststellen, daß die Kamele sich überall unmäßig vermehrt hatten. Er suchte Frieden und kontemplative Stille. Wo immer er aber auf seinen Wanderungen Rast machte, traf er auf Kamele – Einzelgänger, die den Schatten unter den Bäumen beanspruchten, oder lärmende, geifernde Herden. Nachts störte ihr unwilliges Knurren und Brüllen seinen Schlaf.

Nur eine einzige der aufgesuchten Oasen war frei von den lästigen Vierbeinern. Er fragte einen Bewohner, wie es gelungen sei, die Kamelherden kleinzuhalten. Der Mann grinste, tippte sich an die Nase und sagte: »Wenn Ihr Euch nachts hier mit mir treffen wollt, zeige ich es Euch.« Und so hielten sie es. »Folgt mir und sprecht nicht«, sagte der Mann, und schlich durch die stille Oase voraus, bis sie unter einer Dattelpalme ein einsames Kamel entdeckten. Es war zweifelsfrei ein Hengst, denn im Mondlicht konnte der heilige Mann zwischen den Hinterbeinen die Hoden erkennen. Sein Führer flüsterte: »Und nun seht.« Vorsichtig nahm er links und rechts je einen großen, flachen Stein hoch, pirschte sich an das Kamel heran, und als er dicht genug war, schlug er die Steine zu beiden Seiten der Hoden mit aller Kraft zusammen. Das Kamel hob ein gewaltiges Schmerzensgebrüll an und stob davon. »So geht das«, sagte er. »Tatkräftige Verhütung.«

»Aber«, stammelte der heilige Mann, »tut es nicht weh?«

»Solange man die Daumen nicht dazwischenkriegt, nicht«, erwiderte der Oasenbewohner.

Genauso ging es Cynthia, die somit Gore Emhards Witz zweckentfremdete, mit den Männern, die sie bewußtlos geschlagen hatte. Tat es weh? Nein. Solange sie die Daumen nicht dazwischenkriegte, nicht.

17

Am nächsten Morgen wandelte Gore Emhard wie in Trance aus seinem Büro in die Nachrichtenredaktion. Die Klimaanlage surrte bereits, und vor ihrem geistigen Auge sah Cynthia die Ozon- und Kaltluftschwaden, die ihr entströmten. Ihr Tisch stand neben einem der Auslässe; sie fühlte sich, als triebe sie auf einem angenehm kühlen Fluß.

Aus dem Augenwinkel sah sie Emhard den Raum der Länge nach durchqueren und dann in den Mittelgang schwenken. Er schien ungefähr ihre Richtung einzuschlagen, dann steuerte er direkt auf sie zu.

Mit den Fingerknöcheln beider Hände stützte er sich auf ihren Schreibtisch und sah auf sie herab.

»Schon gehört?« fragte er.

Cynthia blickte hoch.

Emhard sprach weiter. »Gestern abend ist Fuckwoman endgültig übergeschnappt. Hat sich eine ganze Gang vorgeknöpft und aufgemischt.«

»Verletzte?« fragte Cynthia.

»Insgesamt sechzehn wurden ins Krankenhaus eingeliefert. Drei werden künstlich beatmet.«

Sie gab sich alle Mühe, erstaunt zu wirken, aber es war offenbar nicht ihre Reaktion, die Emhard in erster Linie interessierte. Er schaltete den Fernseher über Cynthias Schreibtisch ein. »Sie glauben gar nicht, wie mir das gegen den Strich geht, die neuesten Nachrichten aus dem Fernsehen beziehen zu müssen. Warum zum Teufel kann diese verdammte Fuckwoman ihren niederen Motiven nicht wie jeder halbwegs anständige Mensch in den frühen Abendstunden nachgehen, damit wir das in die Morgenausgabe kriegen?«

Das Bild erschien. Es wurde gerade anmoderiert: *»Sanitäter lasen heute in einem Gewerbegebiet in Downtown Los Angeles die Verwundeten auf. Die für ihre spektakulären Selbsthilfe-Aktionen bekannte F-woman lieferte sich dort gestern kurz nach Mitternacht einen Kampf mit einer ganzen Straßengang. Unser Übertragungsteam war um ein Uhr heute morgen zur Stelle. Die Polizei riegelte gerade das Areal ab. Rettungsfahrzeuge brachten die Verletzten ins Krankenhaus.«*

Man sah einen ganzen Fuhrpark von Ambulanzen und Streifenwagen mit blitzenden roten und gelben Lichtern. Tragbahren wurden durchs Bild geschleppt.

Emhard murmelte: »Wie kann eine einzige Person solche Verheerungen anrichten? Verdammt, es ist geradezu beängstigend.«

Die Moderatorin fuhr fort: *»Unser Chefreporter Myron Overbear war heute morgen vor Ort, um sich ein Bild der Lage zu machen und Anwohner zu dem Vorfall zu befragen.«*

Myron Overbear baute sich vor der Kamera auf. Die flackernden roten Lichter der Streifenwagen hinter seinen Schultern tauchten eine Gesichtshälfte des Starreporters in den warmen, anheimelnden Schein eines Kaminfeuers. Er sah aus wie ein Filmstar aus früheren Zeiten.

»Der Schauplatz des erbitterten Kampfes ist fast geräumt. Von der wilden mitternächtlichen Schlacht zeugen nur noch ein paar Blutflecken und die Spurensicherung, die die Gegend durchkämmt. Zum Kampf kam es an der Kreuzung zweier Straßen, die passenderweise die Namen Baton Rouge und No Exit Street tragen. Ich fragte den hier ansässigen koreanischen Geschäftsinhaber Ku Fung Wa nach seiner Meinung zu den Ereignissen der Nacht. Mr. Ku, was sagen Sie zu dem, was hier vorgefallen ist?«

Mr. Ku trug ein schreiend rotes T-Shirt und eine dunkle Sonnenbrille. Er war so breit wie hoch, rund wie ein Gummiball. Er beugte sich näher ans Mikrophon und sprach – im Vergleich zur

Aufregung im Hintergrund – mit unerwartet sanfter Stimme. *»Das Beste, was hier seit langem passiert ist.«*

»Meinen Sie nicht, Mr. Ku, daß Gewalt nur weitere Gewalt sät?«

Mr. Ku beugte sich abermals vor, als würde er sich verneigen. *»Kann man wohl sagen! Schon viel zu lange gibt's immer neue Gewalt. Erst ist es die eine Gang, dann die andere, ständig ist Krieg. Wir kennen hier kaum noch was anderes als Gewalt. Aber endlich haben sie hier mal was von der eigenen Medizin bekommen. Hier ist es noch nie so ruhig gewesen wie heut nacht. Es ist das erste Mal, daß ich ohne Pistole auf die Straße gehe.«*

»Was sagen Sie also zu F-woman?«

Der Koreaner beugte sich zum Mikrophon hin und sagte, jede sanfte Silbe betonend: *»Denen hat sie's ordentlich geblasen.«*

»Und mit diesem emphatischen Schlußwort verabschiedet sich Myron Overbear aus der Baton Rouge Street in Los Angeles.«

»Vielen Dank, Myron. Nach den Ereignissen der gestrigen Nacht kam es heute morgen zu ungewöhnlichen Szenen. In den vier oder fünf Stunden seit Bekanntwerden der Aktion haben sich immer mehr Sympathisanten F-womans vor der City Hall versammelt, dort skandieren sie Slogans und fordern ihre Ernennung zur Bürgermeisterin.«

Schnitt zum Hauptportal der City Hall. Dort rief eine bunt zusammengewürfelte, aber beachtliche Menge zunehmend aufgebrachter Bürger: *»Fuck! Fuck! Fuck!«*

Emhard knurrte: »Die ganze Stadt spielt verrückt. Dieses Teufelsweib entfesselt dunkle Mächte.«

Die Moderatorin kommentierte: *»In den Amtsräumen der belagerten City Hall hat der Bürgermeister angesichts von Entwicklungen, die sich zu einer Krise auszuwachsen drohen, wichtige Regierungs- und Behördenvertreter zu Beratungen einbestellt. Man tagt hinter verschlossenen Türen. Wir konnten jedoch den leitenden Polizeipsychologen Dr. James Holocenter für ein Interview gewinnen.«*

Schnitt zu Dr. Holocenter, der vor der stattlichen Bücherwand in seinem Büro saß. Er wirkte blaß, aber die Blässe stand ihm gut zu Gesicht. Der Eindruck war wie stets der eines Ostküstenakademikers, den der Zufall in den Westen verschlagen hat. Die Moderatorin stellte ihre erste Frage: *»Dr. Holocenter, was sagen Sie zu den sich überstürzenden Ereignissen?«*

»Die jüngsten Vorfälle zeigen meines Erachtens sehr deutlich, mit wem wir es bei der Selbsthilfe-Aktivistin, die sich F-woman nennt, zu tun haben. Ihre Aktionen beweisen, wenn es denn noch weiterer Beweise bedarf, daß es sich hier um das Werk einer psychotischen Täterpersönlichkeit handelt. Unfähig, sich ihrer Mitverantwortung für die Sexualverbrechen des City-Hall-Täters zu stellen, hat sie offenbar jegliche Kontrolle verloren und ohne ersichtlichen Grund eine Gruppe herumlungernder Jugendlicher in einem angrenzenden Bezirk angegriffen. Bisher gibt es nicht mal konkrete Hinweise dafür, daß sie einer Gang angehörten. Und bis zum Beweis des Gegenteils müssen wir davon ausgehen, daß diesen jungen Männern nichts vorzuwerfen ist. Ich möchte an dieser Stelle im Namen des LAPD und aller ordnungsliebenden Bürger dieser Stadt dringend an die unter dem Decknamen F-woman agierende Unbekannte appellieren, sich zu stellen und so diesem schrecklichen Teufelskreis von Gewalt und Gegengewalt ein Ende zu bereiten.«

Cynthia atmete auf. Sie sah plötzlich klar. Vielleicht gewöhnte sie sich auch einfach an Äußerungen, die an der Sache vollkommen vorbeigingen. Holocenter ließ sich keine Gelegenheit entgehen, sie zum Sündenbock abzustempeln. Sie schluckte ihren Ärger herunter und bemühte sich um einen vernünftigen Ton, als sie sagte: »Glauben Sie etwa, Fuckwoman hätte mit der ganzen Gewalt angefangen?«

»Wie meinen?« fragte Emhard abwesend.

»Nun, mir scheint, es ist auch vor ihrem Erscheinen nicht gerade gewaltfrei zugegangen.«

»Sie mag nicht damit angefangen haben«, räumte Emhard ein, »aber sie öffnet ihr Tür und Tor. Die Ratten kriechen aus allen Löchern. Dieser Polizeipsychologe ist der einzige, der zu dem Ganzen etwas Vernünftiges zu sagen hat. Ich möchte, daß Sie ihn aufsuchen und interviewen.«

Cynthias Staunen erreichte ungeahnte Höhen. »Sie wollen dem noch mehr mediale Aufmerksamkeit verschaffen?«

»Sie haben mich verstanden«, sagte Emhard. »Holen Sie aus dem Mann soviel wie möglich über den City-Hall-Täter heraus. Ich habe keine Lust, wieder in die Röhre zu gucken. Diesmal müssen wir dem Fernsehen zuvorkommen.«

Emhard machte sich durch den Großraum auf den Weg zurück in sein Büro. Sie sah seinen langen, leicht gebeugten Rücken entschwinden, das an Zeitungsschreiber alter Schule erinnernde gestreifte Hemd. Mehrere Kollegen sprachen ihn an, um Botschaften oder Meldungen loszuwerden. Er lieh ihnen nachsichtig sein Ohr, blieb aber nicht stehen, sondern schritt wie durch den Nebel seiner eigenen Gedanken weiter.

Cynthia griff zum Telefon und wählte.

»Guten Tag, hier spricht Cynthia Lelague von der *Angel Times*. Ich hätte gern einen Interviewtermin bei Dr. James Holocenter vom LAPD. Danke.« Sie wartete, während man sie mehrfach weiterverband. Schließlich klingelte es einmal kurz, dann wurde bereits abgehoben. Eine Stimme meldete sich: »Holocenter.«

»Dr. Holocenter? Cynthia Lelague, *Angel Times*. Wir interessieren uns sehr für die Erklärung, die Sie heute vormittag zu der Unbekannten abgegeben haben, die sich Fuckwoman nennt. Wären Sie eventuell zu einem Interview bereit? Unser Chefredakteur war von Ihren Ausführungen sehr angetan und möchte dazu gern etwas in der morgigen Ausgabe bringen.«

Darauf erwiderte er kühl und sehr artikuliert: »Würde der Beitrag denn auch entsprechend plaziert?«

»Sicher. Wir machen das ganz groß auf. Der Auftrag kommt vom Chefredakteur persönlich.«

Sie mußte ein Weilchen warten, während er überlegte. Sie hörte ihn exakt und gemessen atmen, spürte förmlich, wie er Für und Wider abwog.

»Wie spät ist es jetzt, Miss Lelague?«

»Zwanzig nach zehn.«

»Paßt Ihnen elf Uhr dreißig?«

»Elf Uhr dreißig?«

»Ich habe vorher und auch nachher einiges zu tun.«

»Gut«, sagte sie. »Sie können mich um halb zwölf erwarten.«

Am anderen Ende wurde aufgelegt.

Was trieb den Mann? fragte sie sich. Ehrgeiz? Eitelkeit? Eitel kam er ihr eigentlich nicht vor, jedenfalls nicht im herkömmlichen Sinne. Eher gewann sie den Eindruck einer eigenartigen Kälte, eines so kontrollierten Menschen, daß es nahezu unmöglich wäre, seine wahren Motive zu ergründen. Er kam ihr vor wie jemand mit einer Mission, und zwar einer, über die Stillschweigen gewahrt werden mußte, weil sie nur ihn anging.

Cynthia legte auf und trat an eines der Westfenster. Sie blickte hinaus Richtung Watts, Downey, Whittier, La Habra. Wie viele Gangs würden dort draußen wohl heute abend unterwegs sein? Würde die Tatsache, daß sie eine ganze Sektion krankenhausreif geschlagen hatte, ihnen einen Dämpfer verpassen, oder würden erst recht alle zu einer Machtdemonstration ausschwärmen? Männliche Eitelkeit, sagte sie sich, würde womöglich jeden letzten Kleinganoven und Gangster auf die Straße treiben. Vielleicht hatte Gore Emhard ja recht, vielleicht entfesselte sie wirklich dunkle Mächte.

18

Erst als sie in ihren Mantel schlüpfte, merkte sie, wie zerschunden sie am ganzen Körper war. Am schlimmsten waren Oberarme, Oberschenkel und Bauch betroffen. Prellungen und blaue Flecken, weil sie zwei Minuten lang die ausschließliche Aufmerksamkeit einer Gang genossen hatte. Wie es ihr ergangen wäre, wenn sie als Frau allein auf der dunklen, verlassenen Straße mehrere Stunden das Objekt männlicher Zuwendung geworden wäre, daran mochte sie gar nicht denken. Im Licht dessen, was man ihr zugefügt hätte, empfand sie die eigene Gewaltanwendung als saubere Sache. Die davongetragenen Blessuren erinnerten sie an ihre eigene Mission. Komischerweise verschmolzen die Gesichter ihrer Angreifer jetzt, keine vierundzwanzig Stunden nach der Schlacht, zu einem Erztypus, den holzschnittartigen Gesichtszügen des kriminalpsychologischen Chefberaters des LAPD.

Auf dem Weg ins Hauptfoyer blickte sie am Gebäude der City Hall hoch. Es war eines der architektonischen Wahrzeichen von Los Angeles. Cynthia war ebenso mit dem konkreten Bauwerk wie mit dem Mythos vertraut: als Sitz des »Daily Planet« war die City Hall Schauplatz der Fernsehepisoden der klassischen Superman-Serie der 50er gewesen, deren Wiederholungen sie als Kind eifrig verfolgt hatte. Diesen Eingang hatte George Reeves alias Clark Kent ebensooft benutzt wie seine Telefonzellen.

Städtische Angestellte hasteten geschäftig mit Akten hin und her. Es ging zu wie in einem Taubenschlag. In den Tiefen des Gebäudes schrillten unablässig Telefone.

Sie schob sich rechts durch eine doppelte Schwingtür aus massivem Holz und betrat einen zweiten Hauptgang. Ein Schild verkündete in goldenen Lettern: »Polizeihauptverwaltung/Sonderdienststellen«. Am Fuß einer Treppe hielt ein älterer Beamter in Uniform in einer offenen Panzerglaskabine Wache. Inmitten der ganzen Hektik und Betriebsamkeit wirkte er onkelhaft gütig und mit sich im reinen, und Cynthia fragte sich, ob der Stachel des Ehrgeizes sich bei ihm abgenutzt hatte, bis er mit seinem Los zufrieden war.

»Cynthia Lelague, *Angel Times.* Ich habe um halb zwölf einen Termin bei Dr. Holocenter.«

»Können Sie sich ausweisen?« Über ihr Zögern schmunzelte er. »Tut mir leid, Lady, aber es gibt schon reichlich schräge Besucher für die Psychos.«

Das kann man wohl sagen, dachte Cynthia im stillen. Wenn du wüßtest. Sie hielt ihm ihren Presseausweis hin. Der Officer deutete auf einen gegenüberliegenden Treppenaufgang.

»Dritter Stock, zweite Tür links.«

»Danke.«

Sie drückte die Feuertür auf, blickte, kaum daß sie außer Sicht des netten Polizeionkels war, kurz über ihre Schulter zurück, um sich zu vergewissern, daß niemand zusah, dann schoß sie die Treppen hinauf, zwei Stufen auf einmal nehmend und ohne mehr als flüchtigen Gebrauch vom Geländer zu machen.

Oben angelangt, wandte sie sich nach links und ging den grün gestrichenen Flur hinab, bis sie unmittelbar voraus ein weiß beschriftetes Namensschild sah: DR. J. HOLOCENTER.

Sie holte einmal tief Luft und klopfte.

Als sie noch jünger gewesen war, hatte ihr Vater, Henry Lelague Jr., ihr einmal verraten, daß er Psychologen grundsätzlich nicht über den Weg traute. Sein eigener Vater nämlich hatte ihn in seiner rebellischen Jugend zu diversen Vertretern der Zunft geschickt. Nach Ansicht von Cynthias Vaters verfolgte die Psychotherapie vor allem das Ziel, die geltenden gesellschaftlichen Normen zu zementieren. Er betrachtete die Psychologie folglich als stockkonservative Disziplin. Zwar räumte er ein, daß es natürlich auch gute Therapeuten gebe, schließlich fänden sich in den meisten Berufen fähige Leute. Doch nach seinem Dafürhalten bestand der Zweck der ganzen Übung unausgesprochen darin, zwischen Therapeut und Klient ein Machtgefälle dergestalt zu etablieren, daß ersterer letzterem die gesellschaftlich akzeptierte Sicht der Dinge oktroyieren könne. Als er daher wieder einmal zum Erstinterview bei einem Therapeuten verdonnert worden war, hatte er sein Gegenüber entmystifiziert, indem er einen alten Slogan abwandelte: Wenn Behandlung zur Mißhandlung wird, wird Widerstand zur Pflicht. Cynthia hatte es nie vergessen.

Schritte näherten sich. Der Türgriff wurde entschieden heruntergedrückt, die grünlackierte Tür mit kühl kalkuliertem Schwung aufgezogen.

Wie erwartet, war Dr. Holocenter hager und knochig – nur mit der machtvollen Strenge seines Habitus hatte sie nicht gerechnet. Die ganze Statur bestand aus Senkrechten. Selbst die Falten in seinem Gesicht wirkten hierarchisch. Er stand seitlich versetzt vor ihr und fixierte sie durch seine Brillengläser wie durch ein Zielfernrohr.

»Miss Lelague?«

Cynthia nickte.

Holocenters langes, vornehmes Gesicht und seine Körpergröße erinnerten sie ein wenig an den Ökonomen J. K. Galbraith. Er machte den Eindruck eines Mannes, der genau zu wissen glaubt, was für dich im besonderen und für die Gesellschaft im allgemeinen das beste sei. Fast rechnete sie damit, unverzüglich über Vorzüge des Sozialstaats, die Unverzichtbarkeit deutlich erhöhter öffentlicher Ausgaben und die Kurzsichtigkeit rein marktwirtschaftlichen Denkens belehrt zu werden.

»Treten Sie ein.«

Er ging einen Schritt beiseite, um sie durchzulassen. Dann schloß er entschieden die Tür, lehnte sich dagegen und musterte sie eingehend.

Der Raum war lang und schmal. Durch ein hohes Fenster fiel Licht auf die unmittelbar angrenzende Wand.

»Ist Ihr Name vielleicht französischen Ursprungs?« fragte Holocenter. Er hatte eine ganze Weile geschwiegen, so daß es sie fast überraschte, ihn sprechen zu hören. Seine Aussprache wirkte sehr präzise, fast pedantisch.

»Lelague? Ich glaube, der Name geht auf französische Hugenotten zurück«, erwiderte Cynthia. »Eine Abwandlung von Lelage.«

»Ah ja«, bemerkte Dr. Holocenter. »Die Hugenotten. Eine hochinteressante ethnische Gruppe. Historisch betrachtet eine nicht wenig verfolgte Minderheit.«

Sie hatten sich beide nicht gerührt: Holocenter lehnte nach wie vor an der Tür, sie stand mitten im Raum. Das Zimmer schien gegen alle äußeren Geräusche isoliert, als befänden sie sich in einem Tresor.

Während er sie studierte, ließ sie ihren Blick umherschweifen. Die weiß getünchten Wände waren vollkommen schmucklos. Einzig ein Zertifikat des Institute of Psychiatry war aufgehängt worden. Es herrschte kühle Strenge. Die Kargheit immerhin fand ihre Zustimmung.

»Bitte, Miss Lelague, setzen Sie sich doch.«

Sie nickte und nahm auf dem bedeuteten hochlehnigen Stuhl Platz. Das Möbelstück war wie alle übrigen Einrichtungsgegenstände im Raum schlicht, kalt, senkrecht.

Ohne Hast ließ sich die lange Gestalt auf dem Stuhl gegenüber nieder. Holocenter lächelte, ohne die Augen von ihr zu wenden. Die Augen, fiel ihr auf, waren an dem Lächeln nicht beteiligt.

»Nun, Miss Lelague, gibt es eine bestimmte Frage, mit der Sie beginnen möchten?«

»Ja, durchaus.«

Dr. Holocenter lächelte erneut. »Bitte sehr.«

»Es ist eine Frage, von der ich annehmen muß, daß sie eine ganze Reihe Menschen beschäftigt, und zwar, weshalb Sie der Unbekannten, die unter dem Namen ›Fuckwoman‹ von sich reden macht, so feindselig gegenüberstehen?«

Dr. Holocenter schwieg einen Augenblick. Das Lächeln wurde zu einem Schatten, dann verflüchtigte sich auch dieser.

»Feindselig, Miss Lelague? Wohl kaum der treffende Ausdruck. Ich bin Psychiater mit immerhin fast dreißig Jahren Erfahrung auf polizeilichem und kriminologischem Gebiet.«

Sie stenografierte mit. Sie hatte die Erfahrung gemacht, daß Tonbandgeräte ihre Interviewpartner irritierten; entweder ließen sie sich einschüchtern, oder sie wurden unnatürlich gesprächig. Wenn sie aber mitschrieb, ehe sie ihre nächste Frage stellt, entstand ein anderer Rhythmus, der den Redefluß etwas bremste und das Gespräch intensivierte.

Sie stenografierte zu Ende, dann fragte sie nach: »Und das heißt konkret?«

»Das heißt, wenn ich die Aktivistin, die sich Fuckwoman nennt, als geistig labile Soziopathin bezeichne, dann beruht das auf Jahren einschlägiger Erfahrungen in psychiatrischer Diagnostik.«

»Wie auch auf der Tatsache, wenn ich recht informiert bin, daß Sie ihr nie begegnet sind?«

Dr. Holocenter sah sie an und lächelte.

»Das ist richtig. Aber habe ich ihre Aktionen sehr genau analysiert, weit eingehender als andere, die ich Ihnen nennen könnte.«

»Und doch«, beharrte Cynthia, »treffen Sie Feststellungen über Denken und Motive einer Person, die Sie nie gesehen haben. Verzeihung, aber ist das nicht eine eher ungewöhnliche Vorgehensweise?«

»Inwiefern?« fragte Holocenter zurück. Er schien sie gewähren lassen zu wollen.

»Ich war bisher davon ausgegangen, daß jedes psycho-diagnostische Verfahren das direkte Gespräch voraussetzt und sich nicht auf Informationen aus zweiter Hand oder Spekulationen stützen kann.«

»Es gibt gewisse Verhaltensmuster, Miss Lelague, die bei psychotischen Persönlichkeitsstörungen tpyisch sind und die deshalb ein zuverlässiges Indiz für bestimmte Gemütszustände darstellen.«

»Indiz für wen, Dr. Holocenter?«

»Für den geschulten Psychologen.«

»Beißt sich da nicht die Katze in den Schwanz?«

Diesmal verriet sein Lächeln noch anderes: Interesse und Kalkül. Vielleicht witterte er in ihr einen ideologischen Gegner oder fand ihren Interviewstil zumindest ein wenig ungewöhnlich. »Wie das, Miss Lelague?«

»Sie sagen, für den geschulten Psychologen liege Fuckwomans psychische Verfassung auf der Hand, aber nicht etwa deshalb, weil sie sich belegen ließe, sondern weil er geschulter Psychologe ist.«

»Ich muß sagen, ich verstehe nicht ganz, worauf Ihre Fragen hinauslaufen.«

»Mir drängt sich der Verdacht auf, daß hier vielleicht weniger die Wahrheit oder die Tatsachen maßgeblich sind als die Autorität des Fachmanns.«

Dr. Holocenter nickte – nicht zustimmend, sondern sozusagen in Anerkennung der Stringenz ihrer Argumentation. Es war ein höfliches, fast kavalierhaftes Nicken.

»Ich wiederhole mich ungern, aber ich meine, angedeutet zu haben, daß man im Laufe der klinischen Arbeit Erfahrungen sammelt, und diese Erfahrungen fließen in die Betrachtung anderer Fälle ein.«

Aus Cynthias Sicht hatte die Mitschrift gegenüber dem Mitschnitt einen weiteren Vorzug: Sie konnte beim Schreiben pointierter fragen. Weil ihre Körpersprache dabei nicht aggressiv war, weil sie dem Interviewten nicht ins Gesicht starrte, ihm kein phallisches Mikrophon vor die Nase hielt, wirkte sie nicht bedrohlich und bot somit keinen Anlaß zur Animosität. Manchmal war der Effekt verblüffend. Während Cynthia also noch seine Antwort notierte, fragte sie, so beiläufig wie möglich: »Läuft das nicht schlicht darauf hinaus, daß Sie seit dreißig Jahren dasselbe sagen?«

Wieder entstand eine lange Pause. Auf seinem Stuhl machte Holocenter eine unwillkürliche Bewegung und musterte sie noch eindringlicher, als habe er eine bisher unbekannte Gattung entdeckt.

»So so, Miss Lelague. Das ist wirklich erfrischend.«

»Sie haben die Frage nicht beantwortet.«

Wieder die leise Andeutung eines Lächelns. »Eine Rolle spielt natürlich auch die Rücksprache mit Kollegen, die unter ähnlichen Umständen zu ähnlichen Schlüssen gelangen müssen.«

Sie notierte die Antwort, nickte und feuerte, ohne aufzublicken, eine weitere Breitseite ab. »Was doch im Klartext nichts anderes heißt, als daß Sie sich gegenseitig bestätigen?«

»Aber, aber Miss Lelague.« Holocenter lächelte nachsichtig. »Höre ich da nicht vielleicht bei Ihnen selbst eine gewisse Feindseligkeit heraus? Gilt sie mir, oder erscheint Ihnen die Disziplin als solche suspekt?«

»Wollen wir nicht lieber beim Thema bleiben, Dr. Holocenter?« entgegnete Cynthia.

»Und das wäre, Miss Lelague?«

»Wir sprechen über die Zulässigkeit Ihrer Diagnose der psychischen Verfassung einer Person, die Sie nie zu Gesicht bekommen haben. Während Sie versuchen, das Gespräch auf meine Gemütsverfassung zu lenken. Soll ich das dahingehend verstehen, daß Sie keine Antwort auf die Frage haben?«

Holocenter lächelte. »Ihre Gemütsverfassung erscheint mir in der Tat von zunehmendem Interesse.«

»Inwiefern?«

»Insofern, als sie Ihnen die Fragen zu diktieren scheint.«

»Wollen Sie andeuten, daß ich gestört bin?«

»Sind Sie es, Miss Lelague?« fragte Holocenter so leise, daß es ihr eher wie ein Murmeln vorkam. »Ich paraphrasiere lediglich.«

»Das mag durchaus sein, Dr. Holocenter. Wenn hier aber schon die Frage nach dem inneren Drehbuch gestellt wird, könnte ich das doch ebensogut Sie fragen?«

»So?«

»Vermutlich bin ich gestört, weil ich die Unverschämtheit besitze, Ihre fachliche Kompetenz in Frage zu stellen. Das entspräche wiederum ganz den Methoden, nach denen Sie vorgehen.«

»Meldet sich da vielleicht das hugenottische Erbe zu Wort?« murmelte Holocenter wieder wie zu sich selbst.

Sie ließ die Frage in der Leere des Raums nachklingen. Er saß ihr unbewegt gegenüber, still lächelnd und ohne den kalten, bohrenden Blick von ihr abzuwenden, als entspreche der Tenor ihrer Fragen einem Muster, das er hochinteressant finde. Sie spürte bei ihm eine Regung, die ihre schlimmsten Befürchtungen bestätigte. Aber sie wußte, daß sie weitermachen mußte, ihn aus der Reserve locken, ihn irgendwie zu packen kriegen.

»Wenn wir schon von psychischer Verfassung sprechen, Dr. Holocenter – was würden Sie denn meinen, wo Ihre Feindseligkeit Frauen gegenüber herrührt? Würden Sie sie als milieubedingt betrachten oder als soziopathischen Zug?«

»Bitte?«

»Hatten Sie ein schwieriges Verhältnis zu Ihrer Mutter, oder betrachten Sie Frauen generell mit Argwohn?«

»Miss Lelague, Ihre Fragen sind wirklich sehr unterhaltsam, aber –«

»Was hat Fuckwoman an sich, was bei Ihnen eine solche Animosität weckt?«

Sie schrieb jetzt sehr schnell mit, so schnell, daß eine Frage direkt auf die andere folgte.

»Fragen wir doch umgekehrt, Miss Lelague: Was hat Fuckwoman an sich, was Ihre Sympathien weckt?«

»Warum interessiert Sie das?«

»Meiner Erfahrung nach neigen Menschen von einer speziellen Herkunft – wie etwa einer hugenottischen – dazu, die Geschichte ihrer Herkunftskultur auf subtile, ja unbewußte Weise zu wiederholen. Mit welcher verfolgten Minderheit fühlen Sie denn mit?«

»Mit vergewaltigten Frauen, würde ich doch meinen«, antwortete Cynthia.

Holocenter lächelte. »Vergewaltigten Frauen? Sehr interessant, da teilen Sie die Obsession von Fuckwoman.«

Sie hatte im Schreiben innegehalten; rasch notierte sie sich in Klarschrift: *Ich glaube, jetzt hat er angebissen.*

Nach einer kurzen Pause fuhr Holocenter fort: »Wenn mich nicht alles täuscht, hat auch Superman, Vorbild der soziopathischen Persona Fuckwomans, als Reporter gearbeitet, in der Gestalt des zahmen Clark Kent.«

»Nur gibt es, was die berufliche Identität angeht, zwischen Clark Kent und mir einen entscheidenden Unterschied, Dr. Holocenter.«

»Und der wäre?«

»Clark Kent war ein Mann.«

Holocenter lächelte.

»Eine sehr scharfsinnige Beobachtung, Miss Lelague. Dieser Scharfsinn kommt Ihnen als Reporterin sicherlich zugute. Wenn Sie mir vielleicht eine spekulative Anmerkung nachsehen wollen? Es ist nämlich so: Würde ich als Kriminologe ein detailliertes psychologisches Täterprofil von Fuckwoman erstellen, würde ich fast wetten mögen, daß die Arbeit als Reporterin zu ihrer ausgeprägten Identifikation mit der Superman-Persona gehören müßte. Und um das Persönlichkeitsbild noch weiter abzurunden: Ich wäre geneigt anzunehmen, daß sich im familiären Hintergrund Vorfahren aus einer verfolgten und heroischen Minderheit wie zum Beispiel die der Hugenotten finden ließen.«

Sie stenografierte diese Ausführungen mit, dann setzte sie hinzu: *Soll er sich ruhig überlegen fühlen.*

Seelenruhig beobachtete er sie beim Schreiben.

»Gibt es noch anderes, was Sie zu meiner Herkunft sagen möchten?« fragte Cynthia.

»Gern. Ich gehe davon aus, daß zur Psychodynamik der für ihre Selbstjustiz-Kampagnen bekannten Fuckwoman ausgesprochen oder unausgesprochen die Überzeugung gehört, daß Angriff die beste Verteidigung sei. Das tritt in dem Täterprofil, das wir derzeit von Fuckwoman erstellen, sehr deutlich zutage.«

»Und was beweist das?«

»Nichts. Aber es legt den Schluß nahe, daß Fuckwoman, sofern meine vorläufige Diagnose sie verärgert hätte, sehr wahrscheinlich etwas unternehmen würde.«

»Was könnte das sein?«

Holocenter zögerte, dann sagte er: »Bei diesem Persönlichkeitstyp würde ich unter Umständen mit einem Besuch rechnen – in welcher Form auch immer.«

Sie notierte seine Worte gewissenhaft, dann schrieb sie: *Ich hab ihn.*

Sie schlug ihr Notizheft zu und schob den Stift in die dafür vorgesehene Lasche. Sie betrachtete das Interview als beendet, und was sie jetzt noch zu sagen hatte, war nur für sie beide bestimmt. Sie sah ihrem Gegenüber direkt in die Augen.

»Reden wir doch nicht um den heißen Brei herum, Dr. Holocenter. Wollen Sie behaupten, ich sei Fuckwoman?«

»Nun, Miss Lelague, wenn Sie es schon so direkt ansprechen, dann gebe ich zu, daß mir der Gedanke durchaus gekommen war.«

»Wenn Sie mich aber für Fuckwoman halten, warum nehmen Sie mich nicht fest?«

Interessant, wie sich das Schweigen in diesem Augenblick zu verdichten schien. Schweigen wälzte sich geradezu fühlbar als breiter Strom von den Wänden. Cynthia wartete ab, gespannt, ob er die Herausforderung annähme.

»Im Augenblick«, sagte Holocenter schließlich, »sind wir noch nicht imstande, Fuckwoman zweifelsfrei zu identifizieren.«

Sie schwieg einen Moment, um ihren Worten mehr Gewicht zu verleihen. »Das sollte bei Ihrer Vorgehensweise kein Hinderungsgrund sein.«

»Wir alle arbeiten zunächst mit Hypothesen, Miss Lelague«, erwiderte Dr. Holocenter, ohne sich aus der Ruhe bringen zu lassen. »Kennen Sie zufällig die Arbeit von Karl Popper?«

»Ja.«

Ein Lächeln huschte über sein Gesicht, als spreche er ihr seine Anerkennung aus.

»Dann werden Sie wissen, daß im Mittelpunkt seiner Philosophie die Auffassung steht, daß eine Theorie sich nicht bestätigen oder widerlegen läßt, ehe sie nicht artikuliert ist. Sie muß zunächst einmal formuliert werden. Erst dann stellt sich die Frage der Beweislast.«

»Ich kenne in der Tat Poppers Auffassung von Beweisen«, sagte Cynthia. »Und wenn ich ihn recht verstehe, betont er mehrfach, daß eine absolute Bestätigung, der Beweis per se, ein Ding der Unmöglichkeit ist. Man kommt der Wahrheit nicht auf den Grund, indem man Bestätigung sucht. Man erkennt die Stärke einer Theorie im Versuch, sie zu widerlegen. Und ich muß sagen, davon kann im vorliegenden Fall kaum die Rede sein.«

»So so, Miss Lelague. Sie sind wahrlich nicht zimperlich. Rein aus ... em ... professionellem Interesse: Würden Sie sagen, daß Sie sich aktiv mit Fuckwoman identifizieren?«

»Eine hübsche Hypothese, Dr. Holocenter.«

»Denn ich würde meinen, daß Ihre offenkundige Ablehnung meiner Person und meiner Methoden, Miss Lelague, ein weiterer Hinweis auf Ihre eigene geistige Haltung ist. Darf ich hinzufügen, daß Sie auch diesbezüglich einiges mit Fuckwoman gemein zu haben scheinen?«

»Ablehnung würde ich das nicht unbedingt nennen, Dr. Holocenter. Eher eine rein technische Frage, und da würde ich vorschlagen, daß Sie sich Ihre tendenziösen, selbstbestätigenden Theorien in den geräumigen Arsch schieben.«

»Nun«, sagte Holocenter und nickte, als sehe er etwas bestätigt, »ich nehme an, damit ist das Interview zu Ende.«

»Sieht so aus.«

»Ich werde mich selbstverständlich persönlich bei Ihrem Chefredakteur über Ihre Interviewtechnik und Ihren offenkundigen Mangel an Objektivität beschweren.«

Cynthia meinte: »Das entspräche voll und ganz Ihrem autoritären Stil.«

Holocenter erhob sich und sah lächelnd auf sie herab, als sei das Interview, zumindest aus seiner Sicht, äußerst befriedigend gewesen. Er hielt ihr die Hand hin. »Eine ausgesprochen interessante Begegnung, wenn ich das so sagen darf.«

Cynthia musterte die hingehaltene Hand, nahm sie aber nicht. Schließlich ließ Holocenter sie sinken. Er schien keinerlei Anstoß zu nehmen, sondern ihr Verhalten im Gegenteil bezeichnend zu finden. Er nickte, dann schritt er entschieden zur Tür, legte die Hand auf den Griff und zog die Tür zackig auf.

»Sie können sagen oder suggerieren, was Sie wollen, Miss Lague«, bemerkte er, »aber ich würde doch meinen, daß wir uns in den entscheidenden Punkten sehr wohl verstanden haben.«

19

Cynthia war schon halb draußen, als Holocenter etwas unerwartet hinzufügte: »Wenn ich noch einen Vorschlag machen darf?«

Cynthia blieb stehen. Sein Ton war überraschend versöhnlich.

»Nun?«

Fast schien es, als müsse er schlucken, dann nickte er leise und sagte: »Was hielten Sie davon, wenn wir uns jetzt richtig unterhalten?«

»Richtig unterhalten?« wiederholte Cynthia.

Sie rührte sich nicht.

Holocenter erklärte: »Sie haben die Rolle der versierten Reporterin gespielt, ich die des auf seinen Ruf bedachten kriminalpsychologischen Chefberaters des LAPD. Wenn Ihnen das genügt – dieses Repertoirestück zweier Profis –, bitte. Dann gibt es nichts mehr zu sagen.«

Mit einer solchen Wendung hatte sie nicht gerechnet. Sie verriet größere Flexibilität, als sie ihm zugetraut hätte. Vor allem aber war sie schlicht neugierig, was er noch zu sagen hätte. »Was schwebt Ihnen denn vor?«

»Also, meinesteils würde ich das Gespräch gern in weniger … kontroversem Ton weiterführen.«

Eine riskante Angelegenheit. Je mehr sie über sich preisgab, desto mehr arbeitete sie ihm in die Hände. Was sie aber reizte, war, womit er selbst rausrücken könnte. Letztlich siegte ihre Neugier über die Vorsicht. Sie überlegte noch einen Augenblick, dann nickte sie.

»Wollen Sie sich nicht wieder setzen?« bat Holocenter, ganz der Gentleman.

Sie nahm Platz. Diesmal jedoch hielt es ihn, obwohl er sich zunächst auch setzte, nicht lange auf seinem Stuhl. Als gehorche er einem inneren Zwang, die ihm eigene senkrechte Haltung einzunehmen, stand er mit einem knappen »Verzeihen Sie« auf. Gemessenen Schritts durchquerte er den Raum und blieb dann halb abgewandt einen Moment stehen, als müsse er seine Worte zurechtlegen.

Das Bild, das er abgab, entsprach exakt dem, was sie bisher gesehen und gespürt hatte, höchstens verstärkte sich ihr erster Eindruck noch. In ihrem ganzen Leben war ihr noch niemand begegnet, der so aufrecht wirkte. Selbst seine Brille war metallen streng gefaßt. Im Halbschatten funkelten Lichtreflexe an ihrem Rahmen, umtanzten ihn wie Leuchtkäfer.

Sie konnte ihn jetzt mit Muße betrachten, und vielleicht gehörte das ja zu seinem Kalkül, als Akklimatisierung zwischen ihnen gewissermaßen. Wie ein Labortechniker trug er einen weißen Kittel, in der Brusttasche steckte ein einziger Stift. Seine Schuhe waren aus gutem Leder, und unter dem Kittel schauten konservativ graue Hosenbeine mit Aufschlag hervor. Er ließ die Arme locker herabhängen, die Hände waren nach innen gewandt, die langen Finger zum Körper hin leicht gebogen, während er seinen eigenen, vielleicht nicht vermittelbaren Gedanken nachhing.

Der Raum wirkte bei genauerer Betrachtung ebenfalls senkrecht; die Decke war fast doppelt so hoch wie üblich und mit einer Art Galerie unter dem angehobenen Dach ausgestattet. Selbst die Fenster waren vertikal: lange, wie Wachposten aufgereihte Scheiben über die eine Wand. Sie waren etwa in Stirnhöhe eingesetzt, so daß zwar Licht einfiel, man aber nicht hinaussehen konnte. Vielleicht war das auch der Zweck der Übung: den Raum zum Ort der Sammlung und Konzentration jenseits aller Ablenkungen zu machen. An der weiß getünchten Decke hing ein altmodischer Ventilator mit formverleimten Holzflügeln, deren Schläge die Luft sanft zu ihnen herabquirlten.

Ein bißchen erinnerte Holocenter sie an Gore Emhard, doch während Emhard die Welt auf seinen Schultern zu tragen schien, ragte Holocenter buchstäblich über sich hinaus, beherrschte auf rätselhafte Weise noch den Raum oberhalb, als lade sich die Atmosphäre um ihn herum auf, wie das bei Kirchtürmen gelegentlich der Fall ist. Wo es von Emhard lediglich hieß, er sei trinkfest, würde man Holocenter solche Neigungen als Schwäche ausgelegt haben. Er war, allem äußeren Anschein nach, ein wahrer Asket. Nichts deutete auf die leiseste Nachlässigkeit oder Milde hin.

Cynthia lebte in einer Stadt, wo nur Bilder zählten. Doch niemand, schien ihr, nicht der begnadetste Schauspieler, hätte Holocenters Strenge in ihrem ganzen Ausmaß verkörpern oder abbilden können. Sie war in seinem Nervenkostüm angelegt, und diese Eigenart immerhin war echt, das mußte sie widerwillig zugeben.

Holocenter stand immer noch halb abgewandt da, den Blick nach oben ins Licht gerichtet, als er sagte: »Wissen Sie, Miss Lelague, ich empfinde sogar eine gewisse Sympathie für unsere feministische Rächerin.«

Zum zweiten Mal an diesem Morgen erwischte er sie kalt.

»Sympathie?«

»Wertschätzung, Bewunderung, vielleicht sogar Hochachtung«, führte Holocenter aus. »Überrascht Sie das?«

»Ein wenig schon.«

Er verharrte in derselben halb abgewandten Haltung, ganz mit seiner eigenen Innenwelt beschäftigt. »Wollen Sie wissen, warum das so ist?«

»Bitte.«

»Weil sie weiß, was sie will. Sie besitzt große Intelligenz, sie beweist Mut, Beharrungsvermögen.« Er schwieg einen Augenblick. »Ja, den kleinen Triumph muß ich Ihnen gönnen, ich bin fasziniert, vielleicht sogar ein wenig besessen. Und wollen Sie auch hierfür den Grund hören?«

Sie nickte argwöhnisch. Er mußte die flüchtige Bewegung aus dem Augenwinkel gesehen haben, denn er fuhr seelenruhig fort: »Ich behandle größtenteils Menschen, die – jedenfalls in der einen oder anderen Hinsicht – gebrochen sind. Irgendwo, irgendwann haben sie den Boden unter den Füßen verloren, und dann fällt mir die Aufgabe zu, sie wieder ins Leben zurückzuführen.« Wieder folgte eine Pause. »Sind Sie eine Freundin von Kriminalgeschichten?«

»Freundin von Kriminalgeschichten?«

»Lesen Sie Kriminalromane? Von Patricia Cornwell? P. D. James? Elmore Leonard?«

»Kaum.«

»Natürlich ein Genre, das nach einem rigiden Schema funktioniert, aber es gibt große Könner. Vielleicht erinnern Sie sich an *Das Schweigen der Lämmer*?«

Cynthia nickte kurz. Sie wußte nicht recht, welche Richtung das Gespräch nahm. Bisher hatte sie ein Interview geführt. Nun wurde daraus ein literarisches Grundseminar.

Als habe er ihre Gedanken erraten, sagte er: »Ich hoffe, Sie werden es mir nachsehen, wenn ich etwas abschweife. Mich interessieren die stereotypen Bilder des Kriminellen, wie sie sich bei namhaften Kriminalautoren wiederfinden.«

Cynthia musterte den Mann, der am anderen Ende des Raums reglos und schweigend dastand, als warte er auf irgend etwas. Dann sprach er weiter: »Im Krimi gibt es immerhin oft so etwas wie das Verbrechergenie. Nicht selten kommt einer solchen Figur in der Geschichte eine zentrale Bedeutung zu. Der Betreffende – denn meist handelt es sich um einen Mann, fällt mir dabei auf – verfügt oft über hohe Intelligenz, erhebliche Selbstdisziplin, die Fähigkeit, seine innersten Triebe zu beherrschen und zu steuern. Gelegentlich tritt er zu der ermittelnden Hauptfigur – oftmals einer Frau – in eine persönliche Beziehung. Dann ist ihr Verhältnis vielfach von einer besonderen Spannung geprägt, die sich nicht ohne weiteres greifen läßt, die unausgesprochen bleibt. Will sagen, die Ermittlungsfigur muß selbst in der Fahnderrolle noch Angst haben, vom Verbrechergenie manipuliert oder beherrscht zu werden. Sie muß damit rechnen, daß ihr Widersacher gegebenenfalls sogar ihre eigenen Gefühle als Waffe gegen sie einsetzen wird.«

»Was wollen Sie aber damit eigentlich sagen, Dr. Holocenter?«

Er stand da, von dem geradezu kathedralen Licht umflutet, das durchs hohe Fenster auf ihn fiel. »Ich will damit sagen, daß das Genre zum allumfassenden Konflikt tendiert, bei dem nicht nur das ganze Können der ermittelnden Figur, sondern auch Gefühlsstärke und Charakter gefordert sind.«

»Ich kann Ihnen trotzdem nicht ganz folgen.«

»Wenn wir einmal die Gefühle außer Acht lassen – da dürfen wir dem Autor zum Zwecke der Unterhaltung seiner Leser ruhig ein wenig dichterische Freiheit zugestehen –, dann scheint mir das wiederholte, geradezu genretypische Auftreten dieser immer gleichen Figur bezeichnend.«

»Sie meinen das Verbrechergenie?«

»Ganz genau.«

»Was interessiert Sie daran so?« fragte Cynthia. Ihr war, als eile er in Gedanken voraus, bereite das Terrain der Diskussion beziehungsweise seines Vortrags vor.

»Das will ich Ihnen sagen: Daß mir außerhalb der Literatur noch nie eines begegnet ist.«

Sie konnte sich nicht entziehen, sie war neugierig. »Ihnen ist noch nie ein genialer Verbrecher begegnet?«

»Nie. Ich habe intelligente Verbrecher erlebt. Ich habe raffinierte Täter beiderlei Geschlechts kennengelernt. Aber jemand, dem oder der ich zugetraut hätte, außerhalb eines kriminellen Milieus zu funktionieren, ist mir schlichtweg nie begegnet. Meiner Erfahrung nach werden Menschen aus schlechtem Grund kriminell – weil sie keine Alternative sehen.«

»Ich kann Ihnen immer noch nicht folgen.«

»Der englische Serienmörder Dennis Nilsson hat einmal gesagt, dieser literarische Typus – die Hannibal Lecters des Krimigenres, sprich das Verbrechergenie – sei blanker Unsinn. ›Mumpitz‹ war der Ausdruck, wenn ich mich recht entsinne. Kriminelle seien unweigerlich deformiert, fast immer wendeten sich Menschen dem Verbrechen zu, weil sie anders in der Gesellschaft nicht zurechtkämen. Sie hätten, sagt Nilsson, oft nicht die Geduld oder Selbstdisziplin, einer geregelten Arbeit nachzugehen. Das heißt, daß wir es in der Kriminalpsychologie selten, wenn überhaupt, mit einem Geist, einer Persönlichkeit zu tun haben, die uns Bewunderung abringt.«

Cynthia fragte abermals, worauf er hinauswolle.

Die ganze Zeit hatte er sein fahles Gesicht nach schräg oben ins Licht gehoben; das Weiß des Lichts und seine Blässe waren eins. »Unsere feministische Aktivistin ist das genaue Gegenteil eines schwachen oder deformierten Täters. Bei ihr hat man den Eindruck, daß sie überall ihren Weg machen würde. Sie kann sich ihren Job sozusagen aussuchen – und ich vermute, genau das tut sie. Ich würde außerdem vermuten, daß sie ihren Job ziemlich gut macht.«

»Und?«

»Ihre Aktionen haben eine ironische Qualität – und Sie stimmen doch sicher mit mir in der Ansicht überein, daß Ironie fast immer ein Zeichen von Intelligenz ist, der Fähigkeit, die Dinge aus verändertem Blickwinkel zu betrachten. Es gibt andere Anzeichen dafür, daß sie nicht nur intelligent, sondern gut angepaßt ist. Sie betrachtet ihre Aktionen mit Distanz. Sie verfährt mit der Fuckwoman-Persona fast wie ein Autor mit seiner Figur – einer Gestalt, die zwar in seinem Innern entsteht, aber als Schöpfung eine eigene Realität annimmt. Sie scheint imstande, die Dinge objektiv zu sehen. Das unterscheidet sie grundlegend vom zwanghaften Täter, der getrieben ist. Die Botschaften, die sie hinterläßt, sind raffinierte

Puzzlestückchen, weitere Facetten der Fiktion, die sie erschaffen hat.«

Sie hatte den Verdacht, daß er ihr nicht ohne Grund schmeichelte, daß es planvoll geschah.

»Was wollen Sie damit sagen? Daß Fuckwoman eine integrierte Persönlichkeit ist? Daß sie kreativ ist? Ich meine mich erinnern zu können, daß Sie sie als psychotisch bezeichnet haben.«

»Es gibt die verschiedensten Arten von Devianz. Einstein war Neurotiker. Darwin Zwangsneurotiker – wenn man seine umfangreichen Tagebücher studiert, stellt man fest, daß er kaum eine psychosomatische Reaktionsbildung ausläßt.« Holocenter lächelte. »Doch dann kommt uns gelegentlich, ganz gelegentlich, jemand unter, der am anderen Ende des Spektrums angesiedelt ist, dessen psychotische Anteile, so vorhanden, die Persönlichkeit zu stärken scheinen, sie noch funktionstüchtiger machen. So jemandem zu begegnen ist fast eine Ehre.«

Sie wartete.

»Solche Individuen gibt es, wie gesagt – aber selten. Und sie gehören in der Regel nicht ins kriminelle Umfeld. Eher findet man sie unter den Ideologen oder vielleicht Terroristen – oder beiden.« Er wandte ihr den Kopf etwas stärker zu, nicht ganz, höchstens halb. »Und deshalb üben sie auf jemanden in meinem Metier eine besondere Faszination aus. Wir verbringen einen Großteil unseres Daseins mit dem Versuch, zerbrochene Leben wieder zu kitten, und das ist für sich gesehen auch eine dankbare Aufgabe. Ganz selten einmal ist jemand zu behandeln, dessen Leben keineswegs zerbrochen ist, sondern im Gegenteil vielleicht eine Idee zu gut zusammengesetzt.«

Er schwieg. Sie konnte warten. Schließlich fuhr er fort: »Ich will damit sagen, Miss Lelague, daß dies Menschen sind, von denen wir lernen können.«

»Was würden Sie von Fuckwoman lernen können?« fragte Cynthia.

»Ah«, machte Holocenter. »Vielleicht erlauben Sie mir, mich dieser Frage auf Umwegen zu nähern. Können Sie sich zum Beispiel vorstellen, wie sie wohnt?«

Sie schüttelte den Kopf, weniger als Antwort auf die Frage oder um zu verbergen, daß es wohl kaum jemand besser wußte, denn als Aufforderung, weiterzusprechen.

»Soll ich es Ihnen beschreiben – rein hypothetisch, natürlich?«

Sie wartete, bis er fortfuhr. »Ich stelle mir einen Raum vor, der diesem nicht unähnlich ist. Ich meine damit nicht Zuschnitt oder Einrichtung, sondern eher das Fehlen von Einrichtungsgegenständen. Sie ist Asketin. Mich würde wundern, wenn es bei ihr überhaupt viel Inventar gibt. Ein Bett, eine Dusche vielleicht, eine Kochnische. Sie verfolgt eine einzige Vision; sie hat ihr Leben darauf ausgetrimmt.«

Cynthia mühte sich, an anderes zu denken als ihr Apartment, obwohl sein Szenario sie doch ein klein wenig nervös machte. Sie hätte eigentlich erwartet, daß er mit einem raschen Blick ihre Reaktion auf seine Worte prüfen würde, aber er hatte sich im Gegenteil wieder stärker abgewandt und blickte erneut versonnen nach oben ins Licht. »Halten Sie das für wahrscheinlich?«

»Wieso? Stellen wir hier Wahrscheinlichkeitsrechnungen an?«

»Das wohl nicht. Ich möchte gern annehmen, daß wir vielmehr Betrachtungen zur Evidenz anstellen.«

Wieder wartete sie darauf, daß er weitersprach. Er hatte sich nicht von der Stelle gerührt und schien wie zuvor ganz in seine Innenwelt versunken. Und wieder war das Schweigen zwischen ihnen fast mit Händen zu greifen. Dann sagte er: »Erinnern Sie sich daran, was Camus im *Fremden* sagte? Daß ein Mensch, der nur einen Tag lang Erfahrungen gemacht habe, ohne weiteres den Rest seines Lebens im Gefängnis verbringen könne? Das ist innere Festigkeit, Miss Lelague, der unabhängige Geist, der an sich selbst genug hat. Er braucht wenig Nahrung. Er läßt sich nicht ablenken. Ich gehe davon aus, daß diese Frau sich in diesem Sinne geformt hat; sie konstituiert sozusagen eine Klasse für sich. Und ich nehme an, daß ihre Selbstbestimmtheit eine Ergreifung äußerst schwer machen wird.«

»Sie beschreiben ja geradezu eine Heldin.«

»So?«

Cynthia schwieg einen Augenblick. »Wenn Sie sie so bewundern, warum lassen Sie sie dann nicht einfach zufrieden?«

Zum ersten Mal wandte er sich vom Licht ab und sah sie unvermittelt direkt an. Die Arme, die locker durchgestreckt gewesen waren, verschränkte er jetzt hinter dem Rücken. Er wirkte gespenstisch dürr. »Warum sollte ich?«

»Wenn Sie doch ihre Haltung respektieren?«

»Ich habe nicht behauptet, daß ich ihre Haltung respektiere. Ich sagte lediglich, daß ich Respekt vor einer solchen inneren Festigkeit habe.«

»Aber nicht vor ihren Ansichten.«

»Jemanden gewaltsam festzuhalten und auf traumatische Weise zu bestrafen, ist eine ernste Angelegenheit. Sie mögen den Wertekonservativismus meines Berufsstands verhöhnen, Miss Lelague, aber in unserer Profession haben wir unumstößliche Regeln aufgestellt und mit größtem Bedacht Methoden entwickelt, die den strengsten Prüfungen standhalten müssen ...«

Da lachte Cynthia still in sich hinein. Sie konnte nicht anders. Es war wie eine Offenbarung. Hell durchströmte es sie, und sie konnte nicht an sich halten.

»Dr. Holocenter, endlich verstehe ich, worauf Sie hinaus wollen.«

»So?«

»Sie halten sie für eine Kollegin, die übergelaufen ist. Sie streift durch die Stadt und praktiziert auf eine Weise, wie Sie selbst es gern täten, rückhaltlos, ohne die lästigen Fesseln ... anerkannter Methoden. Ich glaube, Sie sind neidisch. Ich glaube, hier geht es gar nicht um gesellschaftliche Sanktionen. Ich glaube, hier geht es um ausgewachsene berufliche Rivalität.«

Immer noch stand er am anderen Ende des Raums, schweigend, in sich verschlossen. Sie dachte schon, er würde aus seiner Erstarrung nicht mehr erwachen. Doch dann zeichnete sich auf seinem Gesicht ein Lächeln ab.

»Wie eigenartig, Miss Lelague. Genau diese Art Feststellung würde ich von Fuckwoman selbst auch erwarten. Ob sie zutrifft oder nicht, das muß – wie bei den meisten psychologischen Erklärungsansätzen – die Zeit erweisen. Aber sie ist von einer bestechenden Direktheit, einem klaren Blick für das Wesentliche. Ich muß sagen, ich bin beeindruckt.«

20

Sie musterten sich Aug in Aug, als drohe eine neuerliche Konfrontation. Doch Holocenter ging es offenbar um anderes – zumindest vorläufig. Er wandte sich erneut ab und begann auf seiner Seite des Raums auf und abzuschreiten, als müsse er überlegen.

Das gab ihr Gelegenheit, selbst ein wenig nachzudenken. Zum Beispiel darüber, weshalb er ihr irgendwie bekannt vorkam. Sicher, sie hatte ihn des öfteren bei Pressekonferenzen an der Seite des Bürgermeisters gesehen. Aber in jenem vollkommen anderen Setting war er so gar nicht in seinem Element: ein Profi von ganz anderer Machart als der Bürgermeister und eher zufällig ins Rampenlicht der politischen Bühne geraten. Nicht, daß Holocenter einer Führungsposition nicht gewachsen war, das nicht; nur war es ihm schlicht nicht gegeben, vorm Mikrophon, bedrängt von einer Meute Journalisten, den selbstverständlichen Rapport mit der Presse herzustellen, wie es Politikern zur zweiten Natur wurde. Je mehr Aufmerksamkeit er aber wegen des F-woman-Falls auf sich zog, je häufiger Polizeierklärungen erforderlich wurden, desto geschickter hatte sie ihn Medienbegegnungen inszenieren sehen, indem er seine Auftritte in das eigene Büro verlegte, wo er sich als Gebieter über das gesammelte Wissen der gewichtigen Bände einschlägiger Literatur und ergo als unangefochtene psychiatrische Autorität darstellen konnte. In diesen Kontext fachlicher Kompetenz fügte er sich nahtlos, hier wirkte er souverän und selbstverständlich. Ebenso wie er jetzt hier in diesem Raum, in dem er seine Klienten empfing, keinerlei Unsicherheit zu erkennen gab.

Obgleich er sie nicht ansah, fühlte sie sich sehr genau beobachtet, hatte den Eindruck, daß gerade sein rastloses Schreiten ihm eine Art verdeckte Observation erlaubte. Als fahnde er im Geiste nach Spuren, nach Ähnlichkeiten zwischen ihr und der Selbsthilfe-Aktivistin.

Das harte, klare Licht von oben spiegelte sich in den schwarzweißen Fliesen und den Chromabschlußleisten. Holocenter schritt am Ende des Raums auf und ab. Er strich wie ein Wolf im Käfig lautlos hin und her, die spiegelnde Brille, der gesammelte Blick, die strengen Züge des Gesichts, all das summierte sich zum Sinnbild äußerster Konzentration. Er schien die Verkörperung von Hunger – in seinem Fall Hunger anscheinend nach Wissen oder wenigstens einer rationalen Erklärung. Sie mußte an ein Bild von Francis Bacon denken, einen seiner heulenden Päpste, bei denen Gesicht, Arme und Torso zum Nervenkleid wurden. So kam ihr auch Holocenter vor – das nackte Nervensystem und sonst nichts.

Nicht zuletzt, um sich von seinem rastlosen Auf und Ab nicht irritieren zu lassen, versuchte Cynthia zu ergründen, wie alt er sein mochte. Wahrscheinlich so Mitte fünfzig, obwohl er in vieler Hinsicht alterslos wirkte.

Schließlich sprach Holocenter wieder. »Wo wir gerade bei der Literatur sind: Vielleicht gestatten Sie mir den Hinweis auf ein weiteres fiktionales Konstrukt?« In Erwartung eines Einwands schwieg er kurz, ging dann, als dieser ausblieb, offenbar von stillschweigendem Einverständnis aus und fuhr fort: »Sie haben hoffentlich nichts dagegen, wenn das Gespräch eine Wendung ins Komische nimmt. Aber betrachten wir doch mal eine eher extreme Ausgestaltung des kriminellen Verbrechergenies, nämlich die Figur des Vampirs.«

»Wieso gerade eines Vampirs?« warf Cynthia ein. Sie fand die Vorstellung irgendwie leicht beunruhigend – nicht so sehr die albern gruselige Vorstellung, Holocenter könne selbst eine Art Vampir sein, als vielmehr eine Ahnung, daß sein Hunger etwas hatte, was nicht ganz von dieser Welt war, etwas, was auf die Ursprünge, auf Archetypen verwies.

»Es könnte auch jede andere Figur sein. Ich wähle den Vampir jetzt nur als weiteres Beispiel des Verbrechers in der Literatur.«

»Meinetwegen«, sagte Cynthia. »Bitte.«

»Der Vampir ist ebenfalls ein klassischer Außenseiter. Er steht nicht nur außerhalb der Gesellschaft und wählt seine Opfer aus ihrer Mitte. Seine gesamte Konstitution, seine Daseinsform stellt ihn abseits. Er ist, wenn man so will, kriminell bis ins Mark, in die Gene. Und nun frage ich Sie: Angenommen, der Vampir agiert bis zu einem gewissem Grad *bewußt*. Angenommen – wenn Sie mir erlauben, den Vergleich etwas zu strapazieren –, der Vampir ist sich dessen, was er tut, bewußt und zugleich machtlos dagegen. Verstehen Sie?«

Cynthia hob die Achseln. »Ein postmoderner Vampir?«

Auf seinem Gesicht zeigte sich wie in Anerkennung ihres kleinen Scherzes der Anflug eines Lächelns. »Wenn Sie so wollen.«

»Mir ist trotzdem nicht klar, worauf Sie abzielen.«

»Wirklich nicht, Miss Lelague?« murmelte Holocenter wie zu sich selbst. »Dann will ich es anders formulieren. Vielleicht ist ja unsere Vorstellung von freiem Willen in sich schon eine Fiktion. Vielleicht tun wir das, was wir tun, weil uns verborgene Kräfte innerhalb unserer Persönlichkeit – psychische Kräfte, nicht Naturtriebe – dazu zwingen, über die wir in Wahrheit sehr wenig Kontrolle haben.«

»Was wollen Sie damit sagen?«

»Sie fragten vorhin, ob ich aufgrund meiner Achtung vor Fuckwoman nicht geneigt sein könnte, sie laufen zu lassen.«

»Ja, die Frage stellte sich mir.«

»Ausgeschlossen«, sagte Holocenter. »Ebenso, wie sie sich zum Handeln gedrängt fühlt, bin auch ich gezwungen zu handeln.«

»Und das heißt?«

»Ich sehe mich gezwungen, sie zur Strecke zu bringen«, sagte Holocenter.

Er wartete auf Antwort. Schließlich sagte Cynthia: »So gesehen sind Sie und Fuckwoman also letztlich doch beide Zwangsneurotiker. Es ist unerheblich, wieviel Intelligenz auf beiden Seiten zum Tragen kommt. Beide können Sie nicht anders, als Katz und Maus zu spielen.«

»Treffend formuliert, würde ich sagen.«

Sie hatte vergessen mitzuschreiben. Sie blätterte um und notierte sich: *Das ist wohl kaum zur Veröffentlichung geeignet. Wie sollte ich darüber schreiben können? Es würde mir keiner glauben.*

21

Holocenter stand jetzt wieder vor ihr wie ein netter Onkel. Er schien sogar ihre Feststellung zu seiner eigenen Motivation als brauchbare Arbeitshypothese anzuerkennen. Er sagte: »Wir sind fraglos in vielem sehr unterschiedlicher Ansicht, Miss Lelague. Aber Sie werden mir gewiß zustimmen, wenn ich sage, daß die jeweiligen Positionen jetzt um einiges klarer sind.«

Sie nickte widerwillig, dann schlug sie ihr Notizheft zu und verstaute es in ihrer Schultertasche.

Sie wollte soeben aufstehen und sich verabschieden, als er noch anfügte: »Wenn Sie sich noch einen Augenblick gedulden könnten, Miss Lelague. Es gibt da eine letzte Sache, die ich gerne ansprechen würde.«

Die Spannung stieg jetzt wieder merklich. Er hatte es so beiläufig wie bestimmt, wenn nicht gar herausfordernd, gesagt. »Und die wäre?« fragte sie.

»Die entscheidende Frage der Motivation Fuckwomans.«

»Sie glauben, daß es die – im Sinne eines vorherrschenden, treibenden Motivs – gibt?«

Holocenter lächelte. »Ich würde Ihnen gern meine Theorie zur Genese von Fuckwomans besonderer Persona erläutern. Aber ich habe natürlich volles Verständnis, wenn Ihnen die Diskussion zuviel wird. Und ich finde, wie gesagt, daß wir uns immerhin über einige strittige Punkte haben Klarheit verschaffen können – wenn auch keine Einigung erzielen.«

Er stellte sie mit der Aufforderung, sich nun weiteren Details oder einer abschließenden Persönlichkeitsanalyse auszusetzen, auf die Probe, soviel war klar. Wenn sie das Angebot aber ausschlug, auch das wußte sie, würde sie sich ewig fragen, was er noch zu sagen gehabt hatte.

Sie hatte sich bereits von ihrem Stuhl erhoben und stand ihm gegenüber. Erst jetzt fiel ihr die eigentümliche Farbe seiner Augen auf, fast violett. Sie konnte ihm jetzt die Hand geben, dann würde er sie zur Tür begleiten und sie sich die ganzen verbleibenden Tage unablässig fragen, was sie versäumt hatte. Er kam ihr zugleich reif und kindisch vor – ein weiterer Aspekt, womöglich, der männlichen Psyche. Während sie vor ihm stand und prüfend gemustert wurde, wußte sie intuitiv, daß er mit dem Wichtigsten bis zuletzt gewartet hatte.

»Hoffentlich lohnt sich's, Dr. Holocenter.«

»Ich denke schon, daß Sie das interessieren wird, Miss Lelague. Wenn Sie mir meine Zeit lassen wollen.«

Also setzte sie sich zum dritten Mal an diesem Morgen hin und stellte ihre Tasche auf dem Boden neben dem Stuhl ab. Sie schlug die Beine übereinander, lehnte sich zurück und wartete.

Er hatte – offenbar ohne es recht zu bemerken – sogleich sein rastloses Schreiten wieder aufgenommen, ging gedankenverloren im Raum auf und ab. Es dauerte einige Zeit, bis er sprach. »Vorweg möchte ich Sie gern etwas fragen, was das analytische Verfahren selbst betrifft. Oder vielmehr eine Bemerkung von Ihnen zu psychologischen Methoden. Wenn ich Sie richtig verstanden habe, dann halten sie psychodiagnostische Verfahren weitgehend für tautologisch – eine Argumentation also, die sich im Kreis bewegt. Auf eine Diagnosestellung folgt ihre ›Verifizierung‹, will sagen die Bestätigung durch einen überschaubaren Kreis von Kollegen. Was immer unter diesen Konsens fällt, gilt demnach als wahr. Gebe ich das im großen und ganzen richtig wieder?«

Allmählich überraschte sie an ihm gar nichts mehr. »Das trifft es annähernd«, sagte sie.

»Gut.« Ohne stehenzubleiben, warf er ihr rasch einen Blick zu und schaute gleich wieder weg. »Erhielte sich die Psychiatrie tatsächlich in der von Ihnen beschriebenen Weise aus sich selbst heraus – als geschlossenes System ohne Bezugnahme auf reale Gegebenheiten –, dann dürfte es wenig Raum für Voraussagen geben, die als wahr oder falsch bewiesen werden könnten. Das würde doch aus dem folgen, was Sie sagten, nicht wahr?«

»Ich denke, ja.«

Holocenter lächelte flüchtig. »Dann erlauben Sie mir vielleicht – als kleine Demonstration dessen, daß dem nicht unbedingt so ist –, den einen oder anderen kleinen Gegenbeweis?«

»Im Hinblick auf Fuckwoman?«

»Ganz genau.«

»Ich habe nur einen Einwand«, sagte Cynthia.

»Nun?«

»Wie wollen Sie Ihre Behauptungen verifizieren, wenn Sie die Betreffende nicht kennen?«

»Nun, wir werden sie ja über kurz oder lang fassen«, antwortete Holocenter unbekümmert.

»Sie haben jedoch dargelegt, daß es sich bei ihr nicht um den gängigen Typus des Kriminellen handelt. Sie habe sich selbst erschaffen. Es dürfte doch schwierig sein, eine Fiktion einzufangen?«

»Schwierig wohl, aber wir haben da eine Strategie, die im geeigneten Moment zur Anwendung kommen wird.«

»Wir?«

»Ich und das LAPD.«

»Wenn Sie aber doch meinen, daß sie keine Schwächen erkennen läßt ...«

»Dann werden wir uns auf ihre Stärken konzentrieren.«

»Wie das?«

Er hielt einen Augenblick inne und sah sie an. »Ich fürchte, Ihre Fragen gehen jetzt doch zu sehr ins Detail, Miss Lelague. Sagen wir einfach: Wir werden uns ihre Stärken zunutze machen. Wie, können Sie getrost mir überlassen.«

Daraufhin sagte Cynthia: »Sie sagten eben, Sie könnten die Bestätigung für gewisse Voraussagen liefern.«

»Ich glaube, das kann ich wohl tun, ohne etwas darüber zu verraten, wie wir sie letztlich zu ergreifen gedenken.«

»So?«

»Ja, ich wage zum Beispiel zu behaupten, daß ich ungefähr weiß, wie ihre Familie aussieht – ihr Familienhintergrund.«

Cynthia überrieselte es kalt. Sie ahnte, wohin der Hase lief. Ihr dämmerte, was er mit einer »richtigen« Unterhaltung gemeint haben könnte, sogar mit dem scheinbar spleenigen Exkurs zu einem literarischen Genre, in dem zwei ebenbürtige Gegner sich einen geistigen Zweikampf lieferten. Vielleicht liefen seine »Gegenbeweise« darauf hinaus? Daß er beabsichtigte, ihre Familie in einer Weise ins Spiel zu bringen, die ihr nicht klar war. Er würde ihre Familie als Waffe benutzen.

»Ich höre.«

Und wieder empfand sie das Schweigen, das jetzt im Raum herrschte, als Erweiterung seiner Person. Holocenter hielt in seiner Bewegung inne und wandte sich ihr ohne Hast zu. Er hob spöttisch eine Braue. Leise, wie zu sich selbst, sagte er: »In der Tat, Miss Lelague, ich glaube, das tun Sie wirklich.«

Seine Bemerkung schien weniger rhetorischer Natur zu sein als eine schlichte Feststellung. Denn nun wandte er sich wieder ab und blickte, als müsse er seine Gedanken sammeln, erneut ins Licht der Fenster hinauf. »Entgegen der weitverbreiteten Meinung oder dem Mythos entstammen Sozialrevolutionäre – und ihnen würde ich Fuckwoman zuordnen – in der Regel weder der Arbeiterklasse noch den Reihen der Unterprivilegierten. Fast durchweg kommen sie aus der Mittelschicht, und zwar meist einem bestimmten Ausschnitt derselben, der gebildeten Mittelschicht. Marx und Lenin sind typische Beispiele, Castro und Che Guevara, Ho Chi Minh, Pol Pot, Tschou En-lai und viele andere. Mao ist eine der wenigen

Ausnahmen, er gehörte der Herkunft nach zum Stand der Kleinbauern mit bescheidenem Landbesitz. Von der sozialen Revolution zu reden, ob vage oder mit Vehemenz, ist eine Sache. Sie ins Werk zu setzen eine andere. Das erfordert ein hohes Maß an Selbstbewußtsein, intellektueller Gewißheit beziehungsweise Arroganz und das Gefühl, einer revolutionären Elite anzugehören.«

Sie wartete zunächst ab. »Was wollen Sie damit sagen?« fragte sie dann.

»Erstens, daß Fuckwoman aus der gebildeten Mittelschicht stammt.«

»Das ist doch reine Spekulation.«

Holocenter nickte. »Sicher. Frage ist: Wieviel ist dran?«

Cynthia sagte: »Und eben das können Sie nicht wissen.«

»Mag sein. Aber ich bin der Überzeugung, daß es sich indirekt aus dem, was wir wissen, erschließen läßt. Die Öffentlichkeit fällt immer aus allen Wolken, wenn Terroristen den oberen Schichten der Gesellschaft entstammen. Aus eben diesem Grund waren Patty Hearst, Ulrike Meinhof, Leila Chalid – ich könnte Ihnen ein halbes Dutzend solcher Fälle nennen, zu denen Sie gerne eigene Hintergrundrecherchen betreiben können – für die Allgemeinheit ein Schock. Vorzeigbare junge Damen der Ober- und Mittelschicht als Aufständische.«

»Bitte fahren Sie fort.«

Holocenter schwieg einen Augenblick und lächelte. »In einem anderen Leben, Miss Lelague, hätte ich Sie gern als Schülerin gesehen.«

Er wandte sich wieder ab, und ihr kam es so vor, als wäre er Teil der senkrechten Ebene des Lichts, selbst ein langer Lichtstrahl, eine Stimme aus der Stille des Raums.

»Zweitens sind Sozialrevolutionäre in der Regel Einzelkinder oder zumindest Kinder, die getrennt von etwaigen Geschwistern aufwachsen – einsame Kinder also. Das wiederum sind die Kinder, die sich ihre eigene Welt zurechtphantasieren oder konstruieren.«

Er sprach jetzt ruhig und flüssig, als gliederten seine Gedanken sein Reden. »Drittens. Solche Kinder haben oftmals Eltern mit radikalen Neigungen. Sehr häufig ist für die Sozialrevolutionäre in spe der Radikalismus ihrer Eltern selbstverständlich, und zwar in einem Maße, daß sie glauben, das Recht und den Auftrag zu haben, der Weltsicht ihrer Eltern notfalls mit Gewalt Geltung zu verschaffen. Die Eltern werden sich diese Sicht in jungen Jahren wahrscheinlich erst erarbeitet haben müssen, sind sie aber erst erwachsen und haben eigene Kinder, hat sich die Sicht verfestigt und ist Bestandteil der familialen Umwelt. Die Kinder, von denen ich spreche, wachsen demnach in einer Umgebung auf, in der der Glaube an radikale Lösungen fest verankert ist. Und so kommt es – nehme ich jedenfalls an –, daß Sozialrevolutionäre ihr brachiales Vorgehen lediglich in den Dienst radikaler Ansichten stellen, mit denen sie aufgewachsen sind.« Er blieb kurz stehen und streifte sie mit einem Blick. »Ich hoffe, Sie finden die Darstellung nicht zu umständlich.«

»Keineswegs«, erwiderte Cynthia. »Ich finde sie im Gegenteil sehr spannend.« Sie legte unter den Umständen Wert darauf, unbekümmert zu wirken, obwohl sie im Geiste hektisch das Terrain sondierte, der logischen Entwicklung seiner Gedanken auf der Spur zu bleiben versuchte, sich die Schlußfolgerungen zu gegenwärtigen. »Hübsche Geschichte.«

»Oh, vielen Dank, Miss Lelague«, murmelte Holocenter. »Dann haben Sie nichts dagegen, wenn ich mich an diesem … em … Erzählstrang noch ein wenig weiter … em … entlanghangele?«

»Bitte.«

Er schien alles um sich herum zu vergessen. »Wenn wir uns nun Fuckwoman selbst zuwenden: Sie ist Feministin, soviel läßt sich sicherlich sagen. Mehr als nur Feministin, würde ich meinen: eine sehr selbstbewußte Feministin. Und ich würde behaupten, daß sie den Feminismus – bei solchem Selbstbewußtsein, noch dazu so militant ausgedrückt – geradezu mit der Muttermilch eingesogen haben muß. Dieses feministische Erbe dürfte matrilinear sein, also der mütterlichen Linie folgen. Ich würde daher annehmen, daß die Mutter ganz allgemein eine geachtete Stellung innerhalb der Gesellschaft einnimmt. Zwar ließe sich der Einfluß der Mutter auch im Sinne einer geglückten Bindung interpretieren – manche Menschen haben eben ein Talent zur Formung ihrer Kinder wie andere auf anderen Gebieten. Eher würde ich jedoch davon ausgehen, daß die Achtung der mütterlichen Meinung zusätzliche Nahrung erhält durch eine entsprechende soziale Anerkennung. Ich würde mich sogar zu der Vermutung versteigen, daß ihre Mutter hochqualifiziert ist, Akademikerin vielleicht, möglicherweise angesehene Soziologin oder Sozialpsychologin – so in der Art. Mir schwebt das Bild einer einflußreichen Frau vor, einer Frau, deren Stimme in der Welt von Gewicht ist. Dieses Selbstbewußtsein vermacht sie der Tochter. Mir scheint, die Person, die sich Fuckwoman nennt, ist in ihren Ansichten so gefestigt, daß sie sich einen spielerischen Umgang erlauben kann – daher die literarischen Aperçus und intellektuellen Spiele. Sie ist imstande, auf der Basis tiefsitzender Überzeugungen eine ausgefeilte Persona von fast filmischer Qualität, nämlich Fuckwoman, zu kreieren. Das wäre also meine vierte These, daß Fuckwomans Mutter eine hochgebildete und angesehene Akademikerin sein dürfte.«

Cynthia wartete schweigend ab.

»Fünfte These«, fuhr Holocenter fort. »Dazu müssen wir den Hintergrund etwas näher betrachten, der Fuckwoman solches Selbstbewußtsein erlaubt. Ich würde fast vermuten, daß nicht nur die Mutter Feministin ist, sondern daß es in der Familie noch weitere Feministinnen gibt. Möglicherweise entstammt sie einer Dynastie von Feministinnen – wäre ›Dynastie‹ nicht ein so männlich vorgeprägter, in dieser Hinsicht widerprüchlich erscheinender Terminus.«

»Warum aber folgt Fuckwoman dann nicht einfach dem Beispiel ihrer Mutter?« bemerkte Cynthia. »Warum wird sie militant?«

Holocenter schwieg, als müsse er etwas bedenken.

»Gute Frage. Ein martialischer Zug ist fraglos da. Fast wie eine Amazone, als nähme sie die Amazonen zum Vorbild. Sie legt eine geradezu atemberaubende weibliche Militanz an den Tag.«

Cynthia mahnte: »Sie haben die Frage nicht beantwortet.«

»Nein.« Holocenter schmunzelte. »Da haben Sie recht, ich habe nicht gleich geantwortet. Ich mußte noch ein wenig nachdenken. Mir scheint es naheliegend, daß die, die in einer Tradition stehen, diese auch fortgeführt sehen wollen. Voraussetzung ist ein sicheres Traditionsbewußtsein und Vertrauen in die eigenen Fähigkeiten und die eigene Person. Aber noch einmal zu Ihrer Frage. Wie kommt sie zu ihrer Militanz? Wenn Sie mir eine Vermutung gestatten – einen kleinen spekulativen Sprung. Dann würde ich sagen, daß der Vater vielleicht militant ist oder war. So daß sie in sich die Militanz des Vaters und den Feminismus der Mutter vereint. Da hätten wir die vollständige Frau: die Feministin mit der Bereitschaft zur Militanz. Ich würde meinen, daß diese beiden Wesenszüge im großen und ganzen die Gestalt hervorbringen, die wir kennen.«

Er war seitlich abgewandt stehengeblieben und blinzelte aus halb geschlossenen Lidern hinauf ins Licht der Fenster. Vermutlich beobachtete er sie nicht länger. Vermutlich hatte er sich im Geiste ein so deutliches Bild von ihr gemacht – beziehungsweise der Abstraktion –, daß es ihm genügte, sein Konstrukt zu betrachten.

Sie wartete, ob noch etwas käme. Zugleich sagte sie sich, daß das Schweigen, die Versenkung für ihn ebenso zum Vorgang gehörten wie seine diversen Voraussagen. Sie nahm an, daß er so ziemlich alles gesagt hatte, was er zu sagen hatte, und nun auf ihre Erwiderung wartete.

Sie ahnte, daß er jetzt mit der äußersten Aufmerksamkeit lauschte, deren Menschen fähig sind. Sie wußte, daß man so intensiv horchen konnte, daß das Warten die ganze Atmosphäre auflud. Sie spürte, daß er besonders ihrem Schweigen lauschte und sich fragte, ob er ins Schwarze getroffen habe. Sie tat sich mit einer Antwort schwer.

»Es wird sehr interessant sein zu sehen, ob und in welchen Punkten Sie recht behalten«, meinte Cynthia schließlich. »Wenn Sie nichts dagegen haben, würde ich mir gern einiges von dem, was Sie gesagt haben, notieren – interessehalber.«

»Bitte, Miss Lelague.«

Sie schlug ihr Notizheft auf und schrieb; sie ließ sich Zeit, fest entschlossen, keine Unruhe zu verraten. Sie hielt ersten, zweitens, drittens, viertens und fünftens in Stichworten fest, dann die sechste These zu ihrem Vater. Sie mußte Holocenter sechs von sechs Punkten geben – mit einem kleinen Fragezeichen bei fünf. Beeindruckend, das ließ sich nicht leugnen.

Sie fragte sich, ob er vor dem Interview Gelegenheit zu Recherchen gehabt haben könnte. Aber sie hatte eindeutig das Gefühl, daß er sich erst bei ihrem Erscheinen, also im Laufe des Gesprächs, über ihre Anwartschaft klar geworden war. Und da es keine Unterbrechung gegeben hatte, während derer er hätte telefonieren oder im Polizeicomputer Personendaten aufrufen können, gab es keine andere Erklärung, als daß er deduktiv zu seinem Schluß gelangt war.

Und dann die logische Stringenz, das Fortschreiten von allgemeinen Betrachtungen zum besonderen Fall – unter wiederholtem Rückgriff auf und nochmaliger Überprüfung der Voraussetzungen, unter Berücksichtigung von Querverbindungen, stets abwägend, ob das Bild in sich stimmig bliebe. Sie nahm an, daß er jetzt, da er ihr auf der Spur war, ihre Daten überprüfen würde, sobald sie den Raum verlassen hätte. Und was würden ihm Polizeisysteme und Register verraten? Daß ihre Mutter sich in Pasadena etliche Strafzettel fürs Falschparken eingehandelt hatte? Viel mehr wäre nicht zu holen. Aber das wäre auch nicht das, was ihn interessieren würde. Sobald er ihre Mutter identifiziert hätte, würden ihn ganz andere Dinge interessieren. Sie wußte genau, daß es ein Leichtes war herauszubekommen, daß ihre Mutter Frau Professor Fernanda Lelague war, renommierte Soziologin an der UCLA. Und wenn er die Fakten genauer analysierte, würde sich ein Bild ihrer Familienherkunft abrunden, das sich zunehmend mit seinem theoretischen Konstrukt deckte.

Dann gab es ihren Vater. In den siebziger Jahren hatte er in den Nachwehen der Studentenunruhen, die die Universität in Berkeley in der Folge des Vietnamkriegs erschütterten, zu den Radikalen gehört. Es würde zwar dauern, ehe Holocenter das ausgrub und mit der nachfolgenden kapitalistischen Reintegration ihres Vaters, wenn man das so nennen konnte, in Einklang bringen konnte. Doch hätte Holocenter diese und andere Puzzlestücke erst zusammengefügt, was dann?

»Was halten Sie von meinen Schlußfolgerungen?« fragte Holocenter versonnen. Er stand nach wie vor halb abgewandt da. Er hatte den Blick vom Fenster auf die gegenüberliegende Wand hinabgleiten lassen, auf seinem Gesicht lag ein ebenso abwesender wie nachdenklicher Ausdruck.

»Eindrucksvoller fände ich, wenn Sie sie in flagranti ertappen würden«, meinte Cynthia.

Mit einem angedeuteten Lächeln nickte er und sagte nach einer Pause: »Mag sein. Und nun, denke ich, habe ich genug gesagt. Haben Sie zu dem Ganzen noch Fragen?«

»Sie hatten ja eine richtige Unterhaltung vorgeschlagen«, sagte Cynthia.

»Ja, das habe ich.«

»Darf ich noch einmal auf etwas zurückkommen, was Sie vorhin gesagt haben?«

»Selbstverständlich.«

»Sie sagten, Sie hielten Fuckwoman für eine intelligente Frau mit einem Hang zur Ironie. In einem früheren Interview jedoch haben Sie gemeint, Sie würden Fuckwoman schließlich einer bestimmen Schwäche wegen das Handwerk legen. Und zwar meinten Sie,

sie sei publicitysüchtig.« Sie schielte in der Hoffnung auf Antwort zu ihm hin, doch er stand reglos da und wartete darauf, daß sie fortfuhr.

Sie ließ ihm noch etwas Zeit, da er jedoch schwieg – vorläufig, jedenfalls –, sagte sie: »Sie erlauben, daß ich zitiere. Sie sagten: ›Ich gehe davon aus, daß bei Fuckwoman – wie bei den meisten Psychotikern – eine gravierende Persönlichkeitsstörung vorliegt, und diese Störung wird ihr zum Verhängnis werden.‹ Außerdem, ebenfalls ein wörtliches Zitat: ›Sie ist publicitysüchtig. Wann immer sie einen mutmaßlichen Vergewaltiger ergreift, hinterläßt sie kleine Botschaften, Bekennerbriefe, eine Art Handschrift. (...) Der ganze Medienrummel, den sie mit ihren Aktionen auslöst, scheint mir einem innerpsychischen Motiv geschuldet – sie sucht den Beifall der Öffentlichkeit oder von Teilen der Öffentlichkeit.‹« Sie schlug ihr Notizheft zu und blickte abermals zu ihm hinüber. »Wie verträgt sich das mit Ihrer Einschätzung, daß sie von der öffentlichen Meinung nicht abhängig sei und nur ihrem eigenen Gewissen folge? Beides zugleich kann ja nicht stimmen.«

Holocenter reagierte nicht. Erst nach einer gewissen Zeit ließ er sich vernehmen. »Wie lautet Ihre eigentliche Frage?«

»Wenn Sie bei Fuckwoman keine augenfälligen Charakterschwächen feststellen können, warum stellen Sie sie dann als publicitysüchtige Psychotikerin hin?«

Holocenter wandte sich ihr zu und lächelte. Sein Lächeln hielt sich diesmal länger als die vorigen flüchtigen Andeutungen. Diesmal war es ein absichtsvolles Lächeln. »Natürlich um sie zu ärgern«, sagte er.

Er stand unbewegt da und musterte sie unverhohlen. Seine Unverblümtheit überraschte sie, aber irgend etwas drängte sie, trotzdem weiterzumachen.

»Warum sollten Sie sie ärgern wollen?«

»In der Hoffnung, sie zu irgendeiner Reaktion zu bewegen.«

»Was für einer Reaktion?«

»Meiner Einschätzung nach der, daß sie mich irgendwann direkt ansprechen müßte, um sich über diese Behauptung mit mir auseinanderzusetzen.«

»Wie kommen Sie zu dieser Einschätzung?«

»Aufgrund ihrer Selbstsicherheit, ihres intellektuellen Selbstbewußtseins, man könnte sagen: ihrer Arroganz.«

»Sie hielten es für möglich, daß Fuckwoman Sie persönlich aufsuchen würde?«

»Ja.«

»So wie ich das Ihrer Meinung nach gerade tue«, bemerkte Cynthia.

»Genauso«, sagte Holocenter, »wie Sie es gerade tun.«

Seine Worte hingen wie etwas von ihnen beiden Getrenntes im Raum.

»Und dann?« fragte Cynthia.

Holocenter lächelte fast entschuldigend. Er hustete, schluckte einmal, und sie sah deutlich die Bewegung des Adamsapfels. Er schien seine Worte mit Bedacht zu wählen.

»Dann«, sagte er, »wüßte ich endgültig und mit letzter Gewißheit, wer sie ist.«

22

Als hätten sie eine stillschweigende Übereinkunft getroffen, wußten beide, daß das Gespräch hiermit beendet war. Ein unvergleichlicher Moment und seltsam harmonisch. Zwar beäugten sie sich mit einem letzten Rest Argwohn, doch ihr Abschied fiel eine Nuance freundlicher aus. Cynthia erhob sich, sie reichten sich in aller Form die Hand. Holocenters Händedruck war kühl und trocken, aus ihrer Sicht die Bestätigung dafür, daß er sich auf sicherem Terrain bewegte, daß sein Motiv, sie zur Strecke zu bringen, unpersönlich und ohne jede Gefühlsbeteiligung war.

Im Flur blieb sie einen Augenblick stehen. Sie mußte sich fassen. Sie war froh, die Sache durchgezogen zu haben. Zugleich wurde ihr leicht im Kopf, denn nun waren die Würfel gefallen, es gab kein Zurück mehr.

Dort im Flur kam es zu einer flüchtigen Irritation. Sie meinte, er habe die Tür geschlossen, statt dessen aber spürte sie im Rücken seine Anwesenheit auf der Schwelle wie eine Säule aus Luft. Er hatte sie schweigend beobachtet, auf seine wachsame Art. Sie nahm daher an, daß er vielleicht noch etwas sagen wollte, ein Wort zum Abschied, als Fazit dessen, was zwischen ihnen vorgegangen war.

Sie hatte aber selbst genug im Kopf. Sie gab daher vor, seine hartnäckige Anwesenheit nicht zu bemerken, und setzte sich rasch in Marsch. Sie ging den Flur hinab, fest entschlossen, sich nicht zu verraten, solange er zusah. Im Gehen spürte oder ahnte sie seinen kalten Blick im Rücken, auch dann noch, als sie das Ende des Flurs erreichte und im Begriff war, um die Ecke zu biegen. Aus unerfindlichen Gründen störte sie seine Oberservation nicht. Sie hielt seine Musterung für reine Formsache – als versuche er zu ergründen, von den Bewegungen ihres Körpers darauf zu schließen, ob sie eine sechzehnköpfige Männergang im offenen Kampf hatte herausfordern und schlagen können.

Der Flur war lang, bestimmt hundert Schritt. Sie wollte gerade um die Ecke biegen, als Dr. Holocenter mit klarer, kalter Stimme hinter ihr herrief: »Auf Wiedersehen, Miss Lelague. Schade, daß Sie den City-Hall-Täter nicht schnappen können.«

23

Erst als sie wieder in der Nachrichtenredaktion angelangt war und das bizarre Interview etwas hatte sacken lassen, fragte sie sich, warum sie Dr. Holocenter partout provozieren mußte. Warum hatte sie sich ihm praktisch zu erkennen gegeben? Sie hatte doch gewußt, schon vor der Begegnung gewußt, daß er auf sie wartete wie eine dicke Spinne, und doch war sie ihm geradewegs ins Netz geflogen.

Aber ihr waren Wespenarten bekannt, die in Spinnennetze flogen und sich sogar darin verfingen, in der Hoffnung, daß die Spinne aus ihrem Versteck schießen und angreifen würde und ihnen somit Gelegenheit für den eigenen Angriff bot. Denn war die Spinne erst durch einen Stich gelähmt, konnten sich die Wespen befreien und die Spinne als Beute ins eigene Nest zurückschaffen und den Larven verfüttern.

Außerdem hatte sie sich geschworen, nie auszuweichen, nicht wegzulaufen, sich nie zu verstecken. Darin zumindest hatte Holocenter recht. Sie würde hinausgehen und sich zeigen und ihn zum Kampf fordern. Ihn herausfordern, sie festzunehmen.

Sie wußte sehr wohl, wenn er zugegriffen und ihre Festnahme noch während des Interviews veranlaßt oder verfügt hätte, dann würde man Indizienbeweise dafür entdeckt haben, daß sie beim nächtlichen Kampf gegen die Gang zugegen gewesen sein mußte. Da gab es immerhin die Prellungen an ihrem Oberkörper, die eine Leibesvisitation unweigerlich zutage gefördert hätte, und auch einige komische halbmondförmige Stellen, wo die Fingernägel gewisser Gangmitglieder – während des kurzen kollektiven Überwältigungsrauschs – sich in ihre Haut gebohrt hatten. Da gab es ferner die Tatsache, daß sie weder für den Zeitpunkt der Episode mit Jim Rivers noch des Scharmützels mit der Gang ein überzeugendes Alibi vorzuweisen hatte. Andererseits konnte sich natürlich das geringste Risiko, in diesem brisanten Fall die Falsche zu verhaften, beim schon schwer lädierten Ruf des Police Department als fatal erweisen.

Sie wußte also, daß er warten müßte. Und sie wußte, daß er das wußte. Es gehörte zum Spiel, das sie spielten.

Wie es der Zufall wollte, flog eine Wespe zum Fenster herein und schwebte vor den Scheiben. Halb Erinnertes aus dem Biologieunterricht fiel ihr ein. Wespen gehörten zur Ordnung *Hymenoptera*, wie auch Ameisen und Bienen. Der Name verdankte sich den nicht fortpflanzungsfähigen, den »jungfräulichen« Arbeits- und Soldatentrupps. Ihr gefielen die *Hymenoptera* nicht zuletzt deshalb, weil es – abgesehen von ein paar Drohnen – alles Weibchen waren. Von der Königin bis hin zu den Arbeiterinnen und Soldatinnen bildete der ganze Staat ein Matriarchat, ein Matriarchat aus Amazonen.

In Gedanken noch bei Holocenter und dem, was er gesagt hatte, machte sie ein Fenster auf und trieb die Wespe behutsam der Öffnung zu. Sie schien es zufrieden und wirkte ganz unbekümmert. Vielleicht witterte sie die Freiheit. Cynthia sah der Wespe nach, als sie hinausschwirrte, auf Van Nuys und den dräuenden Smog zu.

24

Seltsamerweise entstand für Cynthia nach dem Interview mit Dr. Holocenter eine Art Vakuum. Im großen und ganzen war zwischen ihnen alles geklärt, oder vielmehr der Kampf angesagt. Die Kontrahenten hatten Maß genommen. Sie war von seiner Beobachtungs- und Deduktionsgabe hinreichend beeindruckt, um zu begreifen, daß er mit dem Versuch einer Kontaktaufnahme, einer direkten Konfrontation gerechnet hatte. Und er war geistesgegenwärtig genug gewesen, bei ihrem Erscheinen zu erkennen, wen er da vor sich hatte. Rückblickend ging Cynthia davon aus, daß Holocenter es praktisch schon in dem Moment gewußt hatte, als sie durch die Tür trat, und das Interview hatte er nur genutzt, um Fühlung aufzunehmen.

Seine Auffassungsgabe hatte etwas von der intimen Kenntnis, die Ringer verbindet, wenn sie sich auf der Matte gegenüberstehen.

Sie lag auf ihrem schmalen Bett und dachte über eine Äußerung von Holocenter nach, darüber, daß man sich seiner selbst bewußt sein, daß man um die Zwanghaftigkeit der eigenen Impulse wissen und dennoch getrieben sein konnte, diesen Impulsen nachzugeben, obwohl das Ende abzusehen war.

Es würden noch ganz andere Faktoren ins Spiel kommen. Sie lebten schließlich in Los Angeles. Die Krux an dieser verrückten Stadt war, daß ihr Lebensmotor die Filmindustrie war – die Verstellung. Drang man ins Herz anderer Großstädte vor, dann stieß man meist auf den Schlotrauch irgendwelcher Schwerindustrien – in Pittsburgh Stahl, in Detroit die Automobilproduktion. In manchen Städten war die Lage etwas komplizierter – Chicago etwa: ein großer Eisenbahnknoten, eine vom Ruch der Gangsterära verfinsterte

Handelsstadt. Und doch hatte man in solchen Metropolen das Gefühl, aufs Grundgestein zu gelangen, greifbare Substanz. In Los Angeles war es umgekehrt. Wenn man hier grub, förderte man Illusionen zutage, den Rohstoff der Traumfabrik. Unter der greifbaren Materie der Stadt lag eine andere Stadt, eine Stadt des Gaukelspiels und Scheinwerferlichts. In dieser Hinsicht war Los Angeles das genaue Gegenteil anderer Städte, anderer urbaner Traditionen. Je tiefer man grub, desto flüchtiger und trügerischer wurde alles.

Deshalb fühlte sie sich oft unter den Exzentrikern am wohlsten, unter Menschen, die in Los Angeles fehl am Platz schienen, weil der schiere Eigensinn sie vor dem Wahn dieser Stadt bewahrte. Holocenter war gegen die Verrücktheit gefeit, weil er einer anderen Kultur entstammte, der Ostküstenkultur mit ihren tief verwurzelten Vorstellungen von Gut und Böse. Dasselbe galt für Gore Emhard. Auch ihm haftete etwas von Ostküste an. Auch er schien vom Taumel dieser Stadt nicht berührt.

Manchmal half allerdings auch alle Exzentrizität nicht mehr. Dann holte die Stadt sie trotzdem ein. Wenn sie zum Beispiel Menschen beschreiben oder charakterisieren wollte und feststellen mußte, daß sie Schauspieler zum Vergleich heranzog – Schauspieler, also wirklich! Menschen, deren Aufgabe darin bestand, andere zu verkörpern, fleischgewordene Zerrspiegel. Wenn sie der Teufel ritt, besetzte sie zum Spaß Menschen, die sie kannte oder sah, mit berühmten Schauspielern. Für Dr. James Holocenter kam vielleicht James Wood in Frage – die Abgründe und Intensität und latente Bedrohlichkeit jedenfalls paßten gut. Gore Emhard erinnerte an den reiferen Harrison Ford: immer noch erstaunlich gutaussehend, wenn auch mit seinen körperlichen Reizen etwas im Widerstreit. Mayor Dally sah Tommy Lee Jones zum Verwechseln ähnlich. Manchmal glich alles einem Spiel im Spiel.

Bei Myron Overbear dachte man, wie gesagt, an Sydney Portier und Morgan Freeman. Wobei Overbear charakterlich ein eher schwieriger Besetzungsfall war. Tja, Overbear. Overbear hatte sie letzthin stark beschäftigt, und zwar eines Vorfalls wegen, zu dem es im Verlauf des ganz normalen journalistischen Tagesgeschäfts gekommen war. Wenige Tage nach ihrem Interview mit Dr. Holocenter hatte Cynthia über einen Wahlspendenkonvent der Demokratischen Partei berichten müssen und dort mit einigen anderen Lohnschreibern in einer Ecke herumgestanden und Kaffee getrunken. Es schwirrten auch ein paar Leute vom Aufnahmeteam des LATV herum, die den Saal zu einer kurzen Drehpause verlassen hatten. Und da ging zufällig der Ausnahmereporter Myron Overbear an ihr vorbei. Vermutlich war er zu den Rundfunkkabinen hinten im Saal unterwegs. Etwa auf halber Höhe machte er kehrt und ließ seinen Blick in ihre Richtung schweifen, ohne sie aber direkt anzusehen.

Overbear bewegte sich ohne Hast, fast schwebend übers Parkett auf die Ecke zu, in der sie herumstand und sich mit den Jungs unterhielt. Er peilte nicht sie direkt an, sondern eher einen Punkt über ihrem Kopf, als sähe er dort irgend etwas. Und plötzlich vollzog sich eine Wandlung. Overbear hielt inne, als käme ihm eine Erleuchtung. Dann suchte er mit Blicken buchstäblich den Fleck ab, wo sie stand, als witterte er etwas, als wollte er mit einem siebten Sinn dieses Unerklärliche aufspüren. Sie sah ihn auf sich zuhalten und wußte, daß er nicht mit den Augen suchte, sondern einem anderen, für sie nicht erkennbaren Organ. Er war im Anrollen, unbeirrbar, unaufhaltsam.

Dabei war er nicht einmal allein, was das Ganze noch seltsamer machte. Ein kleiner Kerl hing an ihm wie eine Klette, redete wild gestikulierend auf ihn ein. Und Overbear hörte, wandte sich ihm gelegentlich höflich zu, nickte hin und wieder. Zugleich aber zog es Overbear, als hätten seine Füße einen eigenen Willen, zu ihrem kleinen Kreis hin. Der kleine Vielredner blieb dicht an Overbears Seite, doch der Starreporter schien nicht recht bei der Sache. Er kam immer näher. Suchte nicht ihren Blick, sah sie nicht an, bis er direkt vor ihr stand. Der Kleine redete wie ein Schnellfeuergewehr, es handelte sich offenbar um eine Art Finanzberater, und er erklärte Overbear, welche Auswirkungen neue Umschichtungen der Steuervorteile bei einzelnen Freibeträgen hätten. Overbear hörte mit einem halben Ohr zu, er hatte ihre Gruppe jetzt erreicht, und es geschah das Unfaßbare: Ohne Überleitung, ohne sich vorzustellen, sagte er mir nichts, dir nichts zu ihr: »Pardon, wer zum Teufel sind Sie eigentlich?«

Um Cynthia herum verstummten alle – das ganze lose Grüppchen mit seinen Kaffeebechern, der einen oder anderen Zigarette. Der Kleine hatte gerade zur Bekräftigung eine Hand erhoben, und sie erstarrte nun mitten in der Luft.

Sie spürte Overbears Röntgenblick auf sich. »Cynthia Lelague. Reporterin. *Angel Times.*«

»Ich will nicht wissen, was Sie *machen*«, entgegnete Overbear. »Ich will wissen, wer Sie *sind.*«

»Das sage ich doch gerade.«

»So?« meinte Overbear. »Sie sehen mir gar nicht nach Reporterin aus.«

»Wie sehen denn Reporter aus?«

»Nicht wie Sie«, sagte Overbear.

Die Umstehenden hatten sich halbwegs gefangen, aber niemand nahm das Gespräch mit seinem Nachbarn wieder auf. Das lag nicht nur an Overbear selbst, dessen Charisma sie überrollte wie eine Flutwelle. Es lag an der bohrenden Intensität seiner Fragen. Fast nebenher, wie zu sich selbst, sagte Overbear: »Reporter ist jemand, der sich am Rand bewegt. Reporter ist jemand an der Peripherie. Reporter ist jemand draußen. Haben Sie schon mal draußen im Regen jemanden allein an einer einsamen Ecke in der Telefonzelle stehen sehen? Der ist Reporter. Sie nicht.«

»Warum sollte ich das nicht sein können?«

»Sie nicht. Sie leben nicht draußen. Sie leben drinnen.«

Weil sie nicht wußte, was sie sagen sollte, lächelte sie dümmlich. »Vielleicht sollte man mir ein Zeichen einbrennen.«

»Sie tragen es längst. Sag ich doch. Eines Tages werden Sie die Maske fallen lassen. Eines Tages werden wir erfahren, wer Sie wirklich sind.« Er sagte es ohne Lächeln. »Und verlassen Sie sich drauf: Ich werde da sein, wenn es soweit ist.«

All das sagte er ganz ruhig und in vollem Ernst. Er drehte sich auf dem Absatz um und ging. Während er sich langsam entfernte, quasselte der Kleine wieder los, hieb erneut auf die Luft ein, und Overbear stellte Zwischenfragen: Aber wieso? Kann ich das nicht so handhaben, oder so? Fast war es, als hätte es den vorausgegangenen Austausch nie gegeben; im Grunde war Overbear schon längst ganz woanders. Cynthia sah ihm nach; er ging, wie er gekommen war, ins Gespräch mit seinem kleinen Begleiter vertieft.

Eine der anwesenden Frauen, die smarte Fay Renton, bemerkte nur: »Wow.« Sie meinte damit weniger das, was Overbear gesagt hatte, als die Art, wie er es gesagt hatte. Sie betrachtete sein Erscheinen, die übergangslose und brüske Vernehmung Cynthias, offenbar als Performance, als Stegreifdarbietung. Sie sah es als Paradebeispiel für Los Angeles Gothic, beurteilte es also nach dem Effekt, nicht dem Inhalt. Und erst in diesem Moment, etwa zur gleichen Zeit, da Overbear die Rundfunkkabinen erreichte und mit der Hand am Türgriff kurz innehielt, um ein paar abschließende Worte mit seinem Begleiter zu wechseln, erst da kam das Gespräch in der Gruppe um Cynthia wieder in Gang. Stockend zunächst. Der eine oder andere streifte sie mit einem Blick, man interessierte sich nicht übermäßig dafür, wer die Frau war, von der der große Medienstar angezogen worden war wie die Motte vom Licht. Das kümmerte die Kollegen kaum mehr als Fay Renton. Was interessierte, war die Theatralität des Ganzen, der Auftritt.

Die Kaffeepause ging langsam zu Ende, man entsorgte seine Plastikbecher und kehrte zur Versammlung zurück, und Cynthia dachte: Ende der Vorstellung, Freunde. Sie begriff, daß die Gefahr vorläufig gebannt war, denn man würde sich vor allem an die äußeren Umstände von Myron Overbears Jagdszene erinnern – wie er

Witterung genommen und Cynthia eingekreist hatte. Was er aber über sie gesagt hatte, würde vergessen werden, Gerede, Rauschen. Das Bild würde bleiben, nicht der Inhalt.

Bis zum Tag natürlich, an dem sich seine Worte bewahrheiteten. Und das gab ihr zu denken. Der Tag nahte, das wußte sie, nahte in Windeseile. Das war das Unheimliche an Overbears Spürsinn: Er hatte nicht nur erahnt, daß sie anders war, er begriff, daß sie bald ihr wahres Gesicht zeigen müßte.

25

Nach der Episode mit Myron Overbear hätte Cynthia es den anderen gern gleichgetan, die wie Fay Renton zufällig Zeugen des Geschehens geworden waren und das Erlebte schlicht wie Kino behandelten. In der verkehrten Welt von Los Angeles glich der Vorfall tatsächlich einer Filmszene. Myron Overbear hatte die Oberfläche durchdrungen und einen flüchtigen Blick auf das erhascht, was sich darunter verbarg, etwas Seltenes und Seltsames. Das erinnerte an die klassische Entlarvungsszene eines guten *Film noir*. Was aber hatte er wirklich gesehen? Eine unter dem äußeren Schein verborgene Wahrheit? Oder waren die Dinge nicht doch komplizierter?

Tags darauf war Gore Emhard durch die Nachrichtenredaktion gerauscht, als wälze er seine Gedanken vor sich her wie eine Gewitterwolke. Vor Cynthias Tisch blieb er stehen, legte ihr eine Fotografie vor und sagte: »Was sagen Sie dazu?«

Sie sah flüchtig hin, in der Annahme, er treibe wieder seine chauvinistischen Späße mit ihr – überrasche sie mit dem fotografischen Pendant zum Bisonpenis-Bleistifthalter, um helle Empörung auszulösen und ihr zugleich so wenig Spielraum zu lassen wie möglich. Sie nahm daher nicht gleich auf, was sie sah. Es dauerte, bis sie das eigentliche Thema des Fotos erfaßt hatte.

Das Motiv war etwas verfänglich. Ein kleiner, wendiger Mann im Abendanzug stand zwischen zwei wohlproportionierten Damen. Es schien sich um irgendein großes Ereignis zu handeln, eine Galaveranstaltung, eine Preisverleihung oder Feier. Das Bild war aus einer Warte hinter dem Rednerpult aufgenommen worden, und davor sah man die Hautevolee Hollywoods: Frauen in teuren Abendroben, Männer im Smoking.

Der Fotograf hatte dennoch den Logenplatz, sozusagen. Was nämlich den Blicken der Gäste verborgen blieb, war, daß der Mann am Pult den Damen links und rechts je eine Hand beiläufig aufs wohlgeformte Hinterteil gelegt hatte. Im Blitzlicht des Fotografen hoben sich die weißen Hände wunderbar deutlich ab. Sie glichen großen Faltern. Sie waren der eigentliche Subtext des Bildes.

»Nun«, meinte Emhard, »was sagen Sie zu unserem Bürgermeister?«

»Dally?«

»Volltreffer«, sagte Emhard.

Sie schwieg einen Augenblick. »Wie lautet die eigentliche Frage?«

»Ich wollte nur gern wissen, wie Sie die Lage der Hände einschätzen. Womit haben wir es hier zu tun – einem Ausrutscher, losen Sitten oder ausgewachsener sexueller Belästigung?«

Cynthia befeuchtete sich mit der Zunge die Lippen. »Ich würde sagen, Tendenz ausgewachsene Belästigung.«

Emhard nickte.

»Gesprochen wie eine wahre Feministin«, meinte er. »Und wie sollten wir Ihrer Meinung nach mit Mr. Dally verfahren? Erbarmungslos, hoffe ich doch?«

Jetzt begriff Cynthia, worauf Emhard hinauswollte. Obgleich dem rechten Flügel der Republikaner zuzurechnen, hatte Dally eifrig um die Gunst weiblicher Wähler geworben und eine ganze Latte entsprechender Reformgesetze unterstützt. Zwar war die offene Frauendiskriminierung nach einem Bürgerentscheid im Bundesstaat ohnehin strafbar, das hatte Dally aber nicht daran gehindert, etliche frauenfreundliche Verordnungen durchzudrücken. Dally hatte sich gefährlich nahe an die Grenze zur Diskriminierung im Sinne der Frauen herangewagt. Die Feministinnen fraßen ihm aus der Hand.

»Es liegt in Ihrer Hand, Cynthia«, sagte Emhard, als griffe er ihren letzten Gedanken auf. »Erledigen wir den geilen Bock? Lassen wir ihn ungeschoren? Also ich für meinen Teil hätte große Lust, ihm die *cojones* an die Wand zu nageln.«

Cynthias bekam einen trockenen Mund.

Emhard fuhr fort: »Sie werden mich doch nicht enttäuschen und Milde walten lassen wollen, Cynthia. Ich will hier eine knallharte Entscheidung sehen. Ich will die rückhaltlose Unterstützung unserer führenden Feministin, wenn ich den Kerl hinter Gitter bringe.«

Am liebsten hätte sie Emhard die *cojones* an die Wand genagelt, daß er sie in eine derart mißliche Lage brachte. Doch änderte das nichts daran, daß sich milde Empörung über die überflüssige und leicht anzügliche Geste des Bürgermeisters einerseits und eine bescheidene, aber nicht vergessene Dankesschuld die Waage hielten.

Sie schwieg daher eine ganze Weile, und nachdem er ihre Not reiflich ausgekostete hatte, nahm Emhard das Foto vom Tisch.

»Wer hätte das gedacht«, sagte er. »Täusche ich mich, oder habe ich da tatsächlich verräterische Anzeichen für einen echten menschlichen Konflikt entdeckt?«

Wortlos machte Emhard kehrt, durchquerte abermals die Redaktion und schloß die Tür hinter sich.

Stumm saß Cynthia da und spürte, wie ihr rosige Hitze vom Ausschnitt in die Wangen kroch. Wieder einmal hatte Emhard es geschafft, sie ungestraft bis aufs Blut zu reizen. Das würde als weiteres Vergehen verbucht.

Etliche Kollegen hatten die Unterhaltung mitbekommen. Sie spürte die prüfenden Blicke, die weniger ihr als den Umständen von Emhards abruptem Rückzug galten. Als er fort war, sah sie förmlich das allgemeine Grinsen ersterben, und dann tauchte die Redaktion wieder in die Arbeit ab, wie Fische, die größere Tiefen aufsuchen.

26

Die verzwickte Sache mit der Dally-Aufnahme verfolgte sie noch eine ganze Weile.

Einer der Gründe, weshalb Cynthia keine besondere Freundin des *Film noir* war, lag in dessen doch arg kurz greifenden Prämissen. Deren wichtigste besagte, daß hinter der Fassade dunkle Triebkräfte am Werk waren. Je tiefer man blickte, desto schwärzer wurde es. Nach dem Motto: dunkler gleich tiefer. Was ihr mißfiel, war der Umkehrschluß: daß nämlich dann tiefer gleich dunkler sei. Im *Film noir* zeigte man durch Schatten und Dunkel an, daß es um etwas Tiefes ging – um Erkenntnis- und Bedeutungsschwere, um ungeschminkte Wahrheit. Wenn man die Sache genauer betrachtete, fand Cynthia, war die Prämisse schlicht Humbug. Es gab Menschen, die äußerlich finster erschienen und darunter licht waren. Oft genug entdeckte man hinter der Fassade des Schurken den Guten. Es sprach schließlich manchmal einiges dafür, nach außen hin finster wirken zu wollen, während man eigentlich ganz anders war. Al Capone pflegte sein Image als Killer bewußt. Es hielt die Leute in Schach. Es brauchte nicht jeder zu wissen, wie sehr er seine Mutter verehrte, oder daß er ein guter, rücksichtsvoller Familienvater war. Adolf Hitler war Vegetarier und Hundeliebhaber. Diese Aspekte seiner Persönlichkeit hielt er lieber im dunkeln.

Holocenter hatte Ähnliches zur Persönlichkeitsstruktur von Revolutionären gesagt. Ganz im Sinne cineastischer Konventionen erwarteten die Zuschauer, wenn die Wahrheit über Terroristinnen wie Patty Hearst oder Ulrike Meinhof ans Licht kam, Ausgeburten des Bösen. Statt dessen sahen sie sich oft mit hübschen Mädchen aus gutem Hause, aus intakten Familien mit liebenden Eltern konfrontiert. Eine Erkenntnis, die nicht selten die Eltern am meisten schockierte.

Deshalb kam ihr ein Film wie *L. A. Confidential* – ungeachtet seines künstlerischen Werts – so manieriert, so gewollt, so unrealistisch vor. *Noir*, das war schlicht ein weiteres hochartifizielles Konstrukt, eine Art Oper, und ähnlich künstlichen Voraussetzungen und Zwängen geschuldet. Los Angeles war für ihr Empfinden nicht *noir*. Los Angeles war noch viel bizarrer, denn hier war die Oberfläche das genaue Gegenteil dessen, was tiefer lag.

Bürgermeister Dally war ein gutes Beispiel. In gewisser Weise war Dally Hollywood pur. Er war ein Meisterillusionist, und das in einer Stadt, die von der Illusion lebte. In Dally glaubte man einen knallharten Burschen zu erblicken, einen jungen Anwalt, der aus der Gosse aufgestiegen war, einen, der auf den Straßen Tuchfühlung mit Kriminellen und Psychopathen gehabt hatte und unkorrumpiert geblieben war – wenn auch nicht ungezeichnet –, einen, den man achten, aber auch ein bißchen fürchten mußte. Dieses Image war sorgfältig aufgebaut worden.

Das behielt Cynthia im Sinn, als dem Image des Bürgermeisters nun eine weitere Facette anpoliert wurde. Aus Neugier recherchierte sie den Hintergrund zu der Aufnahme, die Emhard ihr vorgelegt hatte. Sie war während einer großen Filmgala in Hollywood entstanden. Die Gäste erschienen in Limousinen und trugen ihre Aids-Schleifen. Dally hatte zusammen mit seiner persönlichen Referentin Miss Aureole Tarzanna durch den Abend geführt, eine Benefizgala zugunsten von ADEPT, der Association of Departmental Police Training. Deren Ziel bestand darin, die Sensibilität von Beamten beiderlei Geschlechts im Umgang mit ethnischen, sexuellen und sonstigen Minderheiten zu erhöhen. Dallys persönliche Referentin Miss Tarzanna war auf die Idee verfallen, Filmstars und Betuchte – bei Eintrittspreisen von fünftausend Dollar – zu Vorführungen klassischer *Films noirs* zu laden. Miss Tarzanna hatte PR-Erfahrung und wußte sehr genau, daß Geld in Los Angeles als

Garant für Exklusivität galt. Die Menschen würden sich um die Ehre reißen, fünftausend Dollar hinblättern und sich im Smoking oder Abendkleid einen Film ansehen zu dürfen, wie sie allabendlich auch im Kabelfernsehen liefen. Nach der Filmvorführung würde Dally vorne vor der Leinwand an das Rednerpult treten, das seine City-Hall-Leute aufgebaut hätten. Vertreter der Presse würden ihn umschwärmen, würden Fotos machen und ihre Notizblöcke zücken. Dally würde eine Ansprache halten und sich beim stinkreichen Publikum für die großzügigen Spenden bedanken, die einem anerkannt guten Zweck zukämen. Und zu guter Letzt würde er einem Police Department, das sich im Jahresverlauf durch vorbildlichen Umgang mit Minderheiten hervorgetan hatte, eine Ehrenurkunde der ADEPT überreichen.

Bei der diesjährigen Feier standen Dally gleich zwei attraktive Frauen zur Seite. Rechts Miss Aureole Tarzanna selbst in einem cremefarbenen Kostüm mit Perlenapplikationen. Links Lieutenant Lila Dimitri, Polizistin aus Silver Lake. Beide Frauen waren Anfang dreißig. Beide waren mit üppigen Rundungen gesegnet. Auf allen Seiten waren sie von Fotografen umringt, also auch von hinten. Es waren die Fotografen, die hinter dem Rednerpult standen – eigentlich der schlechtesten Position –, die mit einem der heißesten Schnappschüsse des Jahres belohnt wurden. Als Dally seine kleine Rede gehalten und der Polizei von West Hollywood für ihre neuen Freizeitanlagen einen Scheck über 180 000 Dollar überreicht hatte, als ein Captain unter donnerndem Applaus abgetreten war, schwebten Dallys Hände in schöner Symmetrie durchs Blitzlichtgewitter hinab und kamen einen Augenblick anerkennend auf den Körpern seiner beiden Begleiterinnen zur Ruhe. Es wäre nicht ganz falsch gewesen zu sagen, daß er ihnen die Hände auf den Rücken legte, kurz nur. Streng anatomisch gesehen jedoch ruhten die Hände auf den Frauenrücken recht weit unten. Und zwar lagen die Hände genau auf dem Teil des Rückens, an dem sich der Arsch am Kreuzbein andeutet, zögernd zunächst, ehe er sich ungeniert als

Nachtrag, Posteriora eben, vorwölbt. Nun hatte der Fotograf die weißen Hände genau dort erwischt, genau auf diesen herrlich vorspringenden Posteriora. (Kam daher das Wort Po, fragte sich Cynthia, eher als von Podex?) Der Schnappschuß hielt für die Nachwelt unauslöschlich den Moment an der Grenze des Erlaubten zwischen altmodischer Kavalierhaftigkeit und kalkulierter Schlüpfrigkeit fest. Zeigte Los Angeles Gothic in Reinkultur. Zeigte einen Bürgermeister, der seine gefühlvoll-virile Seite auslebte. Zeigte einen Dally, der die Karte des rauhbeinigen Aufsteigers ausspielte.

Und was dachte er wirklich, als er seine bleichen Anwaltshände im Scheinwerferlicht wie Falter auf jenen herrlichen Rundungen landen ließ? Waren es lüsterne Gedanken? Vielleicht. Oder dachte er vielmehr an sein politisches Image, daran, daß das Bild des tüchtigen Mannes aus dem Volk durchaus etwas Würze vertragen konnte?

Am Tag nach der Gala entbrannte ein sportiver Wettstreit um ironisch pointierte Schlagzeilen, und das Foto zierte die Titel- oder zweite Seite fast aller Lokalzeitungen der Stadt. DALLY LEGT MIT HAND AN hieß es bei der *Angel Times*. BÜRGERMEISTER BERÜHRT TIEF. So sahen die Herausgeber ihn gern, ihren Dally. Aus Sicht der Männer war er ein ganzer Kerl, aus der der Frauen ein Mann, der Frauen zu würdigen wußte, wenn auch vielleicht etwas handfest.

Dally hatte Umfragen entnommen, daß er als eher wenig bürgernah galt. Und er hatte reagiert, wie Hollywood eben reagiert. Er hatte knallhartes Kalkül in eine unterhaltsame und gängige Illusion übersetzt: die des hemdsärmeligen, volksnahen Politikers, eines Mannes, zu dessen Umgang auch ein Schuß natürlicher Derbheit gehörte.

Cynthia wußte oder ahnte, daß es in Dallys Leben einen dunklen Punkt gab. Ein Geheimnis, das strengstens gehütet wurde, weil es dem sorgsam gepflegten Image widersprach. Der Beweis ruhte wahrscheinlich tief in der inneren Brusttasche eines seiner eleganten Anzüge. Über den Inhalt dieser Brusttasche wurde nur gemunkelt. Cynthia hatte eine ziemlich genaue Vorstellung, worum es sich handelte. Denn dort, vor fremden Augen verborgen, steckte in Dallys Brieftasche höchstwahrscheinlich ein Schnappschuß seiner Frau und den zwei jungen Töchtern, aufgenommen bei einem Wohltätigkeitsbazar. Nie würde das Bild der heiligen Familie das Licht der Öffentlichkeit erblicken. Statt dessen durften die Bürger Dallys freigiebige Hände auf den beiden herrlichen Rundungen goutieren.

Das rückte für Cynthia wieder einiges zurecht. Denn als bewußte Inszenierung unterschied sich ihr Fuckwoman-Image nicht sehr von der Illusionskunst des Bürgermeisters oder jedes anderen Entscheidungsträgers oder Players auf der politischen Bühne der Stadt. Auch sie hatte ein Stück Los Angeles Gothic geschaffen und stand – zumindest darin – in der Tradition dieser Stadt.

27

WÄHREND CYNTHIA ABWARTETE und sich wie in einem seltsamen Zeitvakuum bewegte, kam es zu einem weiteren Vorfall, der ihr die Eigenartigkeit ihres Lebens deutlich vor Augen führte. Sie hatte sich in der Abenddämmerung auf den Heimweg gemacht und wählte die übliche Route zu ihrem Apartment: über 3rd und LeHoya Avenue.

Sie bog gerade um eine Ecke, als sie merkte, daß sich ein Schatten von der Wand gelöst hatte wie ein Aal, der durch Brackwasser gleitet. Irgend jemand folgte ihr auf leisen Sohlen, vielleicht Mokassins. Im selben hartnäckigen Gefühl setzte sie ihren Weg über die LeHoya Avenue fort. Minutenlang horchte sie angestrengt nach Schritten, doch wegen des regen Verkehrs waren sie schlecht auszumachen. Erst auf der Veda Avenue hörte sie sie deutlicher. Sie schienen rasch aufzuholen. Gerade wollte sie herumfahren und zuschlagen, als sie die kalte Mündung einer Waffe am Hinterkopf spürte. Also ließ sie sich dazu herab stehenzubleiben und lauschte der stummen inneren Litanei ihrer Furcht.

Auf dieser Höhe war die Straße menschenleer, und als erstes kam ihr die Vermutung, daß ein Mitglied der verprügelten Gang sie angriff oder einer seiner Verwandten mit ihr abrechnen wollte. Doch während diese These von ihr Besitz ergriff und ernstlich erwogen wurde, registrierten andere Sinne das Fehlen weiterer Gangangehöriger. Das erschien ihr seltsam.

Die Waffe in ihrem Nacken zitterte nicht. Wer immer sie hielt, handelte auf eigene Faust, getrieben von einem brennenden privaten Anliegen, also wartete sie ab, was er als nächstes vorhätte. Die Stimme, als sie sich endlich meldete, klang überraschend gebildet.

»Was sagst du zu *Jackie Brown*?«

Viel Zeit blieb nicht zur Einordnung der Stimme. Sie versuchte, den Sprecher hinzuhalten.

»*Jackie Brown*?«

Die Mündung wurde fester in ihren Nacken gepreßt. »Der Tarantino-Film, Fotze.«

Da stellte sich zur Stimme ein Gesicht ein. Jim Rivers, seines Zeichens Film- und Kulturkritiker.

»Du willst doch nicht etwa behaupten, daß du *Jackie Brown* nicht gesehen hast. Und du nennst dich Filmkritikerin?«

»Doch«, sagte Cynthia. »Ich kenne den Film.«

Die Waffe bohrte sich vor Erregung oder Eifer noch tiefer.

»Und?«

»Was und?«

»Was sagst du dazu, Fotze?«

Cynthia sammelte sich, um ihm zu ein paar kulturellen Erkenntnissen zu verhelfen, etwas intellektueller Stimulation und ihn vielleicht zu einem unüberlegten Schritt zu verleiten, den sie sich zunutze machen könnte.

»Ich finde, daß Tarantino sehr gereift ist«, hob sie an. »Die jugendliche Gewaltobsession gehört der Vergangenheit an – die albernen Exkurse über Hamburger, bevor einer den anderen zum Spaß erschießt. Ich würde sagen, diese Persona hat er überwunden und mausert sich zum reifen Mainstream-Regisseur.«

»Fotze!« knurrte Rivers. »Dämliche Fickzicken-Fotze.«

Cynthia fand, daß sie auf Anhieb den richtigen Ton getroffen hatte. Vielleicht gewann sie deshalb einen Teil ihrer sonstigen Selbstsicherheit zurück. Sie fühlte sich ermutigt, im selben Tenor fortzufahren. »Herzstück des Films ist eine wunderschöne und sehr einfühlsam erzählte Liebesgeschichte. Der emotionale Dialog zwischen männlicher und weiblicher Hauptfigur ist einzigartig und herzzerreißend. In diesem Film stehen Tarantino seine Hauptfiguren wirklich nahe. In Pam Grier ist er richtiggehend vernarrt. Als

Frau und ausgehend von den tiefen emotionalen Bedürfnissen einer Frau kann ich nur sagen, daß mich seit *Der einzige Zeuge* kein Filmfinale so berührt hat. Denken Sie nur an die wunderbar wehmütige Abschiedsszene zwischen Harrison Ford und Kelly McGillis. An die leere Straße hinter Fords Schulter. Den hühnereigroßen Kloß im Hals. *Jackie Brown* ist mindestens so gut. Ich muß sagen, ich war hin und weg. Mir hat es schier das mitfühlende Frauenherz zerrissen.«

»Scheiße!« zischte Rivers. »Du dämliche, gefühlsduselige Fotze. Nichts als verknäulte Weibergefühle. So jemand verdient nicht, am Leben zu sein. In meinem ganzen Leben habe ich mir eine derart abgrundtief bescheuerte Tarantino-Analyse noch nicht anhören müssen. Jetzt will ich dir mal sagen, was wirklich passiert ist.«

»Nämlich?«

»*Jackie Brown* ist ein zynischer Ausflug – die Finte eines Regisseurs, der mal wieder seine Mainstream-Kritiker leimt. Der Film zielt als raffiniertes Manöver genau auf Idioten wie dich. Die Liebesgeschichte ist Humbug – wie alle Liebesgeschichten. Tarantino sagt einfach: ›Seht her. Ich kann das genausogut wie die ganzen anderen Arschlöcher, die Liebesfilme drehen.‹ Und du läßt dich einseifen. Weißt du, was als nächstes kommt? Er wird wieder Nägel mit Köpfen machen – geniale, ikonoklastische, mit existenzialistischer Gewalt gespickte Dialoge, und dann werden hysterische, hormon- und gefühlsbeduselte Arschlöcher wie du nicht wissen, wie ihnen geschieht!«

»Wenn Sie sich da nicht täuschen«, meinte Cynthia. »Das Schöne an *Jackie Brown* ist doch gerade, daß Tarantino selbst zum hormon- und gefühlsbeduselten Arschloch geworden ist. Der verklemmte, spätpubertierende Tarantino wird endlich erwachsen. Er erlebt sein Coming-out. Es nützt alles nichts, Rivers, Tarantino entdeckt seine weiblichen Anteile.«

Sie hörte erstickte Laute, die halbwegs zwischen zischelnder Schlange und drohendem hysterischen Lachanfall lagen. Sie fand, das beste wäre, im selben Stil weiterzumachen. »Tarantino«, bekräftigte sie, »hat endlich Kontakt zu seiner weiblichen Seele bekommen. Er wird femininer. Ich wette, daß er am Schneidetisch bei der Schlußszene geheult hat wie ein Schloßhund. Ich würde sagen, er mausert sich zum Romantiker alter Schule. Er dreht jetzt sogar Filme für Frauen.«

Die Waffe an ihrem Hinterkopf begann zu beben. Offenbar machte sie Fortschritte. »Er wird eines Tages zu den ganz großen Regisseuren der Gattung Liebesdrama gehören – vielleicht nicht rasend originell, aber ein Macher von romantischen Technicolor-Streifen für ein überwiegend weibliches Publikum. Ich habe immer geahnt, daß sich unter dem zynischen Gewaltgestus eine zutiefst sentimentale Ader verbirgt. Ich halte ihn für den neuen Mantovani des Kinos.«

»Wenn ich nicht genau wüßte, daß du mich nur provozieren willst ...«

»Dann?« fragte Cynthia. »Würden Sie mich mit Blei vollpumpen. Geben Sie's doch zu, Rivers, Tarantino hat Sie abgehängt, er hat Sie sitzenlassen. Er hat Sie und Ihresgleichen mit seinen frühen testosterontriefenden Gewaltfilmen auf zynische Weise ausgebeutet. Mit seinen Debütfilmen hat er Sie bei der unterentwickelten, pubertierenden männlichen Psyche gepackt. Er hat sich ein Publikum aus emotional ausgehungerten Adoleszenten geschaffen und zielsicher mit ihnen seine Karriere lanciert. *Jackie Brown* ist kein Ausflug. Der Film ist eine logische Weiterentwicklung. Von *Reservoir Dogs* läßt sich über *Pulp Fiction* hin zu *Jackie Brown* eine konsequente Linie verfolgen – weg von der Gewalt und hin zu tiefen Gefühlen.«

»Ach ja? *Jackie Brown* ist wohl gewaltfrei?« In Rivers Stimme lag beißender Hohn.

»Die Gewalt in *Jackie Brown* ist bewußt und mit Augenmaß eingesetzte Gewalt, Gewalt, die den Figuren Tiefe verleiht und die Handlung vorantreibt. Es handelt sich um Gewalt im Dienste der Dramaturgie, nicht umgekehrt.«

»Du schnallst es einfach nicht, Fotze«, sagte Rivers. »Unser Goldjunge liegt auf der Lauer und wartet, daß Bimbos wie du in die Falle laufen. Dann zeigt er sein wahres Gesicht.«

»Das würde ich nur begrüßen«, sagte Cynthia. »Sehen Sie, die Gewalt in *Jackie Brown* ist echte Gewalt, Gewalt, wie sie zwischen wirklichen Menschen stattfindet, Gewalt, die unser Mitgefühl weckt. Wenn Robert de Niro auf dem Parkplatz Bridget Fonda umbringt, weil sie ihn rasend macht, dann ist das das sehr sensible Psychogramm eines Mannes, der auf typisch krankhafte Art überreagiert, nur weil er im Unrecht ist. Sehen Sie denn nicht, was er da tut?«

»Wer? De Niro?«

»Tarantino.«

»Erzähl du mir nichts von Tarantino.«

»Tarantino karikiert Leute wie Sie. Hat denn die Gewalt auf dem Parkplatz irgend etwas bewirkt? Nein. Sie hat alles nur verschlimmert. De Niro war einfach der nächste, der dran glauben mußte. Jetzt hat sich Tarantino von der Gewalt als Zitat, als reine Metapher abgewendet.«

»Fotzenarsch. Tarantino ist ein Genie, und du wirst ihn nie verstehen. Allein vorzugeben, ihn zu verstehen, ist eine Unverschämtheit, deren Bodenlosigkeit du nicht annähernd ermessen kannst. In dem Film läßt er eben Elmore Leonard gewähren, aber die Trümpfe behält er selbst in der Hand. Mehr nicht. Ich steh hier und hör mir dein Geseier an, und im Grunde kann ich nur lachen.«

Cynthia senkte ihre Stimme und schwärmte im kehligen Vibrato: »Ganz *verrrrückt* nach dem Stoff von Elmore Leonard. Er hätte sonstwas nehmen können, aber er hat sich dafür entschieden. Und selbst wenn er die Vorlage eines anderen bearbeitet hat, es bleibt doch ein echter Tarantino. Ein Film mit Herz, voller Liebe und Gefühl – für Frauen wie gemacht. Wahrscheinlich können wir bald von Quentina Tarantino sprechen.«

»Du saublöde Oberfotze.«

»Sie sind von gestern, Rivers. Sperren Sie sich doch mit *Reservoir Dogs* als Wichsvorlage ein und träumen Sie von den guten alten Zeiten pubertärer Gewalt und cooler Kommentare. Sie gehören schon jetzt zu einem jämmerlich versprengten Häuflein unreifer Früh-Tarantino-Fans, da können Sie mit den letzten Aufrechten Ihren Helden und seine Fehlentwicklung beweinen.«

»Ich mach dich jetzt kalt.«

»Nur zu, Streetfighter. Spielen Sie nur den Robert de Niro. Strecken Sie mich hin, weil Sie keine Widerrede von vorlauten Weibern ertragen. Die Polizei wird Sie so schnell schnappen, daß Sie in San Quentin sitzen, ehe Sie bis zehn zählen können.«

»Die Polizei wird mich nicht finden.«

»Unsere Vendetta ist durch die Presse gegangen. Sie ist amtlich. Da brauchen die Jungs nur die Zeitungsarchive zu filzen, und schon haben sie Sie. Sie können sich vorstellen, was man in San Quentin von Kultursnobs wie Ihnen hält, oder? Die stehen da nicht so auf intellektuelle Gewalt oder existenzialistische Kokettherie. Die mögen es lieber authentisch. Die ficken Sie zwei- bis dreimal täglich in den Arsch. Ich könnte mir sogar vorstellen, daß Sie sich dort drinnen größerer Beliebtheit erfreuen als hier draußen.«

»Wieder falsch, Fotze. Die Polizei wird glauben, es war einer von der Gang, die du aufgemischt hast. Deshalb habe ich mich für ihr Revier entschieden. Einem kultivierten Typen wie mir würde nämlich niemand so etwas überhaupt zutrauen – das ist ja das Schöne. Sie werden die hiesige Gangszene ins Visier nehmen.«

»Hübscher Plot, Rivers. Hoffentlich zieht er noch so, wenn alle in San Quentin vorm Waschraum Schlange stehen, um Sie durchzuficken. Wie dem auch sei; es war nett, mich mit Ihnen zu unterhalten. Aber ich muß mich verabschieden.«

»Abtreten meinst du, Fotze. Dich zu den flauschigen Muschi-Bunnys im Himmel gesellen. Ins große Frauenkino im Himmel.«

Sie mußte jetzt dranbleiben, ihn aus seinem Tötungskonzept bringen. Töten ist wie lieben, es hat seinen eigenen Rhythmus.

»Gott ist nicht nur großer Frauenkino-Fan«, sagte Cynthia, »Gott ist eine Frau.«

Sie wußte, daß er epigrammatischen Äußerungen dieser Art einfach nicht widerstehen konnte. Kurzes Schweigen, dann sagte Rivers: »Deshalb will ich da auch gar nicht hin.«

»Lieber runter zu den ganzen bösen Buben, wie? Auf die ewigen Straßen der Loser? Meine Güte, wie romantisch.«

»Bei der Romantik haben wir angefangen, Fotze, bei der Romantik ist Schluß.«

Sie spürte seinen Finger am Hahn, spürte den Willen, der durch den Arm hinabströmte.

Cynthia sagte: »Dann werde ich jetzt wohl nach Hause gehen. Ihnen empfehle ich das gleiche.«

Sie schritt aus, energisch genug, um Entschlossenheit zu signalisieren, aber doch nicht so, daß es eine Bedrohung darstellte. Sie war keine zehn Schritte gegangen, als er, erkennbar an den hastig schlappenden Mokassins, wieder aufschloß, um sie ins Jenseits zu befördern. Sie verstand es als letzten jämmerlichen Versuch, Angst einzuflößen. Vielleicht glaubte er ja tatsächlich noch, daß er imstande wäre abzudrücken. Die Mündung bohrte sich ihr erneut in den Nacken, aber sie ging einfach weiter. Dann bog sie um die Ecke, hatte wieder den hell erleuchteten Boulevard erreicht und wußte, ohne sich umschauen zu müssen, daß der Filmkritiker und Kultur-Ikonoklast sich im kalten Licht der Downtownstraßen davonschlich.

Was sie überraschte, war, daß sich nach dem Dialog mit Rivers keinerlei Anzeichen von Panik oder Angst einstellten, wie das nach überstandener Gefahr doch gemeinhin der Fall ist. Ihr Puls schlug normal, sie atmete ruhig. Sie erreichte ihr kleines Apartment, bereitete sich ein Bohnengericht zu und trank dazu eisgekühltes Mineralwasser. Eigentlich fand sie, daß ihr Körper ein Recht darauf hatte, Angst oder zumindest bescheidene Nachwirkungen des

Schocks zu empfinden. Tatsache aber war, daß sie sich, kaum hatte sie Rivers identifiziert, ihrer Sache sicher und ganz als Herrin der Lage gefühlt hatte. Vielleicht war sie wirklich ein Monster. Oder vielleicht einfach eine mit einer Mission, und zu der gehörte Rivers nun einmal nicht. Deshalb konnte sie ihn einfach abtun, und zwar nicht nur dem Anschein nach, sondern wahrhaftig, weil es sie schlicht nicht tangierte.

28

In ihrem kleinen Studioapartment schrieb Cynthia an diesem Abend:

Mutter,

ich möchte mich, mit Verspätung, für Deinen Brief und den Artikel über Jim Rivers und die Frau namens »Fuckwoman« bedanken.

Du bist sehr großherzig. Wo es für Dich doch ein Graus sein muß, einen Wildfang zur Tochter zu haben, dem irgendwie diese zutiefst weibliche Empathiefähigkeit abhanden gekommen ist. Du hast mich früher einmal als Amazone bezeichnet. Es stimmt, daß ich schreien und aus der Haut fahren könnte, wenn ich mir gewisse beschränkte Äußerungen von Männern anhören muß. Aber ich selbst sehe mich eher als Clown oder Komödiantin, und meine Methoden sind nicht so sehr der zivilisierte Diskurs und die Überzeugungskraft liberaler Argumente als vielmehr die direkte Schockbehandlung der männlichen Psyche. Dein ruhiger Intellekt fehlt mir offenbar. Ich nehme mir lieber die Zenmeister zum Vorbild, die sich von hinten an nichtsahnende Schüler heranpirschen und ihnen mit dem Stock einen kräftigen Schlag auf den Rücken geben, um ihnen so zu einem anderen Bewußtsein ihrer selbst zu verhelfen.

O je, ich sehe schon: Sollte ich mal wegen einer Provokation verhaftet werden, eines Scherzes, der nach hinten losgeht, hättet ihr, Dad und Du, nichts Eiligeres zu tun, als im Gefängnis zu erscheinen, um die Kaution hinzublättern. Ich vermute, Ihr würdet Euch gewiß beide bedingungslos hinter mich stellen, egal, was ich tue. Was bei mir wiederum den Drang auslöst, etwas so Abwegiges zu tun, daß selbst Ihr, als liebende Eltern, es nicht billigen könntet. Komisch, je älter ich werde, je mehr ich Eurem Einfluß entwachse, desto mehr Abstand habe ich, und ich scheine dabei um so extremer zu werden, um so eher zu einer grandiosen oder hoffnungslosen Geste imstande. Schrecklich, nicht, daß das Produkt einer liberalen Erziehung sich gedrängt fühlen sollte, sich durch Illiberalität zu behaupten?

Darum geht es hier. Ich fürchte, daß Euch in nächster Zeit zu Ohren kommen wird, daß die Aktivistin, die sich Fuckwoman nennt, mehr als nur flüchtige Ähnlichkeit mit der Euch wohlvertrauten und weitgehend ergebenen Tochter besitzt. Ihr werdet der Tatsache ins Auge sehen müssen, daß Euer eigen Fleisch und Blut einen zweifelhaften Ruhm erlangt hat.

Ich habe es mir selbst zuzuschreiben. Was als Scherz begann, wurde irgendwann Ernst. Ich habe zweifellos viel detektivisches Gespür. Ich denke logisch, gehe systematisch vor und verstehe es, Spuren zu lesen. Wie Du ganz richtig vermutest, verfüge ich über große körperliche Kraft und Entschlossenheit, so daß ich die meisten Vertreter des starken Geschlechts überwältigen kann. Vergewaltiger gehören nicht zu den stärksten. Sie sind zornig und frustriert, meist handelt es sich um Männer, die sich als Versager empfinden und ihren Selbsthaß beklagenswerterweise gegen Frauen richten. Gelingt es, dem ersten Angriff standzuhalten, geben sie schnell auf.

Männer kommen mir vor wie gepanzerte Wesen. Ihr Panzer ist weniger physischer als psychischer Natur. Er soll sie schützen, schneidet sie aber zugleich von ihren Gefühlen ab und verhindert nicht zuletzt einen offenen Zugang zur Welt. Verzeih, wenn Bilder und Phantasie etwas mit mir durchgehen, aber manchmal glaube ich, es sei meine Aufgabe, diese Panzer zu zerstören.

Das hat teils mit dem Selbstbewußtsein zu tun, das Ihr mir eingeflößt habt, und teils damit, daß ich bin, wie ich bin. Was immer der Grund ist, ich bin mit der Rolle eins geworden.

Was ich auf keinen Fall möchte ist, daß Ihr mich in Schutz nehmt, weil ich Eure Tochter bin und eigentlich die Freundlichkeit in Person und außerstande, einer Fliege etwas zuleide zu tun. Ihr sollt mich selbst machen und eben auch die Konsequenzen tragen lassen. Wenn Ihr daher von meiner Festnahme hört, dann möchte ich, daß Ihr Euch raushaltet, Euch nicht einmischt und den Dingen oder den Mühlen des Gesetzes ihren Lauf laßt. Laßt mich. Laßt mich ohne Eure Hilfe die Folgen auf mich nehmen.

Im Grunde, und das jetzt ohne Scherz, bin ich stolz auf das, was ich getan habe. Ich habe wahrscheinlich ein rundes Dutzend Frauen vor brutalen Vergewaltigungen durch zornige Männer bewahrt, und das halte ich in unseren Zeiten für eine gute Tat.

Vor allem aber wollte ich dazu beitragen, daß diese komische Gesellschaft aufgerüttelt und gezwungen wird, ernstlich über Geschlechtsrollen nachzudenken, und vielleicht sogar über die Art, wie männliche Gewalt die Sexualität zu unterwandern scheint. Vielleicht überlegen sich Männer, wenn sie von der körperlichen Züchtigung und Demütigung anderer Männer hören, immerhin mal, was es heißt, Opfer zu sein.

Leben ist Komödie, auch wenn am Ende der Tod steht. Es gibt weder Sinn noch Logik. Irgendwann erreicht man den Punkt, wo man nicht mehr um Gnade fleht, sondern sein Schicksal annimmt.

Wir stehen kurz vor dem letzten Akt. Vor wenigen Tagen habe ich den kriminalpsychologischen Chefberater des LAPD aufgesucht, der die Fahndung nach mir leitet. Ich bin tatsächlich zu einem Interview in die Höhle des Löwen gegangen, nicht zuletzt, weil ich mir meinen Widersacher mal ansehen wollte. Zwar wußte ich schon vor der Begegnung, daß Dr. Holocenter allem Anschein nach der archetypischen Autoritätsfigur entspricht. Er gilt als Meister seines Fachs, einer, dessen Führungsqualitäten fraglos anerkannt werden. Was mich aber fasziniert und nicht wenig erschreckt, ist, daß er ganz in dieser Rolle aufzugehen scheint. Seine Rolle ist, entschuldige, wenn ich wieder davon anfange, auch eine Art Panzer. Er zwingt anderen gern seinen Willen auf. Das tut er nicht, indem er an dunklen Straßenecken herumlungert oder durch menschenleere Parks schleicht. Er tut es mittels fachlicher Autorität, psychologischer Techniken und notfalls über Neuroleptika und Gehirnwäsche. Aber ich vermute bei ihm den gleichen Impuls wie bei den Vergewaltigern, denen ich auf meine eigene (zugegebenermaßen vielleicht exzentrische) Weise versucht habe, das Handwerk zu legen. Es ist der Impuls, absolute Gewalt über einen anderen zu erringen, bis hin zur Auslöschung der Persönlichkeit des Opfers.

Zur gegebenen Zeit werde ich ihn sein übles Werk zum Schein vollbringen lassen müssen, um dann aufzustehen und ihn zu besiegen. Bei unserer Begegnung vor wenigen Tagen habe ich viel Zeit und Mühe darauf verwendet, ihn zu meiner Verhaftung zu bewegen. Ich habe ihn provoziert und verhöhnt. Und ich spürte sehr deutlich, wie stark sein Impuls wurde, mich in seine unumschränkte Gewalt zu bringen.

Es geht jetzt in die letzte Runde, und ich weiß, wenn ich die überstehe, kann mich nichts mehr erschüttern.

Bitte unternehmt keinen weiteren Versuch, mich zu sehen oder sprechen, bis sich die Sache erledigt hat. Habt Vertrauen in Eure Tochter.

In Liebe Cynthia

29

Am Tag darauf klopfte Cynthia bei Emhard an. Als sie das übliche Knurren vernahm, drückte sie die Türklinke lautlos herunter und betrachtete schweigend das Chaos in seinem Büro.

»Sprechen Sie«, sagte Emhard.

»Was dagegen, wenn ich der City-Hall-Vergewaltigung nachgehe?« fragte Cynthia.

Emhard saß an seinem Computer, er drehte sich nicht um. »Irgendein besonderer Grund?«

»Ich wundere mich über die zurückhaltende Informationspolitik des LAPD.«

»Schwer greifbarer Täter, vermutlich.«

»Trotzdem. Meist bekommen wir wenigstens kurze Erklärungen, erste Phantombilder und so – eine ungefähre Vorstellung des Fahndungsstands.«

Emhard hackte weiter auf seine Tastatur ein. Er nickte. »Meinetwegen. Graben Sie.«

Sie kehrte an ihren Redaktionstisch zurück und rief Officer Stevens an.

»Guten Morgen. Cynthia Lelague am Apparat.«

»Nein so was. Miss Lelague.«

»Ich interessiere mich für den aktuellen Stand im Fall des City-Hall-Täters.«

Es entstand eine Pause, dann sagte Stevens: »Tut mir leid, ich fürchte, da muß ich passen.«

»Gibt es dafür einen besonderen Grund?« fragte Cynthia.

»Den Fall betreut eine Führungsgruppe des LAPD, alles handverlesene Leute. Höchste Geheimhaltungsstufe. Ich werde nicht einmal auf dem laufenden gehalten. Nichts.«

»Ist das nicht eher ungewöhnlich?«

»Kann man wohl sagen«, meinte Stevens. »Noch nie dagewesen.«

»Wissen Sie vielleicht, wer die Ermittlungen leitet?«

»Nein, weiß ich nicht. Und wenn ich es wüßte, dürfte ich es Ihnen nicht sagen. Die Abteilung ist angewiesen worden, keinerlei Auskunft zu geben.«

»Eigenartig.«

»Sie sagen es«, bemerkte Stevens leutselig.

»Berichtigen Sie mich, wenn ich irre«, sagte Cynthia, »aber meines Wissens verfährt man bei Vergewaltigungen doch in der Regel so, daß man die Bürger um Mithilfe bittet – besondes, wenn es um die Ergreifung eines schwer faßbaren Täters geht. Augenzeugen, früheres verdächtiges Verhalten am Tatort – so in der Art. Dazu aber müssen die Bürger Tatzeit und -ort kennen. Weshalb sollte in diesem Fall die Partizipation der Bürger unerwünscht sein?«

»Fragen Sie mich was Leichteres«, sagte Stevens.

Sie schwieg einen Augenblick, dann sagte sie: »Nun, dann vielen Dank.«

Sie hielt das Gespräch für beendet und wollte auflegen. Doch dann sagte Stevens plötzlich fast heftig: »Es tut mir wirklich leid, daß ich Ihnen nicht weiterhelfen kann, Miss Lelague, aber Sie müssen verstehen, daß ich dazu doch zu sehr an meinem Job hänge.«

»Schon gut. Nett, daß Sie mir das so offen sagen.«

»Miss Lelague?«

Sie zählte bis drei. »Ja?«

»Ach, nichts«, sagte Stevens. »Passen Sie auf sich auf.«

Sie hatte ganz deutlich das Gefühl, daß er ihr doch noch etwas zu den Ermittlungen sagen wollte, vielleicht zur Zusammensetzung des Fahndungsteams, doch der Impuls verebbte in Schweigen oder mußte stärkeren Bedenken weichen.

»Immer«, sagte sie.

Sie legte auf und dachte kurz nach. Dann wählte sie die Nummer der Zentrale in der City Hall.

»Hier ist Cynthia Lelague, Kriminalreporterin, *Angel Times*. Mit wem spreche ich, bitte?«

»Helen Riddell. Hauptverwaltung.«

Helen Riddell hatte eine ruhige, selbstsichere, freundliche Stimme.

»Ich hätte gern mehr über die Überfälle des sogenannten City-Hall-Täters auf Mitarbeiterinnen des Hauses gewußt.«

»Schrecklich, nicht?«

»Sie sind vermutlich nicht befugt, Auskunft über die Opfer zu geben?«

»Nein«, lautete die sehr bestimmte Antwort.

»Auch nicht, ob die Opfer Beschäftigte der City Hall sind oder waren?«

»Tut mir leid. Es besteht eine Sperre für alle Informationen dieser Art.«

»Wissen Sie vielleicht, woran das liegt?«

Am anderen Ende der Leitung wurde geschwiegen. Sie meinte, Mrs. Riddell einen Schluck trinken zu hören, während sie sich eine Antwort zurechtlegte. Schließlich sagte sie: »Es steht mir nicht zu, Mutmaßungen anzustellen.«

Cynthia verlegte sich auf eine andere Taktik.

»Hat die Bedrohung Auswirkungen für Sie persönlich, also auf Ihre Arbeit?«

»Weibliche Angestellte sind angewiesen, sich auf dem Gelände nicht ohne Begleitung zu bewegen, wenn sie das meinen.«

»Beunruhigt Sie das?«

»So richtig sicher fühlt sich hier im Augenblick keine von uns, muß ich gestehen.«

»Und ist denn die Nachrichtensperre da wirklich hilfreich? Wäre es nicht besser, so vollständig wie möglich aufzuklären?«

»Dazu kann ich nichts sagen.«

Cynthia unterhielt sich noch eine Weile mit der Frau, dann verabschiedete sie sich und legte auf. Sie war nicht klüger als vorher.

Einen Vorteil hatte die Nachrichtensperre immerhin, fand Cynthia, und zwar, daß die angebliche Fuckwoman-Obsession des Vergewaltigers nicht Dauerthema in den Medien war. Dann dämmerte ihr langsam, daß das LAPD möglicherweise ganz bewußt mauerte, um der »Zivilfahnderin« Fuckwoman Informationen vorzuenthalten, die ihr mal wieder erlauben würden, der Polizei zuvorzukommen. Sie ahnte hinter der Nachrichtenpolitik das Kontrollbedürfnis Holocenters, wenn nicht sogar eine gewisse Zermürbungstaktik. Sie traute ihm durchaus zu, die Ermittlungen des LAPD so zu steuern, daß sie im dunkeln gehalten wurde und in ihrem eigenen Saft schmorte. Überhaupt schien ihr die Haltung des LAPD gerade in diesem Fall zunehmend seine Handschrift zu tragen. Sehr wahrscheinlich lief die Fahndung nach dem City-Hall-Täter in der Zwischenzeit auf Hochtouren. Der Erfolg wäre ein doppelter Triumph. Man hätte zum einen einen Verdächtigen, den seine angebliche Fuckwoman-Besessenheit erst zum Vergewaltiger machte, und, indem man ihn zuerst faßte, lieferte man überdies den Beweis, daß man schneller gewesen war als des Bürgers liebste Sextäterjägerin. Das wäre ein Fest. So gesehen paßte alles nur zu gut.

Sie zapfte andere mögliche Quellen an. Doch auch bei der Sonderdienststelle Sicherheit biß sie auf Granit. Ein Sicherheitsbeamter erklärte gebetsmühlenartig, er könne mit Informationen nicht dienen. Sie grub hier und da noch ein wenig, wurde nicht fündig und schloß die Recherchen ab.

Mangels konkreter Informationen verfaßte sie für Gore Emhard lediglich einen Zwischenbericht.

Der Fall des City-Hall-Täters gibt Beobachtern weiterhin Rätsel auf. Trotz der ernsten und andauernden Gefährdung weiblicher Beschäftigter des Civic-Center-Komplexes hat das LAPD zu einer ungewöhnlichen Maßnahme gegriffen: Weder Medienvertreter noch die Allgemeinheit erhalten Informationen. Offenbar wurde eine absolute Nachrichtensperre verhängt. Aus sicherer Quelle war zu erfahren, die Ermittlung liege in den Händen eines handverlesenen Stabes hochrangiger Polizeibeamter und Spezialisten, über deren Vorgehen nichts verlautbart werde.

Bei einigem Wohlwollen könnte man annehmen, daß auf diese Weise eine vorzeitige Bekanntgabe der Fahndungsstrategien verhindert und der City-Hall-Täter im Ungewissen gehalten werden soll. Erfahrungsgemäß nämlich legen Intensivtäter dieser Art großen Wert auf Publicity. Man könnte dem LAPD demnach zugute halten, daß es dem Vergewaltiger im Wissen um seine psychische Disposition bewußt Meldungen über den Fall vorenthält.

Eine weniger wohlwollende Lesart wäre, daß das LAPD in Anbetracht der Fahndungsmißerfolge bei Fällen, in denen ihm F-woman zuvorkam, die Nachrichtensperre verhängt hat, um einer neuerlichen Schlappe vorzubeugen.

Emhard überflog den kurzen Text und bemerkte: »Geschickter Zug. Hält die Leser bei der Stange, bis der Fall wieder hochkocht.« Beim letzten Absatz stutzte er. »Na ja, diesmal lasse ich Ihnen ein bißchen feministische Agitprop für Fuckwoman durchgehen. Solange es das LAPD aufrüttelt, soll es mir recht sein.«

Emhard war schon eine ganze Weile erstaunlich nett zu ihr gewesen. Er hatte alle ihre Artikel abgenickt und einige sogar in die ersten Seiten eingerückt. Er hatte nicht einmal mehr versucht, sie mit dem Erwerb weiterer politisch unkorrekter Gegenstände zur Weißglut zu bringen. Sie fragte sich beiläufig, was wohl hinter dieser neuen Tolerierungstaktik stecken mochte, aber schon bald war sie wieder ganz mit dem Thema ihres Berichts beschäftigt.

Ohne auch nur das geringste erhellende Detail über den City-Hall-Täter zu kennen, konnte sie unmöglich ein Täterprofil erstellen noch eine entsprechende Kampagne entwickeln.

Die ganze Woche quälte sie das eigentümliche Gefühl, sich in einem Vakuum zu bewegen, und weil sie nichts anderes tun konnte als warten, daß wieder Bewegung in die Sache kam, widmete sie sich Routineartikeln und -berichten.

Emhards ungewohnte Milde bereitete ihr dabei fast soviel Kopfzerbrechen wie die Haltung des LAPD im City-Hall-Fall.

»Cynthia«, sagte Emhard gegen Ende der Woche zu ihr, »meine Frau Sarah und ich würden Sie gern Samstag abend zu einer Dinnerparty einladen. Sehr kurzfristig, ich weiß, aber ...«

Sie war zu ihm ins Büro gekommen, um zu hören, ob sie einen Bericht über die steigende Jugendkriminalität unterbringen könne, und es erwischte sie kalt. Es verschlug ihr die Sprache. Weil ihre Antwort auf sich warten ließ, schwenkte Emhard seinen Stuhl herum und musterte sie von unten unter buschigen Brauen.

»Sie fragen sich wahrscheinlich, was ich im Schilde führe. Vermuten einen Hinterhalt.«

»Nun, Gore, jetzt, wo Sie es sagen ...«

»Glauben womöglich, ich hätte daheim eine neue Sammlung politisch unkorrekter Greuel für Sie angelegt?«

»Ganz falsch liegen Sie da nicht.«

»Verdammt, Cynthia, ich glaube, wir könnten zumindest an der Front allmählich die Waffen strecken. Wir müssen schließlich miteinander auskommen, oder?«

»Das ist uns bisher auch ohne gelungen, Gore.«

Emhard grinste. »Was sind Sie für eine Zynikerin, Cynthia. Ich fürchte, da sind wir Kerle einfach nicht so hartgesotten wie ihr Frauen. Wir sind sentimentale und versöhnliche Burschen und hoffen immer auf ein klein bißchen Freundlichkeit und Zuwendung.«

Keine Frage: Er heckte irgend etwas Teuflisches aus.

»Um welche Uhrzeit, Gore?«

»Sagen wir halb acht?«

»Sie können mit mir rechnen«, sagte sie.

»Und das in höchster Alarmbereitschaft, wie ich sehe«, meinte Emhard und wandte sich wieder seiner Arbeit zu. Er schien sie vollkommen vergessen zu haben.

»Schönen Dank für die Einladung«, sagte sie und schloß die Tür hinter sich.

30

Was besagt schon ein Name?

Die Emhards entstammten altem texanischen Geldadel. Gore Emhards Großvater hatte irgendwo in der Nähe von Houston Ölfelder besessen. Der ererbte Reichtum hatte seinem Vater ein sorgenfreies Leben beschert, und noch für den Sohn blieb einiges übrig. Emhard, der letzte Nachfahre, bewohnte eine der wenigen im alten spanischen Kolonialstil errichteten Villen in Bel Air. Dort lebte er zwischen den Jagdtrophäen seines Vaters mit seiner vornehmen Frau Sarah, die nicht minder charaktervoll war als ihr Mann. Soviel Cynthia wußte, war Mrs. Emhard meist im Interesse bedrohter Arten zu entlegenen Orten in aller Welt unterwegs. Cynthia faszinierte diese Verbindung von Großwildjagd und Artenschutz. Manchmal kam es ihr so vor, als entspringe auch die Jagd einer Art Naturliebe, wenngleich einer seltsamen und unreifen Variante. Solange das treibende Motiv das gleiche war, hielt sie es immerhin für denkbar, daß es zu solch grundverschiedenen Ausprägungen kommen konnte. Bis zu einem gewissen Grad konnte sie verstehen, daß sich die Liebe zur Natur bei Männern alten Schlages kurioserweise darin äußerte, daß sie alles abknallten, was ihnen vor die Flinte kam. Sie konnte sich durchaus – zumal sie davon ausging, daß Liebe in der männlichen Psyche oft diese Form annahm – eine Liebe vorstellen, die ihren wesentlichen Ausdruck im Tod fand. Ihr schien es geradezu ein Wesensmerkmal vieler Männer zu sein, daß sie das, was sie liebten, nicht hegten und pflegten, sondern im Gegenteil vergewaltigten und plünderten. Allenfalls tröstete sie ein wenig, daß dieselben Killer, die sich seit Generationen an der Tierwelt vergriffen, nun zunehmend mit der Kamera jagten.

Die sogenannten Sportsmänner, die sich einst in elenden Drittweltländern das Recht zum Erlegen von Tieren erkauft hatten, diese selben Herren ließen ihr Geld nun in den Safarihotels und Camps, deren Einnahmen Wildreservate zur lohnenden Investition machten. Anders betrachtet, zynischer nämlich, hatten sie schlicht einheimische Fauna in solchen Mengen vernichtet, daß ein ökologischer Turnaround unausweichlich wurde. Bei einer Fortsetzung des Tötens nämlich wären die Tiere endgültig ausgestorben. Nicht wenige Arten waren es um ein Haar.

Tatsächlich also war Cynthia sehr gespannt, als sie am Samstag bei Emhards zum Essen erschien. Fast alle leitenden Redakteure der Zeitung waren da. Hal Barton saß zu Emhards Rechten, es waren eine ganze Reihe Ressortchefs und Stellvertreter anwesend. Sie fragte sich, was sie in diesem Kreis bloß zu suchen hatte.

Es war ein seltsamer Abend. Sarah Emhard präsidierte an ihrem Ende der langen Tafel und amüsierte die Gesellschaft vor allem mit Sottisen über die Jagdunternehmungen ihres Mannes. Emhard nahm die Spöttelei über sein Faible für die Vernichtung von Tieren – zu Cynthias Überraschung – gleichmütig hin. An unübersehbaren Beweisen für diese historischen Massaker fehlte es im Haus nicht. Zimmer- und Flurwände hingen voller Jagdtrophäen: Gnus, Bongo, Topi-, Gems-, Rappen-, Pferde- und Elandantilopen, Dik-Dik, Impalas, Kudus und vereinzelte Raubtiere wie Hyänen, Leoparden, Geparden, Löwen, Tiger, auch seltene Exemplare wie Streifenhyänen, Zibetkatzen, Luchse, Pumas. Herrliche Tiere hatten für die Laune eines Sammlers von ausgestopften Köpfen mit starren Glasaugen ihr Leben lassen müssen. Die Tiere waren großenteils, aber beileibe nicht alle, in Afrika erlegt worden, dem Traumkontinent trinkfester Männer mit tiefsitzenden Männlichkeitskomplexen. Was Cynthia, als Verächterin dieser Hemingway-Tradition, an den Trophäen am meisten fesselte, war die Tatsache, daß alle mehr oder minder den gleichen Ausdruck hatten. Ob zufällig oder nicht, die Glasaugen drückten exakt das Gefühl aus, das die Tiere nach

Cynthias Meinung gehabt haben mußten, als das Hochgeschwindigkeitsgeschoß aus des Jägers Büchse in die weiche, zartblättrige Masse ihrer Gehirne drang – eine Art staunende Verwunderung, man könnte sagen Fassungslosigkeit, darüber, daß irgend jemand so bescheuert sein konnte, ein wunderschönes, agiles, anmutiges Wesen zu töten, um sich einen ausgestopften Kopf an die Wand zu hängen.

Als sie daher am Sonntagnachmittag (sonntags wurde die Montagsausgabe produziert) an die Irokotür von Gore Emhards Büro klopfte, war sie auf das, was sie erwartete, nicht unbedingt vorbereitet. Sie hörte die brummende Antwort und betrat das Allerheiligste, warf einen flüchtigen Blick auf die vertrauten Rahmen mit Aufnahmen des großen Jägers neben den Kadavern edler erlegter Tiere. Ihr war – wie jedesmal –, als betrete sie wirklich und wahrhaftig das Reich eines urtypischen männlichen Chauvinisten, eines Museumsstücks sozusagen, eines lebenden Fossils des altmodischen Mannes. Gore wirkte in dieser Hinsicht so extrem, daß es an Parodie grenzte – auch wenn natürlich in Los Angeles alles einer Parodie von irgend etwas oder jemandem glich; es machte einen nur so lange nervös, bis man heraushatte, was oder wer als Vorlage diente.

War es möglich, daß ein Mann Männlichkeit in ähnlicher Weise parodierte wie eine Drag-Queen Weiblichkeit? Weil sie einen letzten Verdacht nicht loswurde, es könne sich um bewußte Inszenierung handeln, behielt sich Cynthia ein abschließendes Urteil über Emhard noch vor. Parodie war dem Humor verwandt, wenn auch nicht das gleiche, und Humor wiederum ließ auf Intelligenz schließen, ja, vielleicht sogar Menschlichkeit – und es gab kaum Gefährlicheres für eine Feministin, als einem männlichen Wesen, egal welcher Gattung, dergleichen zuzugestehen. Fast war es, als wüßte Emhard selbst, daß er eine Rolle spielte, Repertoiretheater, einer Tradition geschuldet, die darin bestanden hatte, von einem Geldaristokraten des alten Südens und einer Mutter großgezogen worden zu sein, die Bridge spielte, auf Partys ging und ihn einer wechselnden Folge von Nannies überließ, einer Tradition des einsamen Einzelkindes, um das sich Dritte kümmern, weil die Eltern zu sehr mit ihren eigenen Angelegenheiten beschäftigt sind, um sich der nebensächlichen der Kindererziehung zu widmen. Er hatte die Privatschule, ein Studium in Yale und eine erste, vielversprechende Karriere in einer Anwaltskanzlei hinter sich gebracht, ehe ihn das Fieber des Journalismus packte und in die zwielichtige Zeitungswelt lockte. Emhards Humor jedenfalls (wenn man das so nennen wollte) blieb, und wäre er auch im Sinne einer Selbstparodie reflektiert, zweischneidig.

Und dann gab es da noch etwas anderes. Er hatte auch ihr eine Rolle zugedacht – die der extremen Feministin als Pendant zu dem Part, den sie ihm zuschrieb. Und komischerweise ertappte sie sich in seiner Gegenwart immer wieder dabei, daß sie diese Rolle prompt übernahm, als müßte sie die seine ausbalancieren. Sie begegneten sich wie Bühnenfiguren, deren jede den monströsen Erwartungen des anderen gerecht zu werden suchte. Von außen betrachtet also ein weiterer Fall von Los Angeles Gothic.

Das war, als sie jetzt sein Büro betrat und die Tür hinter sich schloß, nicht anders. Emhard saß an seinem Tisch vor einer Reiseschreibmaschine. Einer alten Remington, und das verhieß mal wieder nichts Gutes. Emhard konnte sehr wohl mit jedem gängigen PC, jeder Redaktions-Workstation umgehen, doch die Remington stand demonstrativ für die ältere Tradition – nicht unähnlich dem Bisonpenis-Bleistifthalter, der immer noch aufrecht und stolz rechts von der Schreibmaschine vom Tisch aufragte.

»Setzen Sie sich doch, bitte«, sagte Emhard.

Das dem sonstigen barschen Befehl angehängte »bitte« vergrößerte ihren Argwohn. Normalerweise begann er ohne alle Umschweife, sie zu ärgern. Emhard trug ein weißes Hemd mit offenem Kragen und eine sportliche Hose, er wirkte vollkommen entspannt. Das Fenster stand ungeachtet des Los Angeles Smogs sperrangelweit offen.

Emhard drehte sich ihr samt Stuhl zu. Auf seinem Gesicht deutete sich ein Lächeln an. Er hob die Brauen, als erheiterte ihn etwas oder erfülle ihn gar mit heimlicher Genugtuung.

»Cynthia, Sie werden mich des übelsten Chauvinismus, des Paternalismus und etlicher anderer Sünden aus Ihrem feministischen Register bezichtigen, aber ich habe Ihnen etwas zu sagen. Wie lange sind Sie jetzt eigentlich bei uns?«

Sie war schon von dieser Eröffnung so verwirrt, daß sie einen Moment den Faden verlor.

»Sechs, sieben Jahre. Ich habe sie nicht gezählt.«

»Sieben Jahre – geradezu biblisch.«

»So?« staunte Cynthia.

»Gefällt es Ihnen bei uns?«

»Hören Sie, Gore, wenn das der Auftakt zu einer Kündigung sein soll, dann wäre mir lieber, Sie würden es einfach hinter sich bringen.«

Emhard grinste.

»Kündigung?« Sein Grinsen wurde noch breiter. »Was ich Ihnen vorschlagen werde, dürfte weit schockierender sein. Ich werde in ein paar Jahren den Chefsessel räumen. Ich bin jetzt an die achtunddreißig Jahre hier. Ein Leben lang, scheint mir fast. Die vierzig würde ich allerdings noch gerne vollmachen.« Er grinste wieder – auf dieselbe verdächtig selbstzufriedene Weise. »Nennen Sie mich meinetwegen sentimental.«

Eher hätte man für ihr Gefühl ein herandonnerndes Nashorn sentimental nennen können, aber sie ließ es durchgehen.

»Da ich noch ein paar Jahre vor mir habe, dachte ich, es wäre eine gute Idee, rechtzeitig jemanden ausgucken und einarbeiten zu können. Darüber will ich mit Ihnen sprechen.«

Hätte Gore Emhard einen mit der Penishaut eines Blauwals bezogenen Barhocker angeschleppt und sie gebeten, darauf Platz zu nehmen, wäre sie kaum weniger verdattert gewesen. Um nicht zu sagen vollkommen baff. Fortan würde sie bei Emhard gar nichts mehr überraschen.

»Ich glaube doch wahrhaftig, ich habe Sie mal wieder geschockt, Cynthia. Dankbare Abnehmerin für meine Rubrik ›Witz des Tages‹, wie?«

»Daß das ein Witz ist, kann ich nur hoffen, Gore.«

»Leider nicht«, sagte Emhard. »Ich meine es todernst.« Er musterte sie erneut. »O là là, Cynthia, könnte ich jetzt bloß zur Erinnerung einen Schnappschuß machen. Schwer zu sagen, ob sich auf Ihrem Gesicht Staunen oder Entsetzen oder irgendeine seltsame Mischung von beidem spiegelt. Was sagen Sie zu meinem Vorschlag?«

Sie gewann ein wenig von ihrer Fassung wieder. »Gore, das kann nicht Ihr Ernst sein. Wie sollte ich in Ihre Fußstapfen treten können? Nennen Sie mir hundert politische und soziale Fragen, und Sie würden mich bei jeder einzigen im gegnerischen Lager wiederfinden. Sie haben mich gelehrt, zu sagen, was ich denke. Nun, dann will ich es ein für alle Mal klarstellen: Jede Meinung, die ich Sie je haben vertreten sehen, ob im Druck oder sonst, geht mir zutiefst und vollends gegen den Strich.«

»Nun«, sagte Emhard, »ich habe geistige Unabhängigkeit immer sehr geschätzt.«

»Herrgott, Gore.«

»Gelegentliche Meinungsverschiedenheiten bedeuten doch nicht, daß wir nicht kollaborieren könnten. Sie kennen sicher die Bemerkung von T.S. Eliot, daß nämlich zwischen Reaktion und Revolution nur eine Haaresbreite liege. Ich weiß natürlich, daß T.S. Eliot Feministinnen als *toter weißer Mann* gilt. Das ist hoffentlich terminologisch korrekt?«

Sie hatte allmählich ihre liebe Not.

»Ganz recht, Gore. Für mich ist T.S. Eliot in der Tat ein toter weißer Mann.«

»Und mich sehen Sie vermutlich als verknöcherten Chauvinisten.«

»Jetzt, wo Sie es sagen …«

»Das gefällt mir an Ihnen, Cynthia. Ihre Ehrlichkeit. Am liebsten würde ich Ihnen das Knie tätscheln und sagen: ›Braves Mädchen‹, nur weiß ich genau, daß Sie mich sofort wegen sexueller Belästigung und wer weiß was für Vergehen dranhätten. Aber wer in dem ganzen Laden könnte mich schon so treffend charakterisieren?«

»Sie stimmen mir zu?«

»Hören Sie, jeder hat bestimmte Karten in der Hand und muß sie eben ausspielen. Wenn auf meinen Karten ›egoistisches, altmodisches, chauvinistisches Arschloch‹ steht, dann muß ich eben damit meinen Stich machen. Ich persönlich finde, daß ich mich verdammt gut geschlagen habe.«

»Herrgott, Gore.«

»Was ist denn jetzt schon wieder?«

»Also zum einen gibt es hier andere mit weit mehr Erfahrung als ich. Was ist mit Hal …?«

»Tun Sie mir einen Gefallen, ja? Kommen Sie mir nicht mit Hal. Er ist ein weit besserer Mensch als ich. Wenn es einen Gott im Himmel gibt, wird Hal seinem Thron so viel näher stehen als ich, daß ich ihn nicht mal mit dem Opernglas sehen könnte.«

»Sollte dann nicht er Ihr Nachfolger werden?«

»Hal ist sogar noch etwas älter als ich. Außerdem haben Sie mich nicht verstanden. Nicht Erfahrung macht den Chefredakteur. Sondern Chuzpe und der richtige Riecher. Selbstsicherheit und Arroganz. Wenn ich nicht befürchten müßte, daß Sie mir sofort die PC-Gedankenpolizei auf den Hals jagen, würde ich sagen, Sie werden ein verteufelt guter Ersatz sein für ein altmodisches Arschloch wie mich.«

»Hören Sie, Gore …«

»Nein«, entgegnete Emhard. »Jetzt hören ausnahmsweise Sie

mal zu. Meines Wissens entstammen Sie mütterlicherseits einer alten feministischen Linie, einem ganzen gottverdammten Matriarchat von verrückten radikalen Weibern. Das war mir immer bekannt. Ich nenne das Vermächtnis. Das meine ich, wenn ich sage, ich achte die Tradition. Im Grunde Ihres Herzens sind Sie Konservative. Sie stellen Ihre Abkunft ebensowenig in Frage wie ich die meine. Ein paar Jahre auf diesem Posten, und ich garantiere Ihnen, Sie werden mindestens so stur, störrisch und ausgebufft sein, wie ich es bin. Ihre Haut wird dick sein wie Kesselblech, und Sie werden die Redaktion heimsuchen und den Kollegen die Hölle heiß machen, und wahrscheinlich werden Sie sogar Zigarren paffen und becherweise Kaffee trinken. So schlimm werden Sie nämlich werden.«

Sie hatte im Laufe ihres Lebens schon einige zweifelhafte Komplimente zu hören bekommen, aber die Hintergründigkeit der seinen verschlug ihr schlicht die Sprache, und so fuhr Emhard fort:

»Ich glaube doch glatt, ich habe dieses eine Mal die Oberhand gewonnen, Cynthia. Hätte nicht gedacht, daß ich das noch erleben darf, daß Ihnen nichts mehr einfällt, Sie mir keine Predigt halten.«

»Hören Sie, Gore ...«

»Herrgott, hätte ich doch nur eine Kamera. Ihre Gesichtsfarbe hat von wandweiß zu einem ins Violett spielenden Knallrot gewechselt. Erinnert mich an einen Sonnenuntergang auf den Pelukken nach einem erfolgreichen Tag beim Hochseeangeln.«

»Ich glaube kaum ...«

»Ich stelle mir das folgendermaßen vor: Wir machen Sie erst mal zur leitenden Redakteurin. Ist nur ein Titel. Im nächsten Jahr rücken Sie zur stellvertretenden Chefredakteurin auf, und ich bleibe länger auf Jagdsafaris weg ...«

»Jagdsafaris?«

»Sie wissen schon, Jagd machen auf so komische pelzige Opferwesen wie Hirsche und Hasen und so. Kann es kaum noch erwarten, mich ihnen Vollzeit zu widmen. Wenn Sie aber nein sagen, dann wäre ich sehr in Versuchung, auf der Stelle das Handtuch zu werfen und mich schon ein paar Jahre eher einer wahren Schlachtorgie hinzugeben. Ich würde einfach den Bettel hinwerfen und die Verlagseigner den ganzen Schlamassel bereinigen lassen, während ich meinem Geschäft im Hinterland nachgehe. Überlegen Sie nur, was Sie der Fauna in diesen und anderen Breiten antun, wenn Sie den Posten ablehnen. Also ich für meinen Teil, als empfindsamer Mann, mag gar nicht dran denken.«

»Gore, Ihre beeindruckende Menschlichkeit in allen Ehren ...«

»Hören Sie, Cynthia«, unterbrach sie Emhard. »Lassen wir den Scheiß, ja? Lassen Sie uns ernstlich reden.«

Es beunruhigte sie nur noch mehr, daß er jetzt aufsprang und auf dem schmalen Wildwechsel zwischen seinem Schreibtisch und dem Fenster – dem einzigen Teil des Büros, der nicht mit Stapeln von Papier und Ausdrucken und gebrauchten Kaffeebechern verbaut war – auf und ab tigerte. Ohne innezuhalten sagte er: »Ehrlich gesagt verstehe ich einfach nicht mehr, was in dieser Stadt vorgeht. Da draußen in den Straßen patrouilliert eine Frau, die sich Fuckwoman nennt, Spezialistin für die Vergewaltigung von Männern, die der Vergewaltigung verdächtigt werden, und vor der City Hall rotten sich ein paar tausend gestandene Bürger zusammen und wollen Fuckwoman als Bürgermeisterin sehen. Unterdessen hat ein Bürgermeister und Familienvater – allem Anschein nach ein treusorgender Ehemann, der es abends kaum erwarten kann, nach Hause zu kommen – nichts Besseres zu tun, als jedem dahergelaufenen Häschen den Arsch zu betatschen, damit er die Liberalen hinter sich bringt. Mir ist einfach klar geworden, daß ich keinen blassen Schimmer mehr habe, was in diesem unserem Lande eigentlich vorgeht. Mir wird klar, daß jemand von ganz neuer Art diesen Laden schmeißen muß. Ich für meinen Teil möchte einfach losziehen und Tiere altbekannter Arten töten dürfen, die ich kenne und achte und nach Herzenslust hetzen kann.«

Cynthia sagte: »Ich müßte etwas länger darüber nachdenken.«

»Denken Sie. Denken Sie, solange Sie wollen. Zeit haben wir noch genug.«

»Ist dann alles gesagt?«

»Yup«, sagte Emhard. »Alles gesagt.« Er wirkte sehr mit sich zufrieden. Er konnte nicht anders. Das hier war um Längen besser als irgendeinem Häschen an den Arsch zu greifen. Das hier war: eine Feministin bis ins Mark erschüttern und ungestraft davonkommen. Das hier war das eine tun und das andere nicht lassen.

Und nur weil er eine verrückte Liberale als Nachfolgerin sehen wollte, hieß das noch lange nicht, daß er seine Prinzipien verriet und alles, was ihm heilig war. Von wegen. Denn eines war sicher. In der harten Schule des Chefredakteurslebens würden ihr die ganzen feministischen Flausen vergehen wie dem Hasen das Lachen, wenn der Hund bellt.

31

Wenige Tage später hatte Cynthia eine brandneue Erklärung Dr. Holocenters auf dem Tisch. Mit LAPD-Briefkopf und vom LAPD-Experten persönlich unterzeichnet.

Pressemitteilung

Es ist unsere Pflicht, Ihnen mitzuteilen, daß abermals eine junge Frau, deren Identität aus Sicherheitsgründen nicht preisgegeben werden kann, Opfer brutaler männlicher Gewalt von seiten des sogenannten »City-Hall-Täters« geworden ist. Der Tathergang folgt dem mittlerweile bekannten Muster bisheriger Übergriffe des gefährlichen Impulstäters. Erneut zeigte sich der Angreifer von der Selbsthilfe-Aktivistin F-woman besessen. Nach Aussage des Opfers hetzte ihr Peiniger während ihres Märtyriums wiederholt gegen F-woman.

Es liegt auf der Hand, und Erkenntnisse unserer Profiler belegen dies eindrücklich, daß das Tatmotiv des Vergewaltigers im Wunsch nach einer Begegnung mit F-woman besteht. Die Vergewaltigungen dienen ihm nur als Mittel zum Zweck.

Wir richten daher einen dringenden Appell an die Unbekannte, die sich F-woman nennt, sich den Behörden zu stellen. Gesicherten psychodiagnostischen Erkenntnissen zufolge würde dem Sexualstraftäter hierdurch die Grundlage zu seinen unkontrollierten, F-woman geltenden Impulsdurchbrüchen genommen. Indem sie sich in Gewahrsam begäbe, würde F-woman jede Aussicht auf eine Begegnung, wie der Täter sie sucht, zunichte machen. Es bestünde kein Anlaß zu weiteren Übergriffen.

Unserer Überzeugung nach bleibt F-woman, sofern es ihr mit ihrem erklärten Anliegen ernst ist, nämlich Frauen vor brutaler männlicher Gewalt zu schützen, keine Wahl, als unserer Empfehlung zu folgen.

Als kriminalpsychologischer Chefberater des LAPD möchte ich mich auch persönlich dem Appell an F-woman anschließen, ihre Kampagne gegen mutmaßliche Vergewaltiger aufzugeben und sich der legitimierten Gewalt zu überantworten.

Dr. James Holocenter,
kriminalpsychologischer Chefberater, LAPD

»Was sagen Sie dazu?« meinte Emhard.

Cynthia schluckte. Sie sagte: »Mir scheint, er instrumentalisiert ein schreckliches Verbrechen, um an Fuckwoman heranzukommen. Er hat sie bisher nicht stellen können, und jetzt nutzt er die Situation aus.«

»Verdammt, Cynthia. Es geht hier um eine Vergewaltigung. Es geht um wirkliches Leid von Frauen, nicht um eine abstrakte Analyse der Motive des Chefberaters des LAPD. Das wollen wir doch nicht vergessen.«

»Es ist überhaupt nicht gesagt, daß der City-Hall-Täter von seinen Übergriffen absieht, wenn sie sich stellt. Genausogut kann es sein, daß er Frauen vergewaltigt, weil er so ist, und die Fuckwoman-Obsession wird zur Rechtfertigung nachgeschoben.«

»Ganz schön abgebrüht. Meinen Sie nicht, daß Fuckwoman sich selbst dann stellen müßte, wenn die Erfolgsaussichten verschwindend gering sind? Wenn es ihr wirklich darum geht, Frauen vor sexueller Gewalt zu schützen … sollte sie dann nicht auch B sagen?«

»Ist das der Tenor des Beitrags, der Ihnen vorschwebt, Gore?« fragte Cynthia. »Ein Aufruf an Fuckwoman, sich zu stellen? Sie wollen, daß ich mich zum Sprachrohr Holocenters mache?«

»Säße ich an dem Text«, sagte Emhard, »ginge er wohl in die Richtung.«

»Und steht mir eine eigene Meinung zu?«

»Na ja, schon.«

»Wieviel Zeit bleibt mir?«

»Für die Abendausgabe ist es zu spät. Also morgen früh.«

»Ich nehme Sie beim Wort.« Cynthia schnappte sich ihre Schultertasche, nickte Emhard der Form halber zu und zog ab.

Es war aber etwas ganz anderes, was sie an der Pressemitteilung irritierte und in ihrem Apartment wach liegen ließ, den Blick starr an die Decke gerichtet, während die Abendmaschinen vom internationalen Flughafen LAX draußen vorm Fensterbrett in den Nachthimmel stiegen. Was bezweckte Holocenter wirklich? Er mußte doch wissen, daß der Versuch, sie mit Hilfe des City-Hall-Täters zur Aufgabe zu bewegen, unsinnig war. Er mußte doch wissen, daß sie in der Fuckwoman-Fixierung des Vergewaltigers eine nachträgliche Rationalisierung erkannte. Kein Mann mit nur einem Fünkchen Verstand würde Frauen vergewaltigen, um eine Begegnung herbeizuführen – wenn er nicht ohnehin den Hang hatte, Frauen zu vergewaltigen. Wieso also kam Holocenter immer wieder mit dieser Masche? Wollte er sie einfach ärgern, sie verunsichern, in der Hoffnung, daß sie einen Fehler machte? Denkbar. Aber eigentlich stand der Aufwand in keinem Verhältnis zum fragwürdigen und rein hypothetischen Erfolg.

Trotzdem wurde sie das unbehagliche Gefühl nicht los, daß er ihr ein bestimmtes Verhalten aufzuzwingen suchte. Auch wenn sie sich von seinem durchsichtigen Appell zur Aufgabe nicht beeindrucken ließ, wie sollte sie jetzt reagieren? Gar nicht? Zwar war ihr Holocenters Argumentation hochsuspekt, aber seine Seitenhiebe wurmten sie doch. Das beste wäre natürlich, sich den Vergewaltiger selbst zu schnappen – angenommen, das wäre möglich, wo es doch keinerlei Informationen über ihn gab. Aber zumindest würde sie Holocenter damit bei seinem Manipulationsversuch einen Strich durch die Rechnung machen und das Augenmerk wieder darauf lenken, daß das LAPD unfähig war, gefährliche Wiederholungstäter zu fassen. Zunächst würde sie jedenfalls Holocenters Propaganda mit einer Gegendarstellung kontern.

Vielleicht war sie in der Folge zu sehr auf die Formulierung bedacht, um Emhards Reaktion vorauszusehen. Vielleicht wußte sie aber im Gegenteil sehr genau, zumindest unterbewußt, wie diese Reaktion ausfallen mußte. Was immer der Grund war, es kam aufs selbe raus – am Morgen rastete Emhard aus.

32

Mit einem Manuskriptausdruck in der Faust platzte Gore Emhard aus seinem Büro.

»Himmel, Hagel und Gewitter, Cynthia, Sie erwarten doch nicht, daß ich das drucke?«

»Wieso?« meinte Cynthia. »Stimmt doch.«

»Ich zitiere«, wetterte Emhard: »*Der Kriminologe und Psychiater James Holocenter mißbraucht seine Autorität. Seine gutachterliche Vorverurteilung F-womans verkehrt Diagnose zum Indiz und bringt Holocenter in Konflikt mit ethischen Grundwerten seines Berufs. Der LAPD-Experte hält es offenbar lieber mit Spekulationen als mit Tatsachen und verbrämt seine sonderbaren Theorien mit dem Fachjargon psychiatrischer Diagnostik.*«

Emhard blickte einmal kopfschüttelnd zu ihr auf, dann las er weiter: »*Holocenter scheint F-womans bloße Existenz als persönlichen Affront zu empfinden. Statt seinen hartnäckigen, geradezu zwanghaften Attacken gegen die Selbsthilfe-Aktivistin weiterhin Raum zu geben, ist es vielleicht an der Zeit, einmal die Beweggründe des Polizeipsychologen selbst unter die Lupe nehmen. Wirft möglicherweise die Tatsache, daß Delamous bis zu seiner Ergreifung durch F-woman über Jahre hinweg ungehindert sein Unwesen treiben konnte, nicht ein neues Licht auf die derzeitigen Manöver des LAPD? Könnte nicht die Tatsache, daß das LAPD drei Jahre vergeblich nach dem Wiederholungstäter Pablo Cipasso fahndete, einiges mit Holocenters Feindseligkeit gegenüber F-woman zu tun haben? Kurzum, stellt F-woman die Autorität des LAPD – und somit des leitenden Kriminalpsychologen – in einem Maße in Frage, daß er sich gedrängt fühlt, seiner Erbitterung in einer Hetzkampagne freien Lauf zu lassen? Wehrt der kriminalpsychologische Chefberater auf diese Weise die Frustration über den*

Mißerfolg des LAPD ab? Spekulationen dieser Art müssen ebenso erlaubt sein wie Holocenters tendenziöse Thesen.«

Emhard sah hoch und sagte: »Was zum Teufel ist in Sie gefahren? Das ist kein Journalismus. Das ist eine persönliche Vendetta. Schreiben Sie das gefälligst um.«

»Nein«, sagte Cynthia.

Emhards Augen wurden schmal.

»Bitte?«

»Nein. Was Sie verlangen, geht gegen meine Überzeugung.«

Es war das erste Mal, daß sie Emhard wirklich brüllen hörte. Er erinnerte sie sehr an den Löwen von MGM. Seine Stimme stieg irgendwo aus den Tiefen der Eingeweide auf und weitete den gesamten Brustkorb bedrohlich. Kopf und Hals schwollen vor Wut. »Sie sollen einen anständigen Artikel schreiben!« brüllte er.

Cynthia wartete, bis sein Zorn über sie hinweggebrandet war. Dann stand sie auf und zog ihren Mantel an. »Das verstehen Sie also unter innerer Pressefreiheit?«

»Das verstehe ich unter vernünftigem Benehmen.«

»Verstehe.«

Emhard senkte die Stimme. »Sie bleiben gefälligst hier.«

Cynthia nahm ihre Schultertasche und setzte sich in Bewegung.

»Wenn Sie durch die Tür dort gehen«, sagte Emhard, »dann zum letzten Mal.«

Vor der Glastür blieb Cynthia stehen. Die schwere Scheibe glitt lautlos beiseite. Einen Augenblick schien sie ihre Lage zu überdenken. Aber sie wußte, was sie zu tun hatte. Dort draußen warteten unerledigte Geschäfte. Ohne zurückzublicken, trat sie durch die Tür.

Emhard sah die Glastür zugleiten, sah Cynthia so leichtfüßig wie zielstrebig entschwinden und in den Schatten eintauchen. Er hörte das Seufzen der Türpneumatik. Eine Zeitlang stand er wie angewurzelt da und starrte in den leeren Gang. Dann, ohne seine Kollegen eines Blickes zu würdigen, kehrte er in sein Büro zurück, schloß – mit geradezu monumentaler Würde – die Tür und ignorierte das erschrockene Schweigen ebenso wie das Gewisper, das in der Nachrichtenredaktion kondensierte wie Morgentau aus blauem Dunst.

33

Cynthia ging auf die verglaste Pförtnerloge unter dem Vordach des Aztec Health Club zu. Dahinter hob sich das Center dunkel und still vor dem Himmel ab.

»Abend, Miss Lelague.«

»Hallo, Matthew.«

Der Pförtner drückte auf einen Knopf, die Tür des kleineren Seiteneingangs schwang auf. Cynthia betrat die kühle, feuchte Halle.

Drinnen herrschte wie immer Grabesstille, und die gekachelten Flächen schimmerten matt im heruntergedimmten Licht.

Im weiten Dunkel der Halle dampfte das Schwimmbecken. Sie schritt am Beckenrand auf die mächtigen Sapeliholz-Türen des Fitnessraums zu.

Auf der Schwelle blieb Cynthia stehen und sah sich um.

Keine Spur von Juan in den Schatten, kein verräterischer Atem. Die allesbeherrschende Stille war von einer eigenen, zähflüssigen Konsistenz. »Juan?« rief sie leise und wartete auf den Hall.

Kein Laut, keine Antwort. Lediglich das kaum bewegte Wasser im Schwimmbad wisperte hinter ihrem Rücken am Beckenrand. Vor ihr nur Stille, die schwer war wie Wasser.

Vorsichtig wagte sich Cynthia weiter in den Raum vor. Mitten auf der Matte blieb sie stehen. Ehe sie sich umdrehte, spähte sie noch einmal in die hinteren Winkel des Raums, hielt Ausschau nach einer Ferse oder Zehen, die hinter einer der Zugmaschinen oder den anderen Geräten hervorschauten, lauschte nach einem Atemhauch. Nichts verriet ihr, wo Juan stecken könnte.

Sie hob ihr Gesicht dem Mondschein hinter den langen Fenstern mit den pseudo-gotischen Spitzbögen entgegen. Fahle Lichtstreifen fielen auf die Holzdielen des Fußbodens. Das Center war im säkularen kalifornischen Stil gehalten, der ältere Bautraditionen zitierte. Der Raum erinnerte am ehesten an ein Kirchenschiff, fand sie – als Metapher nicht unpassend, wenn man bedachte, daß der gesunde Körper dem durchschnittlichen, fitness-besessenen Angelo geradezu heilig war.

Sie horchte auf. Da, da war etwas: als ließe jemand eine Münze fallen. Das Geräusch schien aus den tiefsten Schatten zu kommen, wo gar nichts zu erkennen war. Hatte Juan die Münze geworfen, um von seinem wahren Versteck abzulenken? Vor ihrem geistigen Auge sah sie die Münze, wie im Traum flirrend, durch die Luft segeln.

Cynthia wappnete sich. Er wollte sie also mit diesem Ablenkungsmanöver täuschen? Na warte. Ostentativ drehte sie sich in die andere Richtung. Den Rücken dem Hauptteil des Raums zugekehrt, verharrte sie eine volle Minute.

Die trommelnden Schritte, die schließlich angeflogen kamen, folgten einer präzisen Choreographie. Auch ihr Rhythmus schien traumgleich. Sie konzentrierte sich auf das dumpfe Stakkato, versuchte dem Klang Richtung und Art des Angriffs abzulauschen. Stürmte er aus den tiefen Schatten auf sie zu, würde er für den Weg einige Sekunden benötigen. Zu spät begriff sie, daß er aus einer ganz anderen Richtung angriff, von rechts hinten. Er mußte sich zwischen den Geräten an der Wand verborgen haben, zwischen den Polsterrollen einer der Schrägpressen oder hinter der stählernen Wirbelsäule eines Multiturms. Zum Reagieren war es zu spät. Ehe sie in Abwehrstellung gehen konnte, rammte er sie mit Wucht von der Seite und warf sie um. Rabiat rang der Angreifer mit ihr auf der Matte.

Im fast völligen Dunkel kämpften sie erbittert, wälzten sich quer über die Matte, abwechselnd oben und unten.

Ihr Gegner gewann die Oberhand. Er packte sie an der Kehle. Verzweifelt versuchte sie, seinen Griff zu sprengen. Er zwang ihren

Kopf immer weiter zurück, bis sie glaubte, jeden Augenblick würde ihr der Hals ausgerenkt. Sein Griff war unerbittlich. Eine tiefe, primitive Furcht bemächtigte sich ihrer: der Horror davor, in der Gewalt eines fremden Körpers zu sein.

Mit einer letzten ruckartigen Bewegung gelang es ihr, seinen Griff zu lockern, und sofort versetzte sie dem Angreifer einen harten Schlag in die Niere.

Sie hörte die Luft aus seinen Lungen weichen. Sie rollte ab, kam hoch und ließ drei mörderische Schläge zum Kopf und Hals folgen. Der Angreifer sank auf der Matte zusammen.

Keuchend richtete sich Cynthia auf und wurde vom Mondlicht erfaßt, das durch die hohen Fenster fiel. Sie starrte auf die leblose, bäuchlings auf der Matte hingestreckte Gestalt. Dichtes, dunkles Haar, glatt wie der Pelz eines Otters, breitete sich über fahl schimmernde Haut.

»O Gott«, flüsterte sie.

Sie kniete sich hin und drehte Juan auf den Rücken. War er tot? Seine Augen waren geschlossen, sein Mund hing offen. Der Körper schien unnatürlich schlaff. Sie hörte keinen Atem.

Cynthia streckte sich neben ihm aus und starrte sein Profil an. Sie betrachtete ihn lange.

Juan schlug die Augen auf.

»Mistkerl«, sagte Cynthia.

Juan, den Blick nachdenklich an die Decke gerichtet, rührte sich nicht. Er lächelte. »Verknallt, Cyncy?«

»Quatsch.«

»Du kannst nicht anders.«

»Du miese Type.«

Cynthia rappelte sich hoch und sah auf ihn hinunter, Hände in die Hüften gestemmt. Als er seine Schultern bewegte, verzog er schmerzlich das Gesicht, dann lächelte er.

»Laß mir noch einen Augenblick Zeit. Du hast hart zugeschlagen.«

»Geschieht dir recht«, sagte Cynthia.

Sie drehte sich um und durchquerte den Raum Richtung Schwimmbecken. Von der Wasseroberfläche stieg zarter Dampf auf.

Am Beckenrand blieb sie stehen. Warme, schwere Luft waberte zu ihr hoch. Sie schälte sich aus ihrem Trikot, als wäre es eine dünne zweite Haut, und ließ es am Rand liegen. Sie blickte auf ihre Füße, bog die Zehen um die Kante und beugte sich vor. Flüchtig betrachtete sie ihr Spiegelbild, die milchweißen Glieder, die dunkle Scham.

Neben ihren erschienen nun Juans Füße am Beckenrand. Er blickte kurz auf ihre Spiegelbilder, ohne zu lächeln. Dann richtete er den Blick voraus ans gegenüberliegende Ende des Beckens, maß die Entfernung. Eines war ihr an ihm immer schon aufgefallen – daß er einem nie direkt in die Augen sah. Er glich in seiner Scheu und Selbstgenügsamkeit einem Fuchs.

»Auf die Plätze?« meinte er.

Sie nickte.

Doppelt aufspritzendes Wasser. Dann zogen sie geisterhaft ihre Zwillingsbahn durchs milchige Blau. Cynthia war eine schnelle, kraftvolle Schwimmerin, doch wann immer sie einen Blick zur Seite riskierte, sah sie neben sich seine schlanken Glieder flackern. Wann immer sie hochkam, um Atem zu schöpfen, hörte sie ihn Luft holen, spürte die wild entschlossene Kraft seiner Armschläge.

Die im Unterwasserlicht wallende Wand kam näher. Gerade wollte sie wenden, doch dann griff sie am flachen Ende unerwartet nach ihm, schlang ihm den Arm um die Taille und schleuderte ihn glatt aus dem Wasser auf die Fliesen. Klatschend rollte er ein-, zweimal wie ein Fisch über die Kacheln, dann blieb er auf dem Rücken liegen und lachte über ihre Wut.

»Was sollte das eigentlich vorhin?« zischte sie. »Wolltest du mir weh tun?«

»Nein«, sagte er. »Eher etwas klarstellen.«

»Klarstellen?«

»Ich kannte die Leute.«

»Was für Leute?«

»Die, die du angegriffen hast.«

»Du kennst sie persönlich?«

»Wir haben gemeinsame Verwandte.«

»Und?«

»Es waren mal meine Leute.«

Nur das Tröpfeln des Schwitzwassers auf die Fliesen war zu hören. »Und was bedeutet das zwischen uns?« fragte sie.

»Nichts Schlimmes«, sagte Juan.

Er stand auf und kehrte an den Beckenrand zurück. Er griff hinunter, sie packte seine Handgelenke und ließ sich in einer einzigen fließenden Bewegung aus dem Wasser ziehen.

Sie fühlte sich zum ersten Mal seit langem nackt. Er war schon erregt. Im Dunkeln drängte er sich ihrer Umarmung entgegen.

Hinterher lagen sie auf dem Rücken und sahen an die Decke.

»Ich habe heute abend meinen Job hingeschmissen«, sagte Cynthia.

»Endgültig?«

»Ja.«

»Warum?« fragte Juan.

»Ich habe etwas zu erledigen.«

Sie wußte fast instinktiv, daß er keine weiteren Fragen stellen würde. Er war bei Gefühlen anderer sehr zurückhaltend. Es wäre nicht seine Art, sie zu bedrängen.

Schließlich erhob er sich und ging durch den Halbschatten an die hintere Wand, wo er seinen Rucksack gelassen hatte. Sie sah ihn im Profil auf Knien die Schnallen öffnen und etwas herausholen.

Er kehrte mit zwei Äpfeln zurück und reichte ihr einen.

Friedlich saßen sie nebeneinander am Beckenrand, aßen ihre Äpfel und blickten übers milchige Wasser hinaus.

»Wollen wir nicht hierbleiben?« meinte Juan. Er deutete mit einer Kopfbewegung ins Dunkel. »Niemand sonst da.«

»Ich muß noch los.«

»Verabredung?« fragte Juan beiläufig.

Da wandte er sich ihr zu. Zum ersten Mal begegnete sie seinem direkten, unbedingten Blick. Er wirkte furchtlos und offen, und einen Augenblick hatte sie das Gefühl, in sein Innerstes zu sehen. Sie wußte: Von allen Erinnerungen an diesen Abend war dies der Moment, der bliebe, an den sie mit Sehnsucht zurückdenken würde, wenn ihr Juan in den Sinn kam.

»Geht um etwas anderes«, sagte Cynthia.

Sie sah ihn prüfend an. Er schien ganz für sich, gefaßt, ruhig. Er wandte sich wieder von ihr ab und zuckte mit den Achseln.

Sie aßen schweigend ihre Äpfel, in den Anblick des weiten Wassers versunken.

34

Sie ging durch die Nacht die 3rd Street hinab. Lichter lagen über der Stadt wie Pollen. Im Westen hoben sich Flugzeuge vom Himmel ab, dunkle Schattenrisse mit roten und grünen Positionslichtern, die vom LAX starteten. Über ihr ergoß sich der helle Verkehrsstrom auf dem Harbour Freeway nach Ost und West. Sie ging unter dem Freeway hindurch und am Sheraton Grand vorbei. Auf ihrem Weg über die fast menschenleeren Gehwege sah sie den Rücklichtern der vorbeifahrenden Autos nach. An der Spring Street bog sie links ab Richtung Civic Centre.

Wandte man sich vom hell erleuchteten Zentrum ab und tauchte in die Seitenstraßen, bewegte man sich bald durch die wohlvertrauten, verbretterten Kulissen des urbanen Verfalls. Huren und Betrunkene sah Cynthia, aber keine Gangs. Sie waren da, doch wie meist unsichtbar. Sie hielt sich nach rechts, und da erhob sich vor ihr der monolithische, schimmernde Komplex des Civic Centre. Sie ging an den Bauten entlang, dann bog sie um eine Ecke und betrat einen der Parkwege südlich der City Hall.

Im Park war sie noch nicht weit gegangen, als ihr eine Bewegung auffiel. Eine Männergestalt stahl sich wie eine Katze durchs Dunkel. Doch als sie am Ende des Wegs anlangte, war nichts mehr zu sehen. Sie spähte einen Nebenweg hinunter, dann einen dritten.

Ganz hinten huschte jemand über einen hellen Fleck in den Schatten.

Cynthia blieb einen Moment verwirrt stehen. Plötzlich hörte sie eine Frau schreien. Es war ein gellender Schrei, weit weg. Er war kaum verhallt, da rannte sie schon los in die Nacht. Dem Klang nach kam der Schrei aus der Südostecke des Parks. Sie hetzte zwischen Lorbeerhecken hindurch auf freies, von niedrigen Mauern umgebenes Gelände. Weil sie nach ihrem Sprint aus der Puste war, blieb sie einen Augenblick stehen, um zu verschnaufen. Sie sah sich wild um. Überall nur kurzgehaltener Rasen, Bäume, eine von Palmen gesäumte Zufahrt. Im Mondlicht glänzten die Palmwedel silbrig.

Der zweite – dünne – Schrei klang viel näher. Für ihr Empfinden kam er von der anderen Seite einer dichten Hecke. Sie mußte ein gutes Stück an der Hecke entlangrennen, ehe sie durch eine Lücke auf den von kleinen Sträuchern bepflanzten Rasen dahinter brechen konnte.

Die Straßenlaternen standen hier weit auseinander. Fieberhaft suchte sie die Dunkelheit dazwischen ab. Stille schlug ihr entgegen.

»Ist da jemand?« rief sie und hörte das Echo von den Häusern am Rande des Parks zurückrieseln wie Licht, das sich am Rande eines Beckens bricht.

Wieder schrie jemand, so nah, so unmittelbar, als wäre die Nacht selbst belebt. Hundert Schritt voraus schluckte eine Baumgruppe alles Licht der Straßenlaternen. Sie rannte durch Dunkel in noch tieferes Dunkel.

Und noch mal: kehlig, erstickt und dann abrupt abgewürgt, diesmal jenseits einer hohen weißen Steinmauer. Sie wich rasch ein paar Schritte zurück und nahm Anlauf. Sie warf sich hoch, bekam einen der Schlußsteine zu fassen, hievte sich rauf und in einer Flanke hinüber und landete wie eine Katze auf der anderen Seite.

Ein rascher Blick zur Orientierung verriet ihr, daß sie sich in einem ausgestorbenen Innenhof befand. Kurzgeschorener Rasen. Ein paar Steinstufen, die auf eine zweite, tiefer liegende Rasenterrasse führten.

Das erstickte Schreien hatte aufgehört. Angestrengt lauschend, meinte sie dumpfe Schläge zu hören. Sie drehte sich in die Richtung, dem Nachhall entgegen. Jetzt wurde ihr auch die Stille bewußt, schwer wie Atmen.

Bisher hatte sie nicht richtig gesehen, als arbeiteten Seh- und Gehörsinn nicht gleichzeitig. Doch jetzt bemerkte sie aus dem Augenwinkel Unruhe. Im Schatten an einer Wand rangen zwei Gestalten miteinander.

Sie stürmte los. Sie hörte im Rennen ihre Lunge schier platzen, das Trommeln ihrer Schritte, das Pochen des Bluts unterm Schädel. Als sie die wankenden Gestalten erreichte, traten sie seelenruhig auseinander wie ein Liebespaar nach dem Küssen.

Cynthia rannte mit solchem Karacho ins Leere gegen die rauhe Mauer, daß es ihr fast den Atem nahm. Keuchend ließ sie sich gegen die Steine sinken, atmete in heftigen Stößen ein und aus, als wäre sie lange unter Wasser geschwommen.

Die Frau zur Rechten trug eine Polizeiuniform. Sie war vollständig bekleidet und offenbar unversehrt. Lauernd stand sie etwas seitlich vor ihr. Cynthia sah, wie sich die Frau an die Taille griff und demonstrativ Handschellen von ihrem Koppel loshakte. Cynthia wandte sich dem Mann zu.

Er war elegant gekleidet und rückte sich soeben die Krawatte zurück. Sie brauchte die distinguierte weiße Mähne gar nicht zu sehen, das Mandaringesicht.

»Miss Lelague«, sagte Dr. Holocenter. »Ich habe unserer Wiederbegegnung mit Freude entgegengesehen.« Er machte eine Pause. »Sie sind verhaftet.«

Immer noch außer Atem, brachte Cynthia nur hervor: »Wie haben Sie mich gefunden?«

»Aber ich bitte Sie, Miss Lelague«, sagte Holocenter. »Die Sache mit dem City-Hall-Täter war eine Herausforderung. Sozusagen mein Fehdehandschuh. Ich wußte, daß Sie nicht tatenlos würden zusehen können. Es war nur eine Frage der Zeit, bis Sie hier Ihre Patrouillen aufnähmen.«

Sie konnte im Halbdunkel sein Lächeln erahnen, es war das Lächeln eines Kolloquiumleiters, ein Lächeln vom hohen akademischen Roß. »Wir brauchten nur das Terrain abzustecken, die nötigen Signale auszusenden und darauf zu warten, daß Sie zu uns finden. Wir haben Posten aufgestellt, um Ihren Weg verfolgen zu können. Und haben Sie in die Falle gelockt.«

Zu sich sagte sie: *Schmeichle seinem Ego. Laß ihn im Glauben, daß er dich gegen deinen Willen gefaßt hat.*

»Wer war denn Ihre Sopranstimme? Mein Kompliment.«

Sie wandte sich der Polizistin zu, die sich dicht an der Mauer im Krebsgang auf sie zuschob, um ihr den Fluchtweg abzuschneiden. Unter der Mütze der stämmigen Frau blitzte helles, kurzgeschorenes Haar hervor.

Jetzt regte sich in der dunklen Ecke etwas, wo die Mauern des Innenhofs aufeinanderstießen. Sie sah Dutzende Uniformierte aus den Schatten vorrücken.

Ihr Körper rüstete sich für die Schlacht, zog sich zusammen. Ihre Absicht mußte sich mitgeteilt haben, denn Dr. Holocenter sagte prompt: »Wollen Sie sich anlegen, Miss Lelague? Wollen Sie es mit der ganzen Polizei aufnehmen?«

Sie wußte sehr wohl, daß er sie provozieren wollte, daß jede Gegenwehr ihm mehr Macht über sie geben würde. Sie wußte aber auch, daß sich das Drama seinem Ende zuneigte und daß sie dieses Finale auf undefinierbare Weise ebenso herbeigeführt hatte wie er. Und es verstand sich, daß sie es ihrem Ruf schuldig war, sich nicht ohne Kampf zu ergeben.

Als sie sich auf ihn warf, überwand sie die Entfernung zwischen ihnen beiden so blitzschnell, daß es selbst ihn überraschte. Mit dem Handballen plazierte sie einen präzisen, schmerzhaften Schlag auf seine linke Schläfe, zwischen Wangen- und Stirnbein. Kein K.o.-Schlag, aber sie spürte die Erschütterung bis in die Schulter. Holocenter taumelte zurück, und es gelang ihr, ihm mit dem rechten Bein die Füße wegzuhaken und mit beiden Händen einen Stoß vor die Brust zu geben, der ihn zu Boden schickte. Wegen seiner Körpergröße stürzte er schwer und wie in Zeitlupe. Sie ließ sich mitziehen, in der Absicht, ihm mit der Wucht ihres Falls den Atem zu nehmen. Sie schlugen zusammen auf, und sie hörte, wie ihm die Luft abgepreßt wurde. Sie schaffte es gerade noch, ihn an der Gurgel zu packen und ihm die Daumen auf die Luftröhre zu setzen, als ein Polizeiknüppel auf ihren Hinterkopf niedersauste.

35

Die Schwingtüren zum Foyer der City Hall flogen auf, und die von vier Polizisten bewachte Bahre mit Cynthia Lelague rollte ins Bild. Man hatte ihr eine Zwangsjacke angelegt und sie festgeschnallt wie eine randalierende Psychiatriepatientin. Es war klassisch, der Triumph legitimierter Macht, darauf angelegt, unbewußt zumindest, einzuschüchtern und zu beeindrucken. Hinter dunkel spiegelnden Sonnenbrillen hielten die vier Trooper, die die Bahre schoben, den Blick stur geradeaus gerichtet. Sie trugen Schirmmützen und blaue Uniformjacken mit Epauletten. An ihren dunklen Lederkoppeln hingen Chemische Keulen, Handschellen, Schlagstöcke. Sie waren vier Sylvester Stallones. Ihre Stiefel knallten im Gleichschritt auf die Marmorfliesen. Der Klang fraß die Luft.

Das war das Bild, das sich der im Foyer der City Hall versammelten Presse darbot. Hunderte Blenden klackerten. Grelle Blitzlichtreflexe wurden von blank gewienerten Marmorflächen zurückgeworfen. Das Bild ging auf immer in die Ikonographie der Festnahme von Cynthia Lelague ein. Es war Los Angeles Gothic pur.

Ein fünfter Trooper an der Spitze des Konvois raunzte die dicht gedrängten Reihen der Fotografen und Journalisten an: »Platz da! Platz da!«

Die Fotografen wichen in Wellen zurück, und der Konvoi rückte in die Haupthalle vor, teilte die Menge der Reporter, schwenkte in präziser Formation und im Vollgefühl der eigenen Wichtigkeit nach rechts ab und rauschte durch eine weitere Schwingtür. Zwei massige Uniformierte von außergewöhnlichem Leibesumfang schlossen sich dem entschwindenden Trupp an und hinderten so die Medienvertreter daran, der Bahre in die Tiefen der City Hall zu folgen.

Auf dem Weg zu den Sonderdienststellen des LAPD im Erdgeschoß schwenkte der Trupp durch plötzliche Stille in einen Gang. Abgesehen vom stampfenden Gleichtakt der Stiefel auf den gebohnerten Böden war nur das Quietschen der Rollen der Bahre und das leise Knarren der Lederkoppeln und -halfter zu hören. Zur Bewegungslosigkeit verdammt, versuchte die Patientin offenbar trotz ihres Knebels etwas zu rufen oder zu sagen. Sie stemmte sich gegen die Riemen. Doch dieses letzte Aufbäumen unterstrich nur die Unaufhaltsamkeit des großen Ereignisses. Sie, die das LAPD und die Stadtoberen verhöhnt hatte, war jetzt in ihrer Gewalt: alle Begleitumstände waren schlicht Ausdruck dieser unumstößlichen Tatsache.

Die Diensträume des LAPD in der City Hall waren hauptsächlich der Verwaltung und Verbindungsstellen vorbehalten. Doch es gab auch ein paar wenige Arrestzellen. Bahre und Entourage erreichten den LAPD-Trakt und rückten in die vorbereitete Zelle ein. Zwei Officers wurde abgeordnet, die Patientin zu bewachen. Dann wurde die Zellentür geschlossen.

Cynthia blickte hoch und sah: Dr. Holocenter.

Er trug einen weißen Laborkittel und weiße Gummihandschuhe. In der Rechten hielt er eine Injektionsspritze mit langer Nadel, aus der er etwaige letzte Luftblasen drückte. Der Vorgang schien ihn zu faszinieren. Jetzt, da er sie in seiner Gewalt hatte, wirkte er ebenso entschieden wie unbeteiligt. Sie sah, daß sich seine linke Wange nach ihrem Handballenschlag bereits verfärbte, aber er gab sich ruhig und gelassen. Vielleicht, weil er sein vordringlichstes Ziel erreicht hatte.

Sie war nach ihrer Festnahme noch gar nicht wieder ganz zu sich gekommen, da hatte man sie schon in einen grünen OP-Kittel gesteckt und auf die Bahre geschnallt. Sie konnte weder Arme noch

Beine rühren. Den Kopf aber konnte sie einigermaßen bewegen, und nun musterte sie die Gurte, die sie auf die Bahre fesselten.

Holocenter trat näher. Er legte eine Schulter für die Injektion frei und betupfte sie mit einem alkoholgetränkten Wattebausch. Den legte er in eine Schale, und dann nahm sie nur noch die Nadel wahr. Sie spürte das Pricken der heißen Spitze. Man wollte in ihr Bewußtsein dringen, und sie wußte, sie würde es über sich ergehen lassen müssen.

»Es wird nicht weh tun, Miss Lelague«, sagte Holocenter. »Es ist zu Ihrem eigenen Besten.«

Cynthia schrie gegen den Knebel an. Irgendwie wußte sie, daß das, was er im Sinn hatte, keinesweg zu ihrem Besten geschah, sondern allenfalls im weitesten, quasi philosophischen Sinne seiner Vorstellung vom Gemeinwohl diente oder gar irgendwelchen verborgenen Motiven, die ihm selbst nicht bewußt waren – der Zähmung und Elimination aufrührerischer Elemente in der Gesellschaft. Möglicherweise offenbarte sich ihr in dieser kurzen Aufwallung instinktiver Panik das universelle Bestreben, Konformität mit der Gesellschaft zu erzwingen, sie den Gesetzlosen zu oktroyieren, den Ausgestoßenen, den »Parasiten«, vielleicht sogar der einsamen, verrückten Figur des unabhängigen Künstlers. Was immer ihr in dem hitzigen Moment, da die Nadel eindrang, durch den Kopf gegangen sein mag, bald strömte schwere Dunkelheit nach und umschloß es. Sie versank.

36

Im Redaktionsgebäude der *Angel Times* klopfte Gore Emhard außen an die versperrte Tür zur Nachrichtenredaktion. Ein Schemen, der verdächtig nach Spätdienstredakteur aussah, erschien hinter den gepanzerten Milchglasscheiben. Es wurde umgeschlossen, dann öffnete sich die Tür, und kalte, klimatisierte Luft strömte heraus.

»Es ist drei Uhr morgens«, brummte Emhard. »Verdammt, Hal, was soll das?«

Hal Barton sagte nur: »Du hast immer gesagt, wenn eine Bombe platzt, soll ich dich sofort anrufen.«

Sie gingen durch die Redaktion. Ein einsamer Fernseher lief.

»Und wo brennt's, Hal?« knurrte Emhard. »Haben sie den Präsidenten erschossen, hat's im Nahen Osten geknallt? Was, zum Teufel, wäre schlimm genug, daß du mich aus dem Bett ...?«

Barton ließ sich nicht aus der Ruhe bringen, schweigend drehte er den Ton des Fernsehers hoch, und dann standen sie im schwachen, irgendwie leicht verderbten Widerschein da. Es wurde gerade anmoderiert: *»Im Verlauf einer verdeckten Operation konnte heute abend die unter dem Namen F-woman berühmt gewordene oder vielmehr berüchtigte Sextäterjägerin vom LAPD in die Falle gelockt und festgenommen werden.«*

»Geschieht ihr recht, der blöden Kuh«, sagte Emhard. »Es laufen schon genug Irre herum.«

»Die Identität der Frau steht inzwischen fest. Nach Auskunft der Polizei handelt es bei F-woman um eine gewisse Cynthia Lelague, Reporterin der Angel Times.«

Gore Emhards Miene versteinerte. Er schluckte. Hal Barton beobachtete gebannt die beeindruckend mühsame Bewegung des Adamsapfels. Barton rechnete mit einem Apulejus- oder Catull-Zitat, irgend etwas über menschliche Torheit, ein wenig abgeklärt und von oben herab. Aber Emhard hauchte schließlich nur: *»Fuck me.«*

»Mein Rede«, bemerkte Barton. »Genau das habe ich, falls es dich interessiert, auch gesagt, als ich vorhin die Meldung hörte.«

Emhard sackte schwer auf einen Stuhl. Es dauerte endlos, bis die lange Gestalt sich den Winkeln und Schrägen des Stuhls angegossen hatte.

Sanft meinte Hal Barton: »Kann ich dir etwas bringen, Gore? Irgendwo habe ich noch einen Whisky.«

Emhard schien ihn nicht gehört zu haben. Er murmelte: »Heiliger Strohsack.«

»Nun, Gore«, sagte Hal Barton, »um eine deiner Weisheiten zu bemühen: Man muß das im Verhältnis sehen. Ich selbst kannte Cynthia natürlich nicht so wie du – sie hat sich etwas abgesondert –, aber: Irgend jemand mußte es ja sein.«

Emhard starrte an die Decke: »Großer Gott«, sagte er.

Barton war mit einem Auge noch beim Bildschirm. »Es tut sich was.«

Die Moderatorin meldete: *»In der Polizeizentrale wurde soeben eine Pressekonferenz einberufen. Unser Chefreporter Myron Overbear ist vor Ort. Myron, was gibt es zu berichten?«*

Myron Overbear erschien. *»Tja, Jill, ich stehe hier vor dem Auditorium in der Polizeizentrale, wo es gleich eine improvisierte Presseerklärung geben soll. Dr. Holocenter, kriminalpsychologischer Chefberater des LAPD, wird über die Vorgänge informieren. Es heißt, Holocenter sei der Kopf des Sonderfahndungsunternehmens gewesen, das zur Ergreifung von F-woman geführt hat – alias Cynthia Lelague, Reporterin der* Angel Times, *wie man inzwischen weiß. Offenbar wird der Festnahme von F-woman solche Bedeutung beigemessen, daß zunächst Bürgermeister Dally ein paar Worte an die Öffentlichkeit richten wird. Und da kommen sie auch schon, der Bürgermeister und der LAPD-Experte.«*

Es entstand Unruhe, in einem Seiteneingang erschien der kleine, korpulente Dally und peilte zielstrebig das Podium an, gefolgt von dem ihn um geradezu lächerliche Längen überragenden Holocenter. Der Bürgermeister bestieg das Podium und trat hinters Rednerpult.

»Sehr verehrte Damen und Herren von der Presse. Ich freue mich, daß Sie sich so rasch haben einfinden können. Nach der heftigen Kritik am LAPD darf ich Ihnen zu dieser späten Stunde – nicht ohne Genugtuung – mitteilen, daß unsere Fahnder im Zuge einer sorgsam vorbereiteten Operation die berüchtigte und gefährliche Rechtsbrecherin haben ergreifen können, die sich als F-woman einen Namen gemacht hat, so daß die Betreffende nunmehr für ihre Gewalttaten und die schändlichen Demütigungen, denen Vertreter der männlichen Bevölkerung dieser Stadt durch ihre Aktionen ausgesetzt wurden, zur Rechenschaft gezogen werden kann.« Er machte eine vielsagende Pause. *»Wenn Sie erlauben, möchte ich an dieser Stelle den großen englischen Richter Lord Denning zur Frage des Verhältnisses von Rechtssubjekten und Gesetz zitieren: ›Es mag Euer Rang noch so hoch sein, das Gesetz steht doch über Euch.‹*

Dies ist ein bedeutender Moment nicht nur für uns, sondern für unsere Rechtsordnung im allgemeinen. Die Aktivistin F-woman glaubte, sich Angriffe und sexuelle Gewalt gegen Individuen anmaßen zu dürfen, die schwerwiegender Verbrechen gegen die sexuelle Selbstbestimmung verdächtigt werden, die jedoch nichsdestotrotz Anspruch auf ein ordentliches gerichtliches Verfahren haben. Sie hat sich über das Gesetz erhoben. Sie hat sich für gottgleich gehalten und gemeint, Rechte mißachten zu können, die Grundrechte freier Bürger unserer großartigen Nation sind. Sie ist nicht nur gegen Männer zu Felde gezogen, deren Schuld noch nicht erwiesen war, sondern sie hat sich dadurch auch an der legitimierten Gewalt und ihren Institutionen vergangen, die uns als Amerikanern heilig sind.«

»Verdammt«, sagte Emhard, »wenn ich eines nicht leiden kann, dann Politiker, die sich aufplustern.«

Dally machte erneut eine Pause. *»Recht muß Recht bleiben; doppeltes Unrecht ergibt noch kein Recht. Und damit gebe ich das Wort dem kri-*

minalpsychologischen Chefberater unseres LAPD, Dr. James Holocenter, der maßgeblich für diese fahnderische Glanzleistung verantwortlich ist.«

Dally nahm im selben Moment Platz, da sich Holocenter erhob und ans Rednerpult trat.

»Zunächst«, begann Holocenter, *»möchte ich unserem Bürgermeister für die freundlichen Worte und auch die Gelegenheit danken, hier kurz über die diffizile und hervorragend koordinierte Polizeiaktion zu berichten, die schließlich zur Ergreifung von F-woman geführt hat.*

Auf der Grundlage einer eingehenden Profilanalyse der psychotischen Persönlichkeitsstruktur F-womans legten wir falsche Fährten, die angetan waren, sie bei ihrer Eitelkeit zu packen. Wir schufen die Fiktion eines Vergewaltigers, späterhin als City-Hall-Täter bekannt, der uns sozusagen als Lockvogel diente.«

Ein Raunen ging durch die Meute. Myron Overbear, offenbar so etwas wie der inoffizielle Sprecher der vierten Gewalt, rief: *»Wollen Sie sagen, Dr. Holocenter, daß der City-Hall-Täter schlicht eine Erfindung des LAPD war?«*

Dr. Holocenter ließ sich nicht beirren. Er wartete, bis sich die Aufregung gelegt hatte, ehe er erklärte:

»Ganz recht. Wir brauchten eine Handhabe, die Möglichkeit, das Geschehen zu steuern. Wir haben diese Täterfigur erfunden, um F-woman an den Schauplatz der vorgeblichen Verbrechen im Umfeld der City Hall zu locken. Und daß wir heute hier vor Ihnen stehen, ist ja der Beweis dafür, daß wir mit unserer Strategie richtig lagen.«

Wieder Myron Overbear: *»Einen Augenblick, Dr. Holocenter. Wenn ich Sie richtig verstehe, dann haben Sie mit Ihrem fiktiven City-Hall-Sextäter wissentlich weite Teile der weiblichen Bevölkerung des Stadtgebiets um das Civic Centre in Angst und Schrecken versetzt – um F-womans habhaft zu werden?«*

»Ganz recht, Sir. Dieses Risiko waren wir bereit einzugehen. Meines Erachtens waren drastische Maßnahmen erforderlich. Es wurde eine Reihe von Pressemeldungen so abgefaßt, daß sie F-woman unweigerlich in das Gebiet führen mußten, wo sich gut eine Falle stellen ließ. Und ich weise

nochmals darauf hin, daß die Operation ein voller Erfolg war. Wir bedauern natürlich Schrecken und Beunruhigung, die dadurch hervorgerufen wurden, doch noch wichtiger schien uns letztlich die Festnahme einer gewalttätigen Kriminellen.«

Myron Overbear ließ nicht locker. *»Eine letzte Frage, Dr. Holocenter. Kommt Ihre Darstellung nicht einer Vorverurteilung F-womans gleich?«*

»Der Meinung bin ich nicht. Selbstverständlich ist es Sache eines ordentlichen Gerichts, darüber zu befinden. Das Entscheidende ist aber doch, daß wir mit dem Fahndungserfolg die Voraussetzung dafür überhaupt geschaffen haben, daß die Verdächtige der Justiz zugeführt werden kann.«

Möglich, daß Myron Overbear etwas erhitzt war. Fest steht, daß er im Licht der für die Pressekonferenz hastig zusammengesuchten Scheinwerfer sichtlich schwitzte. Er machte einen deutlich erregten Eindruck, ganz der Starreporter auf heißer Spur. *»Dr. Holocenter, liegt F-womans größtes Vergehen nicht vielleicht darin, daß sie die Fahndungspannen der Polizei bei der Verfolgung nicht gefaßter Vergewaltiger aufzeigte?«*

»Sir«, erwiderte Holocenter, *»solche Reden sind eines Kommentators Ihres Formats nicht würdig. Die Verdächtige ist eine Psychotikerin und eine Gefahr für die Allgemeinheit. Ein sorgfältig geplanter Sondereinsatz hat im Interesse einer Aufrechterhaltung der Rechtsordnung zu ihrer Ergreifung geführt. Sie stellen mein Vorgehen in Frage; vielleicht darf ich umgekehrt Sie fragen, ob Sie nicht im Namen der Bürger, deren Interessen Sie doch zu vertreten vorgeben, über den Ausgang froh sein müßten?«*

Unter den Journalisten brach so etwas wie Tumult aus.

Gore Emhard blickte zu Hal Barton rüber. »Ich weiß ja, daß Cynthia ein klein wenig exzentrisch war«, sagte er. »Schließlich wäre doch wohl keine normal eingestellte Frau gegen den Charme meines Bisonpenis-Bleistifterhalters gefeit, oder? Aber Psychotikerin? Gefährlich? Findest du, daß eine solche Beschreibung sie treffend charakterisiert?«

Hal Barton sagte: »Vom Bisonpenis-Bleistifthalter mal abgesehen, habe ich durchaus meine Zweifel.«

Auf dem Bildschirm sah man Dr. Holocenter jetzt wieder Platz nehmen und Bürgermeister Dally erneut ans Pult treten.

»Meine Damen, meine Herren. Viele von uns sind aus unseren warmen Betten gescheucht worden, und folglich ist vielleicht der eine oder andere, auch in Anbetracht der Bedeutung des Ereignisses, etwas reizbar. Ich kann im Namen des LAPD und der Stadt nur betonen, daß ich stolz auf die Ergreifung einer gefährlichen Befürworterin der Selbstjustiz bin. Und ich meine doch, mit dem nötigen Abstand und bei Tageslicht besehen wird eines deutlich werden: In unserer Rechtsordnung ist kein Platz für Einzelkämpfer, die sich über das Gesetz stellen. Ich danke Ihnen, daß Sie zu diesem wichtigen Termin kommen konnten.«

Und auch Dally trat jetzt wieder ab. Er und Holocenter marschierten nach hinten zum Seiteneingang.

Die Moderatorin meldete sich jetzt wieder zu Wort: *»Myron, was halten Sie von dem Ganzen?«*

»Nun, Jill, Sie haben es ja gehört: Ich habe gewisse, und wie ich meine, durchaus angebrachte Zweifel geäußert, die auch viele Kollegen beschäftigen. Der Verdacht läßt sich nicht ganz ausräumen, daß unser Bürgermeister und das LAPD in ihren Bemühungen, F-woman aus dem Verkehr zu ziehen, weil sie der Polizei voraus war, mehr Eifer erkennen lassen als bei der Verfolgung von Sexualtätern.«

»Vielen Dank, Myron. Und damit beenden wir unsere frühmorgendliche Sondersendung. Es geht jetzt weiter im normalen Programm.«

Hal Burton schaltete den Fernseher aus.

Im düsteren Schein der Nachtbeleuchtung wandte sich Gore in der ausgestorbenen Nachrichtenredaktion Hal Burton zu. Ohne den laufenden Fernseher war es in der Redaktion geradezu schwindelerregend still. Wie in der Kommandozentrale eines U-Boots, wenn die restliche Mannschaft schläft.

Im schummrigen Licht beugte sich Emhard vor und sagte im

Flüsterton: »Hal, wer hätte nur gedacht, daß unsere stille, in sich gekehrte, unendlich geduldige Cynthia Lelague, die es selbst mit uns beiden ausgehalten hat, Fuckwoman ist?«

»Das geht dir richtig an die Nieren, wie, Gore?«

»Da glaubst du, du kennst jemanden praktisch wie dich selbst«, murmelte Emhard. »Und dann stellst du fest, daß du sie überhaupt nicht kennst. Und da fragst du dich doch dann, ob du dich selbst eigentlich wirklich so gut kennst.«

Hal Burton sagte erst einmal wohlweislich gar nichts. Schließlich meinte er: »Es ist eine verdammt komische Welt, Gore. Das steht fest.«

37

Auf ihrer Bahre kam Cynthia langsam zu sich und ließ den Blick verwirrt umherschweifen.

Über ihr schwebte das Gesicht Holocenters. Er zog die inzwischen wohlbekannte Spritze auf.

Die Nadel drang in ihren Arm. Wenig später war sie, gestützt von zwei massigen Wärterinnen, durch endlose Gänge unterwegs. Cynthia fühlte sich groggy und wie erschlagen. Man hatte ihr Handschellen angelegt, und ihre Beine waren wie Wasser.

Sie wurde mehrere Stockwerke in die Tiefen des Kellergeschosses hinuntergeschleppt. Vor ihren Augen verschwamm ein grün gestrichener Gang. Sie wurde in eine weitere, mit diversen Apparaten und Instrumenten bestückte Zelle geführt. Ihre Wärterinnen fesselten sie mit Handschellen an einen verchromten Stuhl, der selbst wiederum am Fußboden festgebolzt war.

Dr. Holocenter mußte kurz darauf erschienen sein. Sie spürte seine Anwesenheit wie einen kalten Luftzug. Sie registrierte auch die Ergebenheit der Wärterinnen; sie glich der seltsam lauernden Unterwerfung von Tieren, die sich in die Ecken drücken, wenn ihr Herr und Gebieter erscheint.

Dr. Holocenter zog einen Stahlrohrstuhl heran und nahm ihr gegenüber Platz. Er musterte sie auf die gleiche eindringliche Weise wie damals bei ihrem Interview. Schließlich nickte er kurz. Die beiden Wärterinnen, Miss Otisbeam und Miss Gridiron, verließen die Zelle, als störten sie bei einem Stelldichein.

Vielleicht ging ihr deshalb auf, daß Holocenter irgend etwas von ihr wollte, etwas Verborgenes in ihrem Innern zum Vorschein bringen vielleicht. Was aber genau, wußte sie nicht, so wenig, wie eine Schauspielerin zunächst weiß, wie sich der Regisseur ihre Rolle denkt.

Er streckte die Hand aus, und zum ersten Mal seit ihrer Festnahme wurde Cynthia der Knebel abgenommen.

Cynthia sagte: »Ich habe das Recht, meinen Anwalt zu sprechen.«

Er nickte, allerdings nicht zustimmend, sondern als habe er sich Gewißheit über ihre Verfassung verschafft. Dann begann er, ihr geradezu nachsichtig die Lage zu erläutern.

»Bei unserer ersten Begegnung, als Sie mich dazu bringen wollten, Sie zu verhaften, waren Sie freie Bürgerin mit entsprechenden Grundrechten. Unter großem Aufwand haben wir Ihnen eine Falle gestellt. Mit einem ganz bestimmten Ziel – nämlich Sie unserer Jurisdiktion zu unterstellen. Man könnte sagen, Sie hätten unwissentlich nachgeholfen, indem Sie sich gewaltsam ihrer Festnahme widersetzten. Denn eines müssen Sie verstehen: Ihr Status hat sich infolgedessen gewandelt. Sie scheinen sich nicht ganz im klaren zu sein, wie sehr.«

Jetzt konnte Cynthia den Schaden deutlicher ermessen, den sie mit ihrem Schlag angerichtet hatte. Links hatte Holocenter ein beachtliches Veilchen, der Bluterguß breitete sich vom Nasenbein weit über den linken Wangenknochen aus. An seinem Hals waren zwei Abdrücke zu erkennen, zwei symmetrische blaue Flecken, dicht beieinander, da nämlich, wo sie ihm die Daumen auf die Luftröhre gedrückt hatte. Sie studierte jeden der Flecken genau und suchte zu ergründen, ob sie ihm Eindruck gemacht hätten, ob er sich hatte vorstellen können, was es bedeutet, das Opfer von Gewalt zu sein und nicht der, der sie ausübt. Doch als sie ihm in die kalten Augen sah, entdeckte sie dort nichts, nicht den leisesten Schimmer einer Ahnung.

Dr. Holocenter hatte es nicht eilig, er ließ sich Zeit. »Bei der besagten Begegnung waren Sie Reporterin der *Angel Times*. Seither haben Sie sozusagen eine neue Identität erlangt. Sie sind nunmehr eine gefährliche Psychotikerin mit ausgeprägter Gewaltbereitschaft. Sie haben einen Polizeipsychologen in Ausübung seiner Pflicht angegriffen und zu erdrosseln versucht. Was gewesen wäre, wenn wir den Dingen ihren Lauf gelassen hätten, darüber läßt sich nur spekulieren.« Er lächelte bedauernd. »Verzeihen Sie die Langatmigkeit, aber Tatsache ist, daß Sie überhaupt keine Rechte besitzen.«

»Jeder besitzt Rechte«, sagte Cynthia. »Auch Psychotiker sind wahlberechtigt.«

»Mal abgesehen vom Pöbel, der aus Antipathie gegen die legitimierte Gewalt Ihre Partei ergreift, Miss Lelague, würde ich sagen, Sie haben auf der ganzen Welt keinen einzigen Freund.« Sein Lächeln erstarb. »Nicht einmal Ihre Familie hat sich mit uns in Verbindung gesetzt. In der gegenwärtigen Lage steht es uns meines Erachtens frei, alles zu tun, was wir für erforderlich halten.«

Cynthia merkte, daß die Mittel sie auslaugten. Sie fühlte sich leer wie eine vertrocknete Hülsenfrucht.

»Als Ihr behandelnder Arzt und Entscheidungsbefugter«, fuhr Holocenter fort, »gestatte ich Ihnen einen Besuch. Heute morgen rief mich Ihr früherer Redaktionschef Mr. Gore Emhard an und beglückwünschte mich zu Ihrer Festnahme. Er war merklich erschüttert über ihr heimliches Doppelleben. Ich konnte ihn beruhigen: Gefährliche Psychotiker sind durchaus imstande, über lange Zeiten den Anschein der Normalität aufrechtzuerhalten. Auf Dauer jedoch zeigt sich ihre wahre Natur.«

Sie sagte nichts, wunderte sich aber über die subtil gewandelte Begrifflichkeit. Sie war immer noch die, mit der er sich damals beim Interview unterhalten hatte. Sie war die, die er als bewundernswert, diszipliniert, hochintelligent, ja, ironiebegabt bezeichnet hatte. Jetzt wandte er andere Begriffe an – »gestört«, »gefährlich«, »psychotisch«. Als glaubte er, allein die Sprache sei imstande, eine Identität zu verändern. Sie fragte sich, wer von ihnen beiden hier eigentlich fiktive Identitäten schuf – er oder sie.

»Mr. Emhard«, sagte Holocenter, »wird in Kürze eintreffen, um

Sie zweifelsfrei als Miss Cynthia Lelague zu identifizieren, ehemals Reporterin der *Angel Times*. Ist das erledigt, werden wir Sie aus unserem Zellentrakt in ein festes Haus, das psychiatrische Krankenhaus der Vollzugsanstalt Hopkins verlegen. Ich habe die Zustimmung des Bundes zu einer Reihe forensischer Untersuchungen erwirkt, um die Natur Ihrer Psychose zu ergründen. Ich habe ferner die Erlaubnis, anschließend auf der Grundlage des Gutachtens und der Indikationsstellung gegebenenfalls eine Therapie zur medikamentösen Herabsetzung der Impulsivität einzuleiten, um Sie von Ihrer Dysfunktion zu heilen.«

Eine der Wärterinnen klopfte von außen an die Zellentür, trat ein und flüsterte Dr. Holocenter etwas ins Ohr. Er nickte und sagte: »Bitte knebeln Sie die Patientin wieder, Miss Otisbeam. Szenen vor unserem Besucher möchten wir doch lieber vermeiden.«

Cynthia wehrte sich, aber die Wärterin war unerbittlich. Während Cynthia den Kopf hin und her warf, kam ihr der Gedanke, daß hier ein Teufelskreis in Gang gesetzt wurde. Man verhängte Sanktionen, und wer sich wehrte, bewies damit, daß er gemeingefährlich war, was weitere Sanktionen rechtfertigte. Sie begriff, daß die Justiz diesen Teufelskreis von Zwang und Widerstand nach Belieben, ja, endlos in Gang halten konnte – einzig denkbares Ende wäre der Tod des Patienten. Die freundliche, massige Wärterin deutete ihren Widerstand ganz unverkennbar als Ausdruck ihrer Psychose. Als der Knebel wieder an seinem Platz saß, sagte Dr. Holocenter: »Bitten Sie Mr. Emhard herein.«

Sie hatte Gore Emhard noch nie außerhalb des Büros oder seiner eigenen vier Wände erlebt, quasi auf fremdem Terrain. Als er jetzt unter diesen außergewöhnlichen Umständen vor ihr erschien, glaubte sie einen anderen Menschen vor sich zu haben. Dem hellen Anzug entsprach ein Habitus dandyhaft nervöser Eleganz. Unter dem feinen Tuch zeichneten sich die strengen Linien seiner hageren Gestalt ab. Er hätte Museumskurator sein können. Er betrachtete die wie ein Paket verschnürte Cynthia mit einer gewissen Weltmüdigkeit.

»Meine Güte«, sagte er in gedehntem Südstaatentonfall.

»Schön, daß Sie kommen konnten, Mr. Emhard«, sagte Dr. Holocenter. »Nett, daß Sie extra den Weg auf sich genommen haben.«

Der mundtot gemachten Cynthia kamen die beiden vor wie Brüder oder gar Zwillinge. Sie waren beide hochgewachsen und hager. Beide umgab eine Aura natürlicher Autorität, die ihr zu gelten und sie zugleich auszuschließen schien.

»Bitte, Mr. Emhard«, sagte Dr. Holocenter, »wenn Sie einen Moment vor der Verdächtigen Platz nehmen wollen, um sie zu identifizieren? Lassen Sie sich ruhig Zeit.«

Emhard setzte sich vor Cynthia und musterte sie prüfend.

»Handelt es sich«, fragte Dr. Holocenter, »Ihres Wissen bei der Person, die Sie vor sich sehen, um Cynthia Alouette Assumpta Lelague, ehemals Reporterin der *Angel Times*?«

Leise murmelte Emhard: »*Alouette Assumpta.* Sieh an, Cynthia. Das haben Sie mir nie gesagt.«

Cynthia hätte nur zu gern etwas entgegnet, vorzugsweise etwas Barsches und Beleidigendes. Dann dämmerte ihr jedoch, daß Emhard vielleicht weniger ihret- als Holocenters wegen scherzte und daß sich hinter seinem zur Schau getragenen weltmännischen Ennui ganz anderes verbarg. Jedenfalls sah er ihr tief und irgendwie fragend in die Augen. Zweifellos suchte er nach einer neuen Einschätzung der Person, die so lange eng mit ihm zusammengearbeitet hatte.

Während er sie fixierte, überlegte sie ihrerseits, was sein Blick besagte. Fragte sich Emhard, wie sie ihn so lange hatte täuschen können? Vielleicht fragte er sich ja, wie er die Absicht gehabt haben konnte, eine auf den Chefredakteursposten zu hieven, die sich nachts herumtrieb und angeblich Männer vergewaltigte – aus irgendwelchen obskuren, feministischen Gründen, die er nicht annähernd begriff. Sie fragte sich, ob Patty Hearst von ihren Verwandten auf ähnliche Weise gemustert worden war, als man sie endlich gefaßt hatte – eine, die man kannte und doch nicht kannte.

»Mr. Emhard«, mahnte Holocenter streng.

»Aber ja, Dr. Holocenter«, sagte Emhard. »Es handelt sich um Cynthia Lelague. Und ich muß sagen, ich sehe mit Erleichterung, daß sie ... in so sicherem Gewahrsam ist. Denken Sie nur, ich hatte keine Ahnung, daß in meiner unmittelbaren Umgebung, Tür an Tür sozusagen, eine gefährliche Verbrecherin ihre wahre Natur vor mir verbarg.«

»Man kennt seine Nächsten nie wirklich, Mr. Emhard.«

»Ich bin nicht meines Bruders Hüter«, murmelte Emhard wie zu sich selbst. »Soll ich das so verstehen, Dr. Holocenter?«

»Ich weiß nicht ganz, was Sie meinen?«

»Was soll jetzt mit ihr geschehen, Doktor?« fragte Emhard. »Sie sieht ja wirklich gemeingefährlich aus.«

»Wir werden sie zunächst in die Vollzugsanstalt Hopkins verlegen, in die geschlossene psychiatrische Abteilung. Nach eingehender Beobachtung und Diagnosestellung wird man sie höchstwahrscheinlich einer extensiven medikamentösen Therapie unterziehen.«

»Das heißt, äh, vor dem Prozeß?«

Man hätte meinen können, Emhard rede über das Wetter. Doch er hielt die ganze Zeit Cynthias Blick gefangen. Dieser ruhige, suchende Blick war ihr völlig neu. Er erinnerte sie ein wenig an die offene Art, in der Juan sie neulich nachts angestarrt hatte. Ihr kam die Erkenntnis, daß sich die Menschen wahrscheinlich nur im Extremfall ohne Verlegenheit direkt in die Augen sehen können.

»Wundert Sie das, Mr. Emhard?«

Emhard schien sich innerlich einen Ruck zu geben, ließ sie aber nach wie vor nicht aus den Augen. »Nun, wenn Sie mich so fragen, vielleicht schon ein bißchen. Ich dachte, Sinn und Zweck eines Gerichtsverfahrens sei der Schuldnachweis. Wenn ich Sie recht verstehe, gehen Sie von der Schuld von vornherein aus und messen ihr bereits auf dieser Grundlage eine Strafe zu.«

»Sie irren, Mr. Emhard. Ob jemand zurechnungsfähig ist oder nicht, wird nicht vom Gericht festgestellt, sondern von einem erfahrenen psychiatrischen Gutachter, und zwar nach festgelegten diagnostischen Kriterien. Miss Lelague hat bei ihrem Angriff auf meine Person eine manische Wut an den Tag gelegt, deren Zeuge über dreißig Kriminalbeamte und Polizisten wurden. Ich bin demnach befugt, sie in Gewahrsam zu nehmen und die erforderlichen therapeutischen Maßnahmen zu ergreifen. Das ist vom gerichtlichen Verfahren, das selbstverständlich in aller Form eingeleitet werden wird, getrennt zu sehen.«

»Verstehe«, sagte Emhard. »Und wie soll die Behandlung aussehen?«

»Sehr wahrscheinlich wird Miss Lelague mit R320 Sulphadin IS2 behandelt werden müssen.«

»Also unabhängig vom gerichtlichen Verfahren?«

»Unabhängig vom gerichtlichen Verfahren.«

»Nun, Dr. Holocenter. Es war mir ein besonderes Vergnügen, Sie endlich kennengelernt zu haben. Und nun werde ich in die Redaktion zurückkehren und berichten, was ich gesehen habe.«

»Das hoffe ich doch, Mr. Emhard.«

Emhard schien sich nur mit Mühe losreißen zu können. Er erhob sich und schüttelte Holocenter zögernd die Hand.

Cynthia sah Emhard nach, als er sich der Tür zuwandte. Sie hoffte, er würde sich ein letztes Mal nach ihr umdrehen, wie es Verwandte oder Freunde taten – mit dieser Geste verabschieden, die mehr besagte als Worte, die zu verstehen gab, daß sie nicht allein sei, daß er, was immer er von ihr halten mochte, in Gedanken bei ihr sein würde.

»Miss Otisbeam«, sagte Dr. Holocenter, »wenn Sie Mr. Emhard doch bitte zum Hauptausgang begleiten wollen?«

Emhard trat aus der Zellentür in den Gang. Kaum war er aus Holocenters Sichtfeld, blieb er stehen und klopfte seine Taschen ab, als suche er seine Brille. Er fand sie und setzte sie auf. Und dann, unerwartet, wandte er sich ganz beiläufig noch einmal Cynthia zu und betrachtete sie durch die offene Tür eine gute Sekunde, als präge er sich ihr Bild ein. Sie meinte – war sich aber nicht sicher –, ihn kurz nicken zu sehen, kaum mehr als eine angedeutete Kopfbewegung, ehe er sich abwandte und Miss Otisbeams beachtlicher Kehrseite den langen Gang hinab folgte.

38

In der Redaktion der *Angel Times* hackte Gore Emhard an seinem Computer auf die Tastatur ein.

Es klopfte, und Hal Barton trat ein.

»Wie läuft's, Gore?«

»Habe den Leitartikel gleich fertig. Was hast du ausgegraben, Hal?«

»Möglicherweise etwas sehr Interessantes. Du hast schließlich einen alten Hasen drangesetzt.«

Barton legte einige dicht bedruckte Seiten auf den Schreibtisch.

»Ich bin jedem kleinsten Hinweis auf Dr. James Holocenter nachgegangen, unserem kriminalpsychologischen Chefberater. Er ist seit sechzehn Jahren beim LAPD. Davor verliert sich die Spur. Habe immer wieder Nieten gezogen. Bis ich auf das hier stieß.«

»Lies mal vor, Hal.«

»Meldung, *Utah Enquirer*. ›In der psychiatrischen Abteilung einer örtlichen Haftanstalt wurde mit Insassen, bei denen schwerwiegende Persönlichkeitsstörungen diagnostiziert worden waren, ein medizinischer Versuch durchgeführt.‹ Leiter des Versuchsprogramms: ein gewisser Dr. James Holocenter.«

Emhard hörte zu tippen auf. »Was noch?«

»Programm wurde nach drei Jahren ausgesetzt.«

»Steht da auch, warum?«

»Ich zitiere: ›Die chemische Intensivtherapie stellte die Insassen zwar ruhig, doch konnte das Risiko nachhaltiger Schädigungen des Zentralnervensystems, insbesondere des Gehirns, nicht ausgeschlossen werden. Die Behandlung wurde daher abgebrochen; man wolle eine genauere Erforschung der entsprechenden Substanzen abwarten.‹«

»Sonst nichts?«

»Nein. Aber vermutlich war Dr. James Holocenter seinen Job los.«

»Hinweise auf irgendwelche Ermittlungen?«

»Nein. Etwa drei Monate später bewarb sich Dr. Holocenter um die Stelle des kriminalpsychologischen Chefberaters beim LAPD. Zweifellos mit den besten Referenzen.«

»Hatte das Programm einen Namen?«

»Was für ein Programm?«

»Die klinische Studie mit den psychisch kranken Insassen.«

»Laß mal sehen«, murmelte Barton. Er überflog drei Seiten Text, mit dem Finger die Zeilen nachfahrend. »Nein. Hier steht jedenfalls nichts.«

Er wollte die Seiten gerade ablegen, als er stutzte. »Warte. Hier. Hier heißt es ›R320-Programm‹. Behandlung abgebrochen … genauere Erforschung der entsprechenden Substanzen.«

Emhard drehte sich Barton zu. Sein Gesicht war aschfahl geworden, sein Ton seltsam kalt. Er sagte: »Wir müssen Cynthia irgendwie da herausholen.«

»Gore, fehlt dir was?«

»Nein, mir nicht. Ich habe aber den bösen Verdacht, daß der Kerl die Absicht hat, sie in Kürze der gleichen Behandlung zu unterziehen. Vielleicht hat er schon damit begonnen. Eines noch, Hal. Werden die Wirkstoffe des verwendeten Mittels genannt?«

»Nur einer. Sulphadin. Habe ich mir gemerkt. Weil ich noch nie davon gehört hatte.«

»Wenn mich nicht alles täuscht, ist das das Zeug, das Psychiater in der ehemaligen Sowjetunion benutzt haben, um den Widerstand von Dissidenten und anderen zu brechen, die dem System ein Dorn im Auge waren.«

Es klopfte, und ein Bote erschien.

»Ich soll ein Päckchen abholen, Sir.«

Emhard besah sich den jungen Mann. Er trug schwarzlederne

Motorradstiefel, verwaschene Jeans, eine Art kurzärmelige Jeansweste, die seine Armtätowierungen gut zur Geltung brachte, und einen Messingring in der Nase. Sein Haar war nach Irokesenart geschnitten. Besonders die Frisur schien Emhard zu faszinieren. Handwerkliches Können jedweder Art rang ihm Bewunderung ab. Er starrte gebannt auf die Haarfarbe, die von tiefem Aquamarinblau in schrilles Violett spielte und zum krönenden Abschluß in phosphoreszierendes Gelb überging, wie man es vom Finale eines Feuerwerks kennt.

»Gütiger«, sagte Emhard.

Möglicherweise war dem jungen Mann die Kontemplation seines Kopfputzes nicht gänzlich neu.

»Päckchen, Sir?« erinnerte er Emhard.

»Ach so, ja«, sagte Emhard, verweilte aber noch einen Augenblick bei der Haarpracht. In letzter Zeit verdichteten sich die Eindrücke zur Gewißheit, daß er einer anderen, einer älteren Welt angehörte; die Haare des jungen Mannes waren nur ein Indiz unter vielen.

Emhard nahm ein versandfertiges Päckchen vom Tisch und reichte es dem Boten.

»Macht zwanzig Dollar fünfzig.«

Emhard wühlte in seiner Hosentasche nach Geld.

»Kleine Aufmerksamkeit für eine Freundin, Gore?« fragte Hal Burton.

»Kleiner Gruß an eine Freundin, Hal, der sie vielleicht ein wenig aufrichten wird.«

Der Bote nahm das Geld entgegen, nickte und ging. Als er im Gang verschwand, schien sein phosphoreszierendes Haar das milde Nachmittagslicht vorübergehend aufzuladen.

39

Zwei Wärterinnen standen vor der Zelle Wache, als ein Bote den Gang herabgestiefelt kam.

»Päckchen für Miss Cynthia Lelague. Zeichnen Sie gegen?«

Eine der Frauen unterschrieb. Die andere griff nach ihrem Mobiltelefon und sprach hinein.

»Dr. Holocenter. Wir haben ein Päckchen für die Gefangene entgegengenommen. Ich nehme an, Sie werden die Sache prüfen wollen.« Sie schwieg einen Augenblick. »In Ordnung, Sir. Es liegt hier bereit.«

Holocenter erschien wenig später. Die Tür wurde geöffnet, er trat ein, ohne die Wärterinnen eines Blickes zu würdigen, ganz auf seine Patientin fixiert. Cynthia war nach wie vor geknebelt, konnte also nur grimmig zurückstarren.

Eine der Wärterinnen reichte ihm das Päckchen. Dr. Holocenter untersuchte die Sendung von außen, dann hielt er sie Cynthia vor die Nase.

»Erwarten Sie ein Päckchen, Miss Lelague?«

Cynthia schüttelte den Kopf.

»Dann wird sich wohl jemand einen Scherz erlaubt haben. Zu Ihrer eigenen Sicherheit werde ich es gleich hier an Ort und Stelle öffnen, die Wärterinnen können es bezeugen.«

Er machte sich ans Auspacken, dann studierte er den Inhalt schweigend.

»Es handelt sich offenbar um einen Bleistifthalter aus … wenn mich nicht alles täuscht … der Haut des Glieds … eines mächtigen nordamerikanischen Wiederkäuers.«

Holocenters Handy piepte. Er zog es aus der Tasche.

»Holocenter. Ah, Mr. Dally. Bitte, was ist erschienen? Ich komme sofort.«

Holocenter reichte den Bleistifthalter an eine der Wärterinnen weiter.

»Scheint harmlos, wenn auch reichlich bizarr. Ich muß gehen. Kümmern Sie sich doch bitte darum, Miss Otisbeam.«

Als Dr. Holocenter den Raum verlassen hatte, untersuchte Miss Otisbeam den Gegenstand mit unverhohlenem Abscheu. Doch Miss Otisbeam war kein Unmensch, denn sie beugte sich damit zur Patientin herab und hielt ihn ihr – in gebührendem Abstand zum eigenen Körper – mit beiden Händen hin.

»Sollen wir Ihnen das aufbewahren? Ein paar persönliche Sachen stehen Ihnen ja zu. Sonst entsorgen wir es für Sie.«

Cynthia studierte den Gegenstand ohne Regung.

»Muß irgendein Irrer oder Perverser geschickt haben. Wollen Sie das Ding behalten? Sonst schaffen wir es fort.«

Langsam begann Cynthia zu nicken.

Die Wärterin schien überrascht. »Sie wollen es behalten?«

Cynthia nickte noch einmal.

»Nein, so was. Dann stelle ich es Ihnen hier auf den Beitisch. Sind Sie sich sicher?«

Cynthia nickte.

40

Bürgermeister Dally saß hinter seinem imposanten Schreibtisch, den Blick gebannt auf einen Fernsehbildschirm gerichtet. Er war so vertieft, daß er auf das Klopfen an der Tür zunächst nicht reagierte. Mit Verzögerung rief er: »Herein!«

Holocenter betrat das Amtszimmer.

»Setzen Sie sich«, sagte Dally. »Sehen Sie sich das an. Und ich muß in wenigen Minuten auf Sendung.«

Holocenter ließ sich vor dem Bildschirm nieder.

Die Moderatorin sagte soeben: *»In einem aufsehenerregenden Leitartikel beschuldigte Gore Emhard, Chefredakteur der* Angel Times, *heute morgen den LAPD-Experten Dr. James Holocenter eines an Sowjetmethoden erinnernden Vorgehens bei seiner Behandlung Cynthia Lelagues, der jüngst verhafteten ehemaligen Zeitungskollegin Emhards. Ms. Lelague ist nach Ansicht der Polizei für die Taten der als F-woman bekannt gewordenen Selbsthilfe-Aktivistin verantwortlich. Mr. Emhard gehört dem konservativen Lager an und bezeichnet sich selbst gelegentlich gern als Chauvinist. Nichtsdestotrotz hat er einen bewegenden Bericht über die siebenjährige journalistische Karriere von Cynthia Lelague bei der* Angel Times *vorgelegt, in dem er ihre Geduld, ihre Besonnenheit und Wahrheitsliebe preist. Als langjähriger Kollege könne er das Bild einer gefährlichen Psychotikerin, wie es Holocenter zeichne, nur als persönlichkeitszersetzende Diffamierungskampagne bezeichnen, die der Instrumentalisierung der Psychiatrie in der ehemaligen Sowjetunion in nichts nachstehe.«*

In der Redaktion der *Angel Times* klebten Gore Emhard und Hal Barton vor dem Fernseher.

»Komisch ist das mit dem Fernsehen«, bemerkte Barton.

»Macht alles eindimensional. Dreht uns alle durch irgend so einen universellen Fleischwolf.«

»Unser Chefreporter Myron Overbear berichtet weiterhin über den Fall F-woman. Myron, was gibt es Neues?«

»Jill, es zeichnet sich eine hochinteressante Konfrontation ab. Meinen Informationen nach fand gestern eine Begegnung zwischen Embard und Holocenter statt; wie es scheint, wollte man sich die Identität der als mutmaßliche Selbsthilfe-Aktivistin F-woman verhafteten Cynthia Lelague bestätigen lassen. Bei diesem Gespräch gewann Embard offenbar zunehmend den Eindruck, Holocenter selbst lege ein zwanghaftes Verhalten an den Tag. Der Zeitungsmann weist darauf hin, daß der kriminalpsychologische Chefberater des LAPD im Zuge der Fahndung und nachfolgenden Behandlung der Gefaßten verschiedentlich gegen geltendes Recht verstoßen habe. Insbesondere wird Holocenters übereifrige Fahndungsstrategie – die ›Erfindung‹ des City-Hall-Täters, die lancierten Presseerklärungen, die die Frauen im Gebiet des Civic Centre in Angst und Schrecken versetzt haben – als zwingender Beweis für das angeführt, was die Angel Times *eine ›äußerst bedenkliche Überreaktion‹ Holocenters nennt. Dem Leitartikel zufolge hat der Psychiater und Kriminologe fraglos der Ergreifung von Cynthia Lelague höhere Bedeutung beigemessen als der Seelennot, die Tausenden von Frauen durch seine Täuschung zugemutet wurde.«*

»Und ist das der letzte Stand der Dinge? Ein Patt zwischen den beiden Lagern?«

»Nicht ganz. Gore Embard deckt des weiteren auf, daß Holocenter ersten Recherchen zufolge vor einigen Jahren ein Programm zu verantworten hatte, das einen Medikamentenversuch an geistig gestörten Insassen einer Haftanstalt in Utah umfaßte. Es handelte sich um eine behördlich genehmigte klinische Studie, die allerdings abgebrochen wurde, als man davon ausgehen mußte, daß das eingesetzte Mittel bei den Probanden neurologische Langzeitschäden hervorrufen könnte. Holocenter verlor seinen Posten. Kurz darauf wurde er in Los Angeles beim LAPD vorstellig und bewarb sich mit sonst tadellosen Referenzen beim LAPD um die Position, die er jetzt bekleidet.«

»Heißt das, daß er das LAPD hinters Licht geführt hat?«

»Das kann man so nicht sagen. Bei der klinischen Studie handelte es sich um ein seriöses Forschungsprojekt, und von Unregelmäßigkeiten ist nichts bekannt. Die Aussetzung wurde aufgrund des nicht auszuschließenden Risikos einer Schädigung des Nervensystems und der Gehirnfunktionen der Probanden beschlossen.«

»Die Studie kann also als abgeschlossen gelten?«

»Nicht unbedingt. Und das ist ein weiterer hochinteressanter Aspekt dieses Falls. Wir haben ermitteln können, daß es zwischenzeitlich bei der Erforschung der wesentlichen Wirkstoffe Fortschritte gegeben hat und die Gefahr nachteiliger Nebenwirkungen anscheinend verringert werden konnte. Eine Fortsetzung der medizinischen Versuche an Menschen – mit dem verbesserten Mittel – ist genehmigt worden.«

»Und weiß man, ob Holocenter eine solchen Versuch beabsichtigt?«

»Leider nicht. Es gibt sehr wenig Informationen über die derzeitige Behandlung der Tatverdächtigen.«

»Vielen Dank, Myron. Wir haben den Bürgermeister Frank Dally zu den jüngsten Entwicklungen befragt. Der folgende Live-Beitrag kommt aus dem Amtszimmer in der City Hall.«

Dally thronte hinter seinem gewaltigen Schreibtisch. Er erklärte: *»Die Anwürfe gegen Dr. Holocenter stellen einen unerhörten Mißbrauch der Pressefreiheit dar. Dr. Holocenter ist ein erfahrener Therapeut und hochanerkannter Psychiater, der dem LAPD große Dienste geleistet hat. Eine Rufmordkampagne gegen eine solche Kapazität anzuzetteln, steht einem Journalisten von Mr. Emhards Format und Erfahrung schlecht zu Gesicht.«*

»Ist das nicht gerade der Vorwurf, den der Chefredakteur erhebt, Herr Bürgermeister? Daß Dr. Holocenter in seinem Diensteifer rechtsstaatliche Grundsätze aus dem Blick verliert?«

»Jill«, entgegnete Dally, *»ich weiß wirklich nicht, was das soll. Was ist denn die Pflichterfüllung im Dienste des LAPD anderes als die Aufrechterhaltung der Rechtsordnung?«*

»*Fuck me*, Hal«, meinte Gore Emhard, »er kennt den Unterschied nicht.«

»Und was bedeutet das im Hinblick auf Dr. Holocenter?« fuhr die Moderatorin fort. *»Billigen Sie sein Vorgehen?«*

»Dr. Holocenter hat meine uneingeschränkte Unterstützung.«

»Wie steht es mit der Behauptung der Angel Times, *daß die von Dr. Holocenter vorgesehene Therapie ungut an Behandlungmethoden erinnert, denen Dissidenten durch Psychiater der ehemaligen Sowjets ausgesetzt wurden?«*

»Eine psychiatrische Behandlung ist ein komplexer Vorgang«, sagte Bürgermeister Dally. *»Man sollte sie getrost den Fachleuten überlassen. Unseren Erkenntnissen zufolge hat Dr. Holocenter seinen Beruf stets gewissenhaft und streng nach den geltenden Vorschriften ausgeübt. Vielleicht erlauben Sie mir umgekehrt eine Frage: Seit wann ist Gore Emhard Fachmann für psychiatrische Behandlungsmethoden?«*

»Wirft es nicht ein bedenkliches Licht auf die geltenden Vorschriften, wenn seinerzeit eine klinische Studie, die offenbar den Einsatz der gleichen Wirkstoffe vorsah, die in der sowjetischen Psychiatrie verwendet wurden, eingestellt werden mußte, weil neurologische Schäden bei den Patienten zu befürchten standen?«

»Was wollen Sie damit sagen?« fragte Dally zurück.

»Ich will sagen, daß die geltenden Vorschriften nicht unbedingt die besten sein müssen.«

»Solche Vorschriften werden nach bestem Wissen und Gewissen auf der Höhe der Zeit und Forschung gemacht. Und wenn ich eines noch sagen darf: Der entscheidende Unterschied zwischen unserem System und dem der ehemaligen Sowjetunion besteht schließlich darin, daß es uns freisteht, solche Vorschriften zu ändern, wenn sie sich als ungeeignet erweisen.«

»Was sagen Sie zu den Gerüchten, daß Cynthia Lelague in Kürze in eine psychiatrische Anstalt verlegt und noch vor Prozeßbeginn einer Behandlung unterzogen werden soll?«

»In unserer Stadt gibt es nicht wenige, die nur zu gern das Gesetz selbst in die Hand nehmen wollen«, sagte Bürgermeiser Dally. *»Zu ihrem eigenen Schutz befürworte und billige ich daher explizit die Verlegung von Cynthia Lelague in eine Einrichtung, wo ihr keine Gefahr droht.«*

»Die geschlossene psychiatrische Abteilung einer Vollzugsanstalt?«

»Wohin immer es uns zu ihrem Schutz nötig erscheint.«

»Hal«, sagte Emhard, »ich werde diesen belehrenden Ton allmählich ein klein wenig leid. Du nicht?«

»Irgendwie schon, Gore.«

Eine Telefonistin erschien in der Tür. »Ich weiß, daß Sie nicht gestört werden wollten, Mr. Emhard, aber ich habe da einen dringenden Anruf für Sie.«

»Wer ist es?«

»Der Anruf kommt aus dem LAPD. Der Mann wollte seinen Namen nicht nennen. Sagte aber, es sei wichtig.«

»Also gut, stellen Sie durch.«

Die Telefonistin kehrte an ihr Pult zurück. Es klingelte.

»Emhard.«

Am anderen Ende der Leitung sagte Ed Stevens: »Mr. Emhard, ich wollte nur sagen, daß Sie in Ihrem Leitartikel die volle Wahrheit über Cynthia Lelague geschrieben haben. Ich kenne sie flüchtig, und Ihre Charakterisierung kann ich nur unterschreiben.«

»Wer zum Teufel sind Sie?« fragte Emhard.

»Sie kennen mich nicht, aber ich kann Ihnen vielleicht behilflich sein.«

»Was meinen Sie damit?«

»Ich bin beim LAPD, und zwar der City Hall zugeteilt. Wenn Sie ins Gebäude wollen, und ich spreche hier von unberechtigtem Zugang, kann ich den Seiteneingang Nummer 6 für Sie auflassen. Ich schiebe die Riegel von innen nicht vor; von außen müssen Sie dann nur noch das Schloß aufbrechen. Um einen Schlüssel zu kriegen, müßte ich gegenzeichnen, und da würde ich gleich auffliegen. Aber die Riegel, das läßt sich schon machen, ohne daß es jemand merkt. Und wenn die Riegel nicht vorgeschoben sind, springt das Schloß sicher auf, wenn Sie fest genug draufhauen.«

»Sie ermutigen mich, wie ein gewöhnlicher Einbrecher in das Gebäude einzudringen? Ganz neue Töne vom LAPD.«

»Ich ermutige Sie zu gar nichts, Mr. Emhard. Ich gebe Ihnen lediglich gewisse Informationen. Was Sie damit machen, ist Ihre Sache, und was Sie unternehmen, geht auf Ihre Kappe.«

»Warum tun Sie das?«

»Sagen wir einfach, ich bin ein Freund von Miss Lelague.«

Es wurde eingehängt.

Emhard brütete. Schließlich sagte er: »Sieht ganz so aus, als hätten wir einen Freund und Helfer beim LAPD.«

Hal Barton nickte.

»Es wird in letzter Zeit viel über Jugendkriminalität geredet, Hal«, sagte Emhard. »Was sagst du aber zur Alterskriminalität? Scheint weniger verbreitet zu sein.«

»Ich war immer für den gesellschaftlichen Ausgleich, Gore.«

»Du meinst, es wird Zeit für ein wenig ausgleichende Gerechtigkeit?«

»Läuft das auf den Vorschlag hinaus, etwas Leichtsinniges und Unverantwortliches zu tun, was wir unter Umständen den Rest unseres Lebens bereuen könnten?«

Emhard dachte eine Weile darüber nach, dann nickte er bedächtig. »Ich würde sagen, genau darauf läuft es hinaus.«

»Du meinst, wir sollten das Gesetz selbst in die Hand nehmen?«

»Jetzt, wo du das sagst, scheint mir, daß es dem, was mir vorschwebt, schon ziemlich nahekommt.«

»Dann verrat mir eines«, meinte Hal Barton. »Schwebt dir vor, daß wir jetzt gleich auf der Stelle etwas unternehmen sollten?«

»Vielleicht nicht auf der Stelle. Aber ich würde mal sagen, daß wir die nächstbeste Gelegenheit ergreifen sollten.«

»Bei reiflicher Prüfung muß ich gestehen, daß ich theoretisch strikt gegen dergleichen bin.«

»Und wie sieht es praktisch aus?« fragte Emhard.

»Praktisch muß ich gestehen, bin ich dabei.«

»Ich hatte ja gehofft, du würdest es mir ausreden, Hal. An meine

Vernunft appellieren. Wenn wir das alle täten, würden die Grundlagen der Gesellschaft zerstört. So in der Art. Das hätte ich von einem Redakteuer deines Formats eigentlich erwartet.«

»Nur handelt es sich hier leider um einen Fall, wo die Rettung aus wirklicher Not den Vorrang hat.«

»Das habe ich befürchtet«, sagte Emhard. »Genau das habe ich befürchtet.«

41

Eines Morgens gingen in der Zeit zwischen den Behandlungen die schweren Eisentüren der Zelle auf. Cynthia hörte die Wärterinnenstimme sagen: »Ja, Sir, kommt eben zu sich.«

Dr. Holocenter trat an ihr Bett. Er entfernte den Knebel, legte ihn auf den Tisch und nahm vor ihr auf einem Stuhl Platz. Er nickte der Wärterin zu. Sie verließ den Raum, zog die Türen zu und bezog draußen Stellung.

Holocenter beugte sich vor und fragte: »Kennen Sie *Myra Breckenridge* von Gore Vidal?«

Cynthia nickte vorsichtig; der Ernst der Frage machte sie argwöhnisch.

»Was sagen Sie zu der Grundhaltung des Buchs?«

Cynthia wandte den Kopf, um Holocenter besser sehen zu können, aber ihre Fesseln ließen das nur bedingt zu. Die Medikamente machten sie unnatürlich ruhig. Schließlich sagte sie: »Eine etwas seltsame Frage, selbst wenn man unsere vorausgegangenen literarischen Diskussionen bedenkt.«

»Aber Sie kennen das Buch?« beharrte Holocenter.

»Ja, ich kenne das Buch. Worauf wollen Sie hinaus?«

»Die Heldin ist ein Mann, der zur Frau wird und sich dann an den Männern rächt.«

Er wartete, was sie dazu sagen würde.

»Und was hat das mit mir zu tun?« fragte Cynthia.

»Der Gedanke, sich an Männern zu rächen, dürfte mit Ihrem Fall doch einiges zu tun haben, oder nicht? Da gibt es beispielsweise die Szene, wo Vidals Heldin ein nicht eben enthusiastisches männliches Opfer mit einem Dildo traktiert.«

»Habe ich so etwas je getan?«

»Auch Sie haben sich gewisser sexueller Praktiken bedient, um Ihre Macht über die … Opfer zu demonstrieren.«

»Analpenetration mit einem Dildo gehörte nicht dazu, das dürfen Sie mir glauben. Das hieße, männlichen Mustern folgen. Das liegt mir fern.«

»Nichtsdestotrotz geht es Ihnen doch darum, jene zu erniedrigen, die sich Ihres Erachtens Übertretungen zuschulden haben kommen lassen.«

»Um einen Mann zu erniedrigen ist nichts weiter erforderlich, als seine Macht über Frauen zu brechen.«

»Dann ist das fiktionale Vorbild der *Myra Breckenridge* Ihrer Ansicht nach irrelevant?«

»Gore Vidal hat eine Reihe provokanter Bücher über sexuelle Ambivalenz geschrieben, leicht schwül, sehr camp. Männer, die zu Frauen, Frauen die zu Männern werden. Ich persönlich halte *Myra Breckenridge* für sein bestes. Aber was wollen Sie eigentlich sagen? Daß Vidal Feministinnen als Vorbild dienen sollte?«

»Was ist mit der Grundhaltung?« Holocenter ließ sich nicht beirren. »Der Idee weiblicher Rache an Männern?«

»Es geht mir nicht um Rache, Dr. Holocenter.«

»Wirklich nicht, Miss Lelague? Der Eindruck drängt sich mir aber doch sehr auf.«

Um der unbehaglichen Stimmung entgegenzuwirken, sagte Cynthia: »Vielleicht erlauben Sie umgekehrt eine Frage. Haben Sie jemals den Film *Barbarella* gesehen?«

»Miss Lelague, ich muß Sie enttäuschen, mir liegt nicht an einer filmtheoretischen Erörterung.«

»Wenn Sie sich etwas gedulden wollen. Ihre Antwort würde mich sehr interessieren. Und ich denke, daß mir dann wiederum die Antwort auf Ihre Frage leichter fallen würde.«

Ein Lächeln huschte über Holocenters Gesicht. Cynthia begriff, daß er wahrscheinlich keinen Grund zur Eile sah, daß er meinte, sie mit seinen Spritzen und seinen Fragen nach eigenem Gutdünken zermürben zu können.

»Worauf zielt denn Ihre Frage ab, Miss Lelague? Ich will mich gern überraschen lassen.«

»In dem Film *Barbarella* will die Heldin, dargestellt von Jane Fonda, einen Engel zum Sex nötigen. Und der Engel sagt: ›Ein Engel steht über der körperlichen Liebe; ein Engel *ist* Liebe.‹«

»Und was folgt Ihrer Meinung nach daraus?« fragte Holocenter.

»Es geht um das Folgende. Sie scheinen nicht zu begreifen, daß Frau sein in dieser Gesellschaft fast gleichbedeutend ist mit Opfer sein. Und ich würde frei nach dem Engel sagen: ›Ich übe keine Rache. Ich bin Rache.‹«

Wieder lächelte Dr. Holocenter flüchtig. »Ihre … em … fiktionale Argumentation in allen Ehren, Miss Lelague. Aber Sie werden mir zugestehen, daß Sie in der konkreten Situation …«, er ließ den Blick durch die Zelle mit ihren Eisengittern und dem Stahlbett schweifen, auf dem Cynthia an Händen und Füßen gefesselt lag und das seinerseits fest im Boden verankert war, »kaum Anlaß zu derart … absoluten Feststellungen haben.«

»Ich glaube«, entgegnete Cynthia, »Sie werden die Worte schon noch verstehen.«

»Worte?«

»Ich bin Rache«, wiederholte Cynthia.

Dr. Holocenter lächelte abermals.

»Miss Lelague, das war wieder einmal sehr erfrischend. Ich bin gekommen, um festzustellen, ob das verabreichte Mittel sich auf Ihren Gemütszustand günstig auswirkt. Das ist offensichtlich nicht der Fall. Sie lassen nicht das leiseste Anzeichen von Reue oder überhaupt nur Einsicht in den Ernst Ihrer Lage erkennen. Somit muß ich Sie leider für unerreichbar und keinem Gespräch zugänglich erklären und halte folglich eine weitere Behandlung für angezeigt.«

Es herrschte einen Augenblick Schweigen. Cynthia legte Wert

darauf, den gleichen förmlichen Ton anzuschlagen. »Vielleicht darf ich zur Frage der Diagnose erwähnen, daß auch ich Ihr Verhalten sehr genau beobachtet habe. Ich muß Ihnen sagen, daß ich keinerlei Anzeichen von Reue oder überhaupt nur Einsicht in den Ernst Ihrer Lage erkennen kann. Ich stimme Ihnen vollkommen zu: Zwischen uns ist jedes weitere Gespräch zwecklos.«

Holocenter nickte militärisch knapp mit dem Kopf; die Bewegung war ebenso steif wie der Ton der Unterhaltung. »Dann sind wir uns ja einig. Anläßlich meines heutigen Besuchs wollte ich Ihnen mitteilen, daß Sie gleich nach der Verlegung in die Vollzugsanstalt John Hopkins einer Intensivbehandlung mit dem Mittel R320 unterzogen werden würden. Ich muß umdisponieren. Wie Sie vielleicht wissen, demonstrieren draußen vor dem Gebäude aufrührerische Elemente, so daß eine Verlegung nicht ohne weiteres möglich ist. Ich sehe aber keinen Grund, mit der Behandlung noch länger zu warten. Und deshalb werden wir gleich an Ort und Stelle damit beginnen.«

42

IN DEN LETZTEN TAGEN vor ihrer Internierung hatte Cynthia, wenn sie über die Stadt hinausblickte, an die Ureinwohner denken müssen, die Gabrieleno- und Chumash-Völker. Sie dachte an die spanischen Missionssiedlungen und die Versuche, die Ureinwohner auf den katholischen Glauben einzuschwören. Unterdessen rollten an den Stränden von Redondo und Venice Beach die Brecher heran. Ihr war, als sei die ganze Erde im Fluß, die Wellen nicht weniger als die Lava und das Magma, auf dem sie alle trieben. Brecher, Erschütterungen und Beben, der Smog, der sich über die Stadt wälzte, selbst die feuchten, heißen Santa-Ana-Winde, die die Täler hinabfegten – sie alle waren Manifestationen des unablässigen Wogens, das allem zugrundelag, des unwandelbar weiblichen Gefühlsurgrunds, der lange Zeit schlummerte und dann, nach Jahren, im Zorn ausbrach. Die Erde schien ihr eine dünne, harte, männliche Kruste um den weiblichen Weltkern. Dieser männliche Panzer wirkte täuschend fest, unverrückbar, während er in Wahrheit doch dünn und rissig war und letztlich zerbrechlich. Wenn sie nun auf ihrer Krankenbahre zwischen den Spritzen um Klarheit rang, klammerte sie sich an diesen rettenden Gedanken.

Wie lange sie sich schon in diesem Schwebezustand zwischen Bewußtsein und Koma befand, konnte sie nicht mehr sagen, die Tage verschwammen.

43

Gore Emhard besprach sich in der Nachrichtenredaktion gerade mit einem der für Feature-Beiträge verantwortlichen Redakteure, als seine Assistentin an seinem Ellbogen erschien und von einem Fuß auf den anderen trat.

»Was gibt's?« fragte Emhard.

»Telefon, Mr. Emhard.«

»Männlein, Weiblein, Tierlein? Bei letzteren beiden gehe ich ran.«

»Ein Mann.«

»Sagen Sie ihm, er soll später anrufen.«

»Es scheint dringend zu sein.«

»In zehn Minuten.«

»Der Betreffende ruft aus einer Telefonzelle an. Er sagt, es sei wichtig.«

»Wenn es wichtig ist, wird er wieder anrufen.«

»Die Sache kommt aus dem LAPD.«

»Sagen Sie das doch gleich!« knurrte Emhard.

Er zog sich in sein Büro zurück, schloß sorgsam die Tür und hob ab.

»Wer spricht?« fragte er.

»Ihr Freund und Helfer aus dem LAPD.«

Emhard verstand sich meisterhaft darauf, aus einem Gesprächspartner das Maximum herauszuholen. Das gehörte zum Rüstzeug des Zeitungsmannes. Er wußte, daß er einen etwas barschen Ton anschlagen mußte, als traue er dem Braten nicht recht. Er wußte auch, daß alle Informanten nervös sind und daß das geringste Zögern oder ein falscher Zungenschlag zum Abbruch des Gesprächs führen konnten. Bei diesem Anrufer ging er von einem Mann aus, der es ernst meinte, der um seiner Überzeugung willen bereit war, Risiken einzugehen. Emhard zog instinktiv das richtige Register, halbwegs zwischen Skepsis und Respekt. »Das weiß ich zu schätzen«, begann er. »Was haben Sie denn für mich?«

»Ich bin mit den Kollegen gerade im Einsatz: Mordfall. Wir ermitteln seit heute früh, geschlagene sechs Stunden. Die anderen sitzen an der Ecke im Streifenwagen und genehmigen sich einen Kaffee, ich habe also nicht viel Zeit. Ich rufe aus einer normalen Telefonzelle an, weil ich nicht möchte, daß man den Anruf zurückverfolgen kann.«

Emhard wußte, daß an diesem Punkt Zuspruch gefordert war. »Verstehe«, sagte er.

Er wartete die kurze Pause ab und stellte sich vor, wie der Informant die Straße links und rechts hinabspähte, um sich zu vergewissern, daß die Luft rein war und er ungestört auspacken konnte.

»Ich kenne eine der Wärterinnen, die Cynthia Lelague zugeteilt sind. Ist zufällig meine Schwägerin.«

Plötzlich stellte Emhard fest, daß alles um ihn herum hinter die äußerste Konzentration zurücktrat, mit der er lauschte – das leise Tackern aus der Nachrichtenredaktion, die im angrenzenden Büro schrillenden Telefone, ein hitziges Gespräch an irgendeinem anderen Apparat. »Ich höre«, sagte er.

»Meine Schwägerin und ihr Mann waren gestern abend bei mir zum Essen. Wir sind beide bei der Polizei, und da haben wir natürlich auch über die Arbeit geredet.«

»Klar«, sagte Emhard. »Tun wir alle.«

»Na ja, und da rückt sie einfach so damit raus, daß Holocenter angefangen hat, Miss Lelague das Mittel zu spritzen.«

Emhard mußte sich vom Schock erholen. »Woher weiß Ihre Schwägerin das?«

»Dr. Holocenter hat es ihr selber gesagt. Hat gemeint, sie würden ein kontrolliertes Experiment mit neuen Wirkstoffen durchführen, und sie soll die Patientin immer gut im Auge behalten. Hat ihr vor allem eingeschärft, sie soll ihn sofort rufen, wenn sich Verhaltensänderungen zeigen.«

»Verhaltensänderungen?«

»Sie liegt da gefesselt auf einem Eisenbett und hängt an allen möglichen Geräten. Die Reaktionen auf das Mittel werden genau überwacht: Puls, Blutdruck, Temperatur und das alles.«

»Warum legt Holocenter jetzt schon los?« fragte Emhard. »Ich dachte, das Behandlungsprogramm würde erst nach der Verlegung eingeleitet?«

»Der Rummel draußen macht die Verlegung unmöglich. Offenbar wollte er nicht warten.«

»Man behandelt sie in der City Hall?«

»Die haben da im Keller eine Notfallstation. Die hat Holocenter bezogen. Und da halten sie sie fest.«

»Warum verlegen sie sie nicht bei Nacht und Nebel?« fragte Emhard. Er versuchte, sich ein besseres Bild zu verschaffen, spielte die Möglichkeiten durch.

»Intern heißt es, der Bürgermeister hätte das Ganze zur Chefsache erklärt. Er meint, sie klammheimlich zu verlegen, würde die Demonstranten noch mehr in Rage bringen. Er hat Order gegeben, sie erst zu verlegen, wenn wieder Ruhe herrscht.«

»Das heißt, wenn Holocenter die Sache gleich dort in der City Hall durchzieht, muß der Bürgermeister grünes Licht gegeben haben.«

»Sieht so aus.«

»Sieht so aus?«

»Ist mein Eindruck.«

»Wissen Sie, was für Mittel Holocenter einsetzt?«

Das Gespräch wurde gestört, es klang, als rumpele ein Laster an der Telefonzelle vorbei. Emhard spürte jetzt hinter der Fassade des Polizisten, der nüchtern Rapport erstattet, doch etwas von der Nervosität des Informanten.

»Wie war das noch mal?« hörte er.

»Setzt er die gleichen Medikamente ein wie bei der früheren Versuchsreihe?«

Emhard fürchtete, die Verbindung wieder verloren zu haben, doch dann hörte er eine deutliche Stimme sagen: »Genau das hab ich meine Schwägerin auch gefragt.«

Emhard gefiel das. Polizisten hatten viel mit Journalisten gemein, die Jagd nach Informationen war ihnen zweite Natur, fast ein Instinkt und selbst im Schlaf noch wirksam. Der Mann hatte seine Schwägerin ausgehorcht, wahrscheinlich nicht einmal bewußt. Frage war nur, was war hängengeblieben?

»Was hat sie über die Mittel gesagt?« fragte Emhard.

»Sie ist auf psychiatrische Patienten spezialisiert. Arbeitet oft mit Nervenärzten wie Holocenter. Sie ist außerdem Krankenschwester, also gibt sie manchmal auch die Mittel. Sie hat mir ein bißchen was über die Medikamente erzählt, die man benutzt.«

»So?« Emhard bemühte sich um nur mäßiges Interesse. Er wollte den Kerl nicht zu sehr bedrängen.

»Sie sagt, der entscheidende Wirkstoff ist Sulphadin IS2.«

Emhard mußte warten, bis das Pochen in seinen Schläfen abklang. »Sulphadin ist mir ein Begriff«, sagte er schließlich. »Aber wofür steht IS2?«

»Meine Schwägerin sagt, das ist die Abkürzung für Isomer 2.«

»Und das heißt?«

Es gab wieder eine Unterbrechung. Emhard hatte das Gefühl, sein Informant halte den Hörer zu und sehe sich vorsichtig um. Vielleicht war jemand an der Zelle vorbeigegangen. Vielleicht sah er kurz nach den Kollegen im Wagen. Dann plötzlich sprudelte der gute Mann los, als habe er tatsächlich die Lage sondiert und könne jetzt zur Sache kommen, er redete schnell, aber relativ deutlich: »Hören Sie, das ist alles kompliziert, und ich habe nicht mehr viel Zeit. Es gibt chemische Verbindungen, die nach der Anzahl der Teilchen gleich aufgebaut sind, aber verschiedene Strukturformeln haben, quasi wie Links- oder Rechtshänder. Die verschiedenen Strukturformen des gleichen Moleküls nennt man Isomere.«

»Linkshändig? Rechtshändig? Was zum Teufel bedeutet das?« meinte Emhard.

»Beide Hände haben vier Finger und einen Daumen, oder? Aber Sie würden doch auch sagen, daß linke und rechte Hand nicht identisch sind. Genauso ist es mit Molekülen. Sie bestehen aus den gleichen Bestandteilen, aber die Struktur ist anders.«

»Schon gut«, sagte Emhard. »Das muß ich jetzt mal so hinnehmen ...«

»Nun ist es aber so, daß die Isomere ein und desselben Moleküls sich im Körper unterschiedlich auswirken. Ein linkshändiges Isomer kann ganz andere Wirkungen haben als ein rechtshändiges, auch wenn es sich um die gleiche Strukturformel handelt. Und Sulphadin, der Stoff, der bei den früheren Studien eingesetzt wurde, hat zufällig mehr als ein Isomer.«

Emhards Gedanken eilten schon voraus. Aber er sagte lediglich: »Weiter.«

»Man hat Sulphadin in seine reinen Isomerformen zerlegt. Das kann man heutzutage mit neuen molekularbiologischen und chemischen Verfahren. Die beiden reinen Isomerformen wurden Laborratten gegeben. Das linkshändige Isomer hat zwar auf das zentrale Nervensystem aggressionshemmend gewirkt, aber auch Nebenwirkungen gezeigt. Es sieht so aus, als hätte dagegen das rechtshändige Isomer bei gleicher aggressionshemmender Wirkung weniger Nebeneffekte.«

»Ich glaube, ich verstehe, was Sie sagen wollen.«

»Die Sache ist die: Nach den Ergebnissen mit den Ratten hat das Bundesgesundheitsamt Holocenter jetzt grünes Licht für Versuche an Menschen gegeben, und zwar für die rechtshändige Verbindung.«

»Herrgott«, brummte Emhard. »Manchmal fragt man sich, was sich diese Behörden eigentlich ...« Er riß sich zusammen. »Und das Zeug verabreicht er also Cynthia, dieses rechtshändige Isomer?«

»Sagt meine Schwägerin. Dafür steht das Kürzel IS2.«

»Wie kann das Bundesgesundheitsamt davon ausgehen, daß sich bei Menschen dieselben Wirkungen zeigen wie bei Laborratten?«

»Ist erstmal nur eine Annahme.«

»Was heißt hier ›Annahme‹!« erregte sich Emhard. »Man kann auch annehmen, daß ein Arsch Ohren hat. Aber drauf verlassen?«

»Das nimmt man eben so an, wurde mir erklärt. Ratten und Menschen reagieren auf chemische Präparate normalerweise annähernd gleich. Vermutlich ist das die Ausgangsposition für diese ganzen Tierversuche.«

»Vermutlich«, wiederholte Emhard sarkastisch.

»Hundertprozentig ist das sicher nicht. Bestimmte Dinge lassen sich nicht von Ratten auf Menschen übertragen.«

»Das heißt, man verwendet Cynthia als Versuchskaninchen.«

»So sieht's aus.«

»Vielen Dank für die Information«, sagte Emhard. »Ich bin Ihnen wirklich sehr dankbar.«

»Schon gut. Ich muß gehen. Die Kollegen werfen mir aus dem Wagen finstere Blicke zu. Sie denken wahrscheinlich, ich quassel die ganze Zeit mit meiner Süßen.«

»Ich wünschte, ich könnte Ihnen namentlich danken.«

»Darauf kommt es jetzt nicht an.«

»Nun«, sagte Emhard. »Vielleicht verraten Sie mir eines Tages noch, wer Sie sind, und dann kann ich mich erkenntlich zeigen.«

»Geht mir nicht um Erkenntlichkeiten. Aber vergessen Sie nicht, was ich über die City Hall, Seiteneingang 6 gesagt habe. Und feste draufhauen.«

»Eine letzte Frage.«

»Dann aber schnell.«

»Wenn Sie zum LAPD gehören, warum sitzen Sie in der City Hall?«

»Das LAPD hat Diensträume in der City Hall. Es gibt eine Verbindungsstelle und die Sonderdienststelle Sicherheit. Die City Hall wiederum hat in der LAPD-Zentrale auch Räume und eigene Finanzcontroller sitzen. Es bestehen also wechselseitige Verbindungen. Klar?«

»Ja. Wenn ich mich also richtig dahinterklemmen würde, könnte ich wahrscheinlich rauskriegen, wer Sie sind.«

»Können Sie versuchen. Aber wozu? Ich habe Ihnen doch alles gesagt, was Sie wissen müssen.«

»Stimmt«, sagte Emhard. »Das haben Sie.«

»Jetzt liegt's an Ihnen, würde ich sagen.«

Emhard schwieg. Dann sagte er: »Da könnten Sie recht haben.«

»Noch was zum Schluß«, sagte die Stimme.

»Ja?«

»Ich gehe davon aus, daß Sie kein Arsch mit Ohren sind«, sagte die Stimme. »Aber drauf verlassen?«

Dann wurde eingehängt.

Emhard konnte es nicht ausstehen, auf den Tod nicht, wenn jemand anderes das letzte Wort behielt. Und wenn der Betreffende noch dazu einen seiner kleinen Scherze usurpierte und den Spieß umdrehte, dann kannte seine Schmach keine Grenzen.

Den Atemgeräuschen und dem Klang der Stimme in der engen Zelle nach zu urteilen, dachte Emhard, war der Detective ein ziemlicher Schrank. Er stellte sich vor, wie der Informant jetzt mit einem zufriedenen Grinsen aus der Telefonzelle trat und sich wieder zu den Kollegen im Streifenwagen gesellte, die lässig den Wagenschlag aufdrücken würden. Der Mann würde, immer noch grinsend, einsteigen und die Tür zudonnern. Der Streifenwagen würde irgendwo aus einer Seitenstraße in den Vorstadtverkehr gleiten, und der Mistkerl würde immer noch über seinen kleinen Triumph grinsen.

44

Erforderte nicht gerade die Behandlung seiner Patientin seine Aufmerksamkeit, erläuterte Dr. Holocenter neuerdings gern seine Aufgabe im Fernsehen. Als Fahndungskoordinator, dem Fuckwoman ins Netz gegangen war, erfreute er sich eines nicht geringen Medieninteresses.

Gore Emhard fand, der eminente Psychiater führe sich auf wie ein Zirkusdirektor, der ein wunderliches oder gefährliches Tier in seinen Besitz gebracht hat. Sein ganzes Gebaren, die mediale Dauerpräsenz erinnerten ein wenig an P. T. Barnum. Holocenter ließ sich von Interviewern befragen, er wirkte vor laufender Kamera inzwischen sehr routiniert. Er nahm jetzt auf seine überlegene, onkelhafte Art zu allem und jedem Stellung. Emhard stellte sich vor, wie Holocenter im Anschluß an diese Interviews an den Ort zurückkehrte, den sein LAPD-Informant ihm beschrieben hatte – in die Zelle im Kellergeschoß der City Hall, wo er seine Patientin gegen ihren Willen festhielt. Dort führte Holocenter in leicht abgewandelter Form eine medikamentöse Behandlung durch, die einst wegen Langzeitschäden am Zentralnervensystem untersagt worden war. Emhard mußte feststellen, daß Holocenter überdies die Rolle zuwuchs, das LAPD öffentlich in Schutz zu nehmen. Zugleich gelang es ihm, sich als Verfechter des Liberalismus zu verkaufen.

Emhard verfolgte die Darbietungen mit einer Mischung aus Faszination, Ekel und Staunen. In einer Sendung antwortete Holocenter soeben auf die Frage: *»Wie soll eine Gesellschaft mit ihren Kritikern verfahren?«*

»Kalifornien ist ein liberaler Bundesstaat«, sagte Holocenter. *»Eine liberale Gesellschaft wird ihre Institutionen immer kritisch beobachten. Es*

spielt letztlich keine Rolle, wie gut das LAPD seine Sache macht; keine Institution ist von solcher Kritik ausgenommen, und in einem freien Land müssen wir damit rechnen.«

»Sie halten die Kritik am LAPD für ungerechtfertigt?«

»Das wäre ein Trugschluß. Ich halte die Kritik durchaus für legitim. Kritik ist für ein gesundes Funktionieren des Systems unabdingbar. Die Menschen haben jedes Recht, uns zu kritisieren, und wir müssen uns dieser Kritik stellen.«

»Nun halten manche Bürger die Lage aber für so bedenklich, daß sie geneigt sind, konkrete Maßnahmen zu ergreifen. Sind Sie der Meinung, daß sich das unter allen Umständen verbietet?«

»Ich meine, daß es gefährlich ist, wenn jemand beschließt, das Gesetz selbst in die Hand zu nehmen.«

»Betrachten wir vielleicht mal ein extremes Beispiel. Lehrt nicht die Geschichte, daß es unter bestimmten Umständen gerechtfertigt ist – etwa bei einem Hitler?«

»Da sprechen Sie in der Tat von einer extremen Situation, in der alle demokratischen Einrichtungen versagt haben. Wenn man hingegen funktionierende Institutionen hat, die von demokratisch gewählten Repräsentanten kontrolliert werden, dann besteht eigentlich kein Grund, die Dinge nicht innerhalb der bestehenden Ordnung zu regeln.«

»Nehmen wir also den aufsehenerregenden Fall, mit dem Sie befaßt sind, den nämlich von Cynthia Lelague. Ist es, wenn sie mitansehen muß, wie Frauen vergewaltigt werden, und wenn sie weiß, daß sie dies in einzelnen Fällen verhindern kann, nicht vielleicht Ehrensache, das auch zu tun? Wenn sie weiß, daß es in ihrer Macht steht, und sei es in einem einzigen Fall, eine Frau vor einem gewalttätigen Übergriff zu bewahren, meinen Sie nicht, daß sie da ihrem Gewissen folgen muß?«

»Als Bürger eines demokratischen Rechtsstaat hat man einen gewissen Preis zu zahlen«, sagte Dr. Holocenter. *»Cynthia Lelague verletzt ein Grundprinzip unserer Rechtsordnung. Auch der Straftäter genießt bis zum Nachweis seiner Schuld den Schutz des Rechts. Wollten wir die Instanzen von dergleichen Regeln und der Beweislast entbinden, würden wir Täter*

zwar vielleicht schneller fassen und bestrafen können. Doch würden wir damit genau die gesetzlichen Bestimmungen außer Kraft setzen, die das Individuum vor staatlicher Willkür schützen.«

»Das heißt, der wesentliche Unterschied zwischen den Instanzen und Cynthia Lelague ist nicht etwa, daß sie die Täter zuerst erwischt hat, sondern daß sie rechtsstaatliche Grundsätze wie Unschuldsvermutung, Beweisaufnahme und ordentliches Gerichtsverfahren außer acht gelassen hat?«

»Ganz genau. Mussolini hat man, womöglich zu Recht, zugute gehalten, es sei ihm vor dem Zweiten Weltkrieg gelungen, die Mafia in Italien weitgehend auszuschalten. Nur hat er sich dabei nicht an die Gesetze gehalten. Als Faschist und Diktator stand er aus seiner Sicht über dem Gesetz. Im Grunde wußte doch jeder mehr oder weniger, wer hinter der Mafia steckte, nur Beweise, die vor Gericht standgehalten hätten, tja, da sah es schlecht aus. Mussolini scherte sich nicht darum und ließ die Leute auf Verdacht verhaften. Sie wurden erschossen oder ins Gefängnis gesteckt. Frage ist: In welcher Gesellschaft wollen Sie lieber leben, einer, in der Sie auf Verdacht festgenommen, ohne Gerichtsverfahren an die Wand gestellt oder weggeschlossen werden können, oder einer, in der Sie bis zum gegenteiligen Beweis als unschuldig gelten?

»Sie wollen Cynthia Lelague mit Mussolini vergleichen?« fragte die Interviewerin.

»Sagen wir einmal, ich halte Cynthia Lelague für eine Art politische Faschistin. Ich halte sie für arrogant und autoritär. Sie weigert sich anzuerkennen, daß keine demokratische Institution vollkommen ist. Sie weigert sich, die mühseligen Prozeduren der Beweisführung und Urteilsfindung durch die Geschworenen anzuerkennen. Sie zieht es vor, die Dinge per einsamem Beschluß auf ihre Weise – nämlich gewaltsam – zu lösen. Ich halte es in einer liberalen Gesellschaft für unser aller Pflicht, uns solcher Menschen zu erwehren.«

Emhard und Barton hockten in Emhards Büro vorm Fernseher wie ein Paar alte Wüstengeier auf einem Kaktus. An der Stellung der Mundwinkel hätte man gemeint, ablesen zu können, daß einem oder beiden ein Kaktusdorn im Arsch steckte. Emhard saß leicht nach rechts geneigt, Barton nach links, als suchten sie durch diese Verlagerungen Abhilfe. Sie sahen beide nicht glücklich aus.

»Irgendwas stört mich an dem Kerl«, bemerkte Emhard. »An dem, was er sagt, ist nichts auszusetzen – im Gegenteil, ich stimme ihm in jeder Hinsicht zu. Im selben Tenor schreibe ich seit achtunddreißig Jahren meine Kommentare und Leitartikel. Aber ich habe mit Cynthia gearbeitet, und ich weiß, daß sie keine gemeingefährliche Psychopatin ist. Da kann er sich als Verfechter demokratischer Rechtskultur hinstellen und von uns allen als gute, liberale Bürger in einem Rechtsstaat reden, bis er schwarz wird. Tatsache ist, daß er sie festgeschnallt hat und mit Medikamenten vollpumpt, die ihr Nervensystem nachhaltig schädigen und ihre Persönlichkeit zerstören könnten. Seine Antwort auf eine, die das System herausfordert, besteht darin, sie auslöschen zu wollen. Und wenn mich nicht alles täuscht, versucht er das ohne gesetzliche Kontrolle.«

»Was wollen wir also tun?«

Emhard fuhr fort: »Da ist ein verdammt gerissener Hund am Werk, und mir paßt das nicht. Er bezeichnet Cynthia als Faschistin, und selbst versteckt er sich hinter der legitimierten Gewalt. Während im Grunde doch er derjenige ist, der sich benimmt wie ein Faschist. Bis es überhaupt zu einem ordentlichen Verfahren kommt, wird man ihr mit diesen Chemiebomben die ganze Tolldreistigkeit und Phantasie ausgetrieben haben. Sie wird ein vollkommen anderer Mensch sein.«

»Du hast meine Frage nicht beantwortet.«

»Sieh dir diese Meute an«, sagte Emhard, der jetzt durchs Fenster auf die Menge hinabblickte, die sich vor dem Hauptportal der City Hall versammelt hatte. »Verdammt noch mal, ich bin der Chefredakteur einer der besten Zeitungen im ganzen Land. Und vom Temperament her Konservativer. Ich mag dieses Land und bin stolz auf seine Einrichtungen. Was habe ich mit Drahtesel-Dykes und Militanten Tunten und jedem letzten Irren dieser Stadt zu tun?«

»Willst du's von mir wissen, oder willst du's mir sagen?«

»Ich will es wissen, und ich will es dir sagen.«

»Wollt ich nur klarstellen«, murmelte Hal Barton.

»Warum also sollte ich verdammt noch mal alles, was mir lieb und teuer ist, aufs Spiel setzen und da rübergehen und jemanden rauszupauken versuchen, die sich das schließlich selbst eingebrockt hat?«

»Gibt weiter keinen Grund«, meinte Hal Barton. »Wenn du mich fragst.«

»Überhaupt keinen Grund. Und warum juckt es mich dann in den alten Knochen, auf die Straße zu laufen und mit diesen ganzen anderen Idioten vor der City Hall auf die Kacke zu hauen und diesem aalglatten Psychiater ordentlich in den Arsch zu treten?«

»Senile Trübung des Urteilsvermögens?« lautete Bartons Vorschlag. »Oldlife-Krise? Entgleisung des Hormonhaushalts?«

»Außerdem wüßte ich gerne«, brummte Emhard, »warum du auch noch Öl in die Flammen gießt. Welcher diabolische Zug deines sanften Wesens will mich triezen, bis mir tatsächlich eine Sicherung durchknallt und ich losziehe und den ganzen Laden aufmische?«

»Gute Frage«, meinte Hal Barton. Dann fügte er hinzu: »Ich würde sagen, da hast du wirklich ein Problem.«

»Kannst du mir vielleicht verraten, warum du von einem Bein aufs andere trittst wie ein Rotzlöffel, nur weil du endlich los willst, Randale machen?«

»Frag mich was Leichteres«, sagte Barton.

45

Die aufgebrachte Menge, die sich vor dem Eingang der City Hall vor den Polizeiabsperrungen drängte, demonstrierte bereits seit drei Wochen. Als Emhard mit Barton die Zufahrtsstraße hinabeilte, fragte er sich, wie sie das bloß hinkriegten. Offenbar gab es eine Art Rotationsprinzip. In den ersten ein, zwei Wochen waren es nur ein paar hundert gewesen. Doch in den letzten Tagen kamen mehr und mehr Menschen hinzu, ihre Reihen schwollen langsam, aber unaufhaltsam. Sämtliche Völker der Erde schienen dem Ruf gefolgt zu sein, oder vielleicht hatten sie sich spontan erhoben. Es gab Loser aus Watts und Compton und Downey, zerknitterte Vagabunden aus Fullerton, Latinos aus El Segundo und La Habra mit den unvermeidlichen Pferdeschwänzchen. Es waren blonde Surfer aus Seal Beach zu sehen, eine Delegation von Drahtesel-Dykes und ganze Regimenter von Queens aus Silver Lake. Dazwischen Arbeitslose, Drogenabhängige und Alkoholiker, die in den Anlagen von Griffith, MacArthur und Exposition Park kampierten, Vertreter aller Glaubens- und Notgemeinschaften der Welt. Um so erstaunlicher war das fröhliche Wirgefühl, das sie erfüllte.

Man reckte die Fäuste und skandierte im Chor: »*Fuck! Fuck! Fuckwoman!*«

Emhard bahnte sich, von den dicht wie die Sardinen gepackten Körpern hierhin und dorthin gerempelt, einen Weg nach vorne. Immer wieder wogte die Menge vor wie eine Welle, und dann blieb einem nichts übrig, als sich mittragen zu lassen.

In regelmäßigen Abständen riefen die Sprechchöre: »Was wollen wir? *Fuck!* Was wollen wir? *Fuck!* Was wollen wir? *Fuckwoman!*«

Dann brandete alles vor wie die Flut gegen Felsen, und die Polizei trieb die Massen enthusiastisch zurück. Die Menge formierte sich seelenruhig von neuem.

An einem oberen Fenster erschien Bürgermeister Dally über den Säulen des Portikus und sah auf das Menschengewühl hinab. Die Menge erblickte ihn und stimmte spontan, als begrüße man einen alten Freund, ein *»Fuck Dally! Fuck Dally! Fuck Dally!«* an.

Bürgermeister Dally hatte sich hinter einer dunklen Sonnenbrille verschanzt. Er trug einen Zweireiher mit champagnerfarbenem Hemd und perlweißer Krawatte. Sein Gesicht war gebräunt, sein Haar sorgfältig frisiert. Er wirkte, als ginge er mit sich selbst zu Rate, als stelle er profunde Betrachtungen zum Wesen von Politik und Gesellschaft an. Er berührte dabei sicherlich unter anderem Fragen wie die nach demokratischen Wahlen und arbeitsfähigen Mehrheiten. Konkret fragte er sich gewiß, wie viele der unten Versammelten je für die Republikaner gestimmt haben mochten. Seiner Schätzung nach konnte man unter den vier- oder fünftausend Anwesenden die Parteigänger wahrscheinlich an einer Hand abzählen, vielleicht sogar einem Finger einer Hand. Dieses Ergebnis ließ weitreichende moralische und gesellschaftspolitische Schlußfolgerungen zu. Hier bot sich, schlicht gesagt, die seltene Gelegenheit, eine nicht unbedeutende Anzahl von gegnerischen Wählern abzustrafen, ohne die Unterstützung im eigenen Lager in irgendeiner Weise zu gefährden. Im Gegenteil, seine langjährige politische Praxis legte durchaus den Schluß nahe, daß die eigenen Wähler deutliche, von offizieller Seite an die Adresse der Aufrührer gerichtete Worte sehr begrüßen würden. Er glaubte zu wissen, daß diese deutliche Sprache die Form direkten Vorgehens annehmen sollte, teils wegen der provozierend bunten und reichlich unorthodoxen Lebensstile der Versammelten, mehr noch aber aufgrund ihres Auftretens, sprich einer anarchischen Massenversammlung, ganz zu schweigen vom Inhalt der Bekundungen und Absichtserklärungen, insbesondere soweit sie seine eigene Person betrafen.

»Tiere sind das«, bemerkte Dally zu seiner persönlichen Referentin Miss Tarzanna, als habe er eine unbekannte Gattung identifizert. »Ich rieche sie förmlich. Es dürften wenige darunter sein, die Wert auf Deodorants oder Intimpflege legen. Die Wasserwerfer sollen anrücken.«

Miss Tarzanna gab die Order per Handfunkgerät an Captain Emile Gonzaga weiter, Einsatzleiter der unten in Bereitschaft stehenden Staffel. Seitlich vom Vorplatz sprangen die schweren Dieselmotoren der Wasserwerfer nacheinander hustend an, ehe sie im schwerfällig mahlenden Gleichtakt rundliefen. Die Menge hörte das Geräusch und hielt inne.

Wie Panzer walzten die Wagen herbei. Zuerst hielt es schlicht niemand für möglich, daß sie tatsächlich eingesetzt würden. Die Wasserwerfer schoben sich hinter den Menschenmassen herum, fast ein Dutzend waren es, schwarz wie die Trauer und an den Seiten mit den Silberinsignien der Los Angeles Polizei versehen. Sie stoppten, schwenkten um die eigene Achse direkt auf die Menschenmenge zu und standen.

Die Versammelten standen ebenfalls still. Patt, konnte man sagen. Doch dann stürmte ein Jugendlicher mit leuchtend blauem Irokesenschnitt los und lief fuchtelnd und brüllend den Bürgersteig entlang. Zunächst hatte es den Anschein, als würde diese Provokation ignoriert. Dann tastete sich wie ein Fühler ein einziger schmaler Wasserstrahl im Bogen auf ihn zu. Die Menge sah den blauen Irokesen Purzelbäume schlagen, bis eine Wand ihn bremste. Der Junge zog sich an der Mauer hoch, riß sich das Hemd vom Leib und stieg aus der Hose. Die Menge gröhlte anerkennend. Nackt im Strahl tanzend, spielte er die Szene aus *Singing in the Rain* nach und steppte munter vor der Mauer entlang, bis ihn ein zweiter Strahl fand und er unter der kombinierten Wucht weggespült wurde wie eine Spinne im Klosettbecken.

Kurz darauf wurde das Wasser abgedreht, und das nachfolgende Schweigen ließ sich getrost als Einladung an die Versammelten interpretieren, sich die Sache noch einmal gut zu überlegen.

»Jetzt haben sie's wohl kapiert, Arschlöcher«, bemerkte Bürgermeister Dally.

Die Menschen starrten auf die Doppelreihe gepanzerter Fahrzeuge. Die Botschaft war klar: man komplimentierte sie hinaus. Die Menge schwieg verdrossen, aber niemand rührte sich. Die Fahrer der Wasserwerfer ließen die Motoren aufheulen. Die Menge schwieg und blieb.

Miss Tarzannas Handfunkgerät knisterte, sie griff zum Headset und hielt es sich ans Ohr. Sie lauschte einen Augenblick angestrengt. Dann sagte sie: »Sir, Captain Gonzaga meldet, daß sich die Versammlung nicht auflöst. Wie lautet jetzt die Order, will er wissen.«

Auf diesen großen Moment hatte der Bürgermeister lange gewartet. Es kommt im Leben eines jeden Mannes der Augenblick, wo er über sich selbst hinauswachsen muß. Er sagte: »Da sich die Demonstranten weigern, der deutlichen Aufforderung, die Versammlung aufzulösen, Folge zu leisten, sehe ich mich gezwungen, den Ordnungskräften den Befehl zu entsprechenden Maßnahmen zu erteilen.«

Miss Tarzanna verknappte die Order sehr effizient zu einem: »Gebt ihnen Saures, Emile.«

Zwei scharfe Wasserstrahlen schlugen elegante Bögen zur Menge, und schon stürzten Menschen zu Boden, schrien Frauen, wurde ein älterer Vagabund wie auf einer Wasserrutsche über den Gehweg gefegt, die Pudelmütze in der Hand und den kleinen Hund fest unterm Arm. Der Hund bewahrte mit Todesverachtung Haltung. Jetzt wurde ein weiteres halbes Dutzend Wasserkanonen gnadenlos auf die Menge gerichtet. Die Schützen konnten Art und Intensität der niedergehenden Züchtigung nach Belieben dosieren. Wenn sie ihre Wasserstrahlen nach oben richteten, konnten sie mehrere tausend Menschen so gründlich durchweichen, wie es ein tropischer Regenguß täte. Zielten sie tiefer, konnten sie einzelne Demonstranten oder Aufrührer wie den kessen Irokesen ins Visier nehmen. Sie trieben diesen Sport mehrere Minuten lang. Zufrieden verfolgte Bürgermeister Dally vom Balkon aus, wie die Menge von oben begossen und zugleich unerwünschte Elemente einzeln herausgepickt und mit gezielten Kanonaden gestraft wurden. Die Wasserstrahlen waren nicht so scharf, daß sie bleibenden Schaden angerichtet hätten, doch wer immer auch nur vorübergehend einer persönlichen Zuwendung teilhaftig wurde, durfte nachher im Fundbüro des angrenzenden Orange County nach seinen Siebensachen fragen, ob Hut, Toupé oder Zahnprothese.

Neben diesem erhebend guten Werk eines Sündengerichts gab es auch ästhetisch befriedigende Darbietungen. Das viele Wasser erzeugte einen schillernden Regenbogen, der sich im Sonnenlicht sehr hübsch ausnahm und die Szene in zarte Seifenblasenfarben tauchte. Der Bürgermeister schätzte sich außerordentlich glücklich, Zeuge des Spektakels sein zu dürfen, das sich vor seinen Füßen entfaltete, und möglicherweise tröstete er sich sogar mit dem Gedanken, daß dem Allmächtigen, der fraglos konservativ, wenn nicht unbedingt eingefleischter Republikaner war, das Werk hier herunten ein Wohlgefallen sein mußte.

Mitten im Getümmel suchte sich Emhard Gehör zu verschaffen.

»Wir kennen einen Seiteneingang. Weitersagen.«

»Einen was?«

»Einen Weg ins Gebäude.«

Ringsherum skandierte die Menge wacker weiter: »Was wollen wir? *Fuck!* Was wollen wir? *Fuck!* Was wollen wir? *Fuckwoman!*«

Die Parole wurden von immer mehr Menschen aufgegriffen. Sie klatschten und riefen abwechselnd. Tschack tschack tschack. »*Fuck!*« Tschack tschack tschack. »*Fuck!*« Tschack tschack tschack. »*Fuck!*«

Irgend jemand tippte Emhard auf die Schulter. Er fuhr herum. Ein langhaariger junger Mann mit schmalem Gesicht sagte: »Wir folgen, Bruder.«

Emhard und Barton setzten sich in Bewegung, sie bogen mit einer ansehnlichen Gefolgschaft in eine schmale Seiteneinfahrt.

Oben sagte Bürgermeister Dally verwundert zu Miss Tarzanna: »Wo will bloß dieses Lumpenpack hin?«

Miss Tarzanna trug Electra Eyewear. Sie spähte hinab und richtete ihr Hauptaugenmerk auf die zwei Gestalten am Kopf des Zugs. Schließlich antwortete sie: »Ich glaube fast, Herr Bürgermeister, Sir, daß es sich bei dem Anführer um Mr. Gore Emhard handelt, Chefredakteur der *Angel Times*.«

Bürgermeister Dally sah genauer hin, und bekam gerade noch mit, wie Gore Emhard einigen bedrohlich großen und, wie er fand, extrem behaarten Individuen Zeichen gab. Mit gewissen Dingen kannte sich Dally aus. Zum Beispiel dem Prinzip »Teile und herrsche«. Und er wußte auch, daß, wenn die Kräfte der Reaktion und Verfechter der Anarchie in unerhörter Nachbarschaft zu beobachten waren und sich unübersehbar mittels Zeichensprache verständigten, höchste Gefahr für Recht und Ordnung bestand.

»Wer ist das Subjekt, das Mr. Emhard soeben anspricht?« fragte Dally.

Miss Tarzanna spähte durch die dunklen Gläser ihrer Brille über den Platz hinweg. Sie hatte wahre Adleraugen.

»Ich würde sagen, das ist Mr. Crispin Frutos, Herausgeber der *Militanten Tunten*.«

Dally schauderte. Unwillkürlich kniff er die Arschbacken zusammen.

»Miss Tarzanna, ich fürchte, wir werden Zeugen eines aufwieglerischen Dialogs zweier gefährlicher Rädelsführer. Sagen Sie dem Captain, daß diese Leute um jeden Preis aufzuhalten sind.«

Miss Tarzanna bellte umgehend einen entsprechend summarischen Befehl in ihr Handfunkgerät. Um ein Haar wäre das das Ende des Ausfalls der Splittergruppe gewesen, denn Miss Tarzanna verlor mit ihrem Befehl an Captain Gonzaga keine Zeit, und sie hatte kaum ausgebellt, da setzte sich eine Abordnung Wasserwerfer, gefolgt von nachrückenden Hundertschaften in Marsch, um der fünften Kolonne den Weg abzuschneiden und sie so an ihrem wie auch immer gearteten subversiven Vorhaben zu hindern.

Doch ein aus niederen Motiven geschlossenes Zweckbündnis reaktionärer und revolutionärer Kräfte ist eine nicht zu unterschätzende Gefahr. Und so kam es just in diesem Augenblick zu einem Ablenkungsmanöver, wie es in früheren Schlachtordnungen oft der Kavallerie zufiel. Denn nun löste sich andernorts eine ganze Abordnung von Drahtesel-Dykes und militanten Tunten aus der Menge und schwärmte in die entgegengesetzte Richtung aus, ein wilder, juchzender und unerträglich auftrumpfender Haufen. Von einem Ordnungshüter, der auf sich hielt, konnte man ebensowenig erwarten, eine solche Provokation tatenlos hinzunehmen, wie von einem Jagdhund, das vor seiner Nase aufgescheuchte Rebhuhn nicht zu beachten. Eine ganze Fahrradformation kreischender Lesben und Schwuler, die direkt vor polizeibemannten Wasserwerfern mit prallen Schläuchen und Schützenfingern am Abzug vorbeistrampelt, ist eine Versuchung, der zu widerstehen Sterblichen nicht gegeben ist. Die vorrückenden Wasserwerfer hielten an, schwenkten ihre Wasserkanonen um und feuerten aus allen Rohren.

Es war eine überzeugende Demonstration der Macht des Wassers und der militärischen Effizienz des Sperrfeuers. Nicht wenige Tunten und Dykes gingen schon bei der ersten Runde über den Lenker. Sie lagen noch nicht mal auf der Nase, da trat hinter und neben ihnen die nächste Welle heulender Queens und Lesben um so wilder in die Pedale – eine unerhörte Fortsetzung der Provokation. Es bedurfte der raschen Neuformierung und höchster Konzentration, ehe jede einzelne militante Tunte und Lesbe von ihrem oder seinem Rad gespritzt war. Bis jedoch die Wasserwerfer das Kavallerieregiment aufgerieben und die Schützen ihren Triumph über diese Wende ganz ausgekostet hatten, war ein beträchtlicher Teil der Menge zwei nicht mehr ganz jungen Renegaten in die Durchfahrt seitlich der City Hall gefolgt.

Emhard und Barton schoben sich an mehreren Mülltonnen vorbei bis zur Seitentür 6. Sie leuchtete neonorange und hatte einen Aluminiumgriff. Darunter saß ein Schloß, zu dem ganz offensichtlich nur ein Spezialsicherheitsschlüssel paßte.

Emhard ruckelte am Griff, aber es tat sich nichts. »Aufbrechen!« rief er gebieterisch.

Aus dem Nichts erschienen Brechstangen und Spitzhackenstiele, und ohne daß weitere Vorbereitungen oder feierliche Ansprachen vonnöten gewesen wären, droschen die so Bewaffneten los. Mit jedem Schlag hüpfte und bebte die Tür, aber sie hielt. Die Sekunden dehnten sich endlos, und der entscheidende Überraschungsvorteil drohte verlorenzugehen, da brüllte Emhard: »Aufs Schloß, Herrgott noch mal!« Die Spitzhackenstiele und Brechstangen hieben vermehrt auf die angezeigte Stelle ein. Emhard hörte das Schloß unter der plötzlich konzentrierten Wucht der Schläge kreischen, dann das Knacken von berstendem Stahl. Sobald das Schloß erbrochen war, gaben die Doppeltüren relativ schnell nach. Als sie aufflogen, konnte Emhard deutlich erkennen, daß die schweren Innenriegel zurückgezogen worden waren.

Der ganze Pulk drängte blindlings durch die Öffnung, verstopfte sie einen Augenblick, dann ergoß sich der Strom ins Gebäudeinnere. Noch geblendet vom grellen Sonnenlicht, stolperte Emhard ins kühle Dunkel des Gemäuers.

Als er rasch einen Blick über die Schulter riskierte, sah er etliche ausgesprochen stämmige Individuen beiderlei Geschlechts mit *Pink-Panther-* und *Gay-Hussar*-T-Shirts. Als Mann, der fast automatisch in Schlagzeilen dachte, fiel Emhard sogleich eine Überschrift ein:

PRESSEVETERANEN FÜHREN SCHWULEN STURM AUF CITY HALL

Er fragte sich, ob er den Gesichtsverlust je verschmerzen würde. Dann kam ihm eine noch zündendere Version:

Als Gastsprecher der Ortsgruppe der National Rifle Association hätte er fortan vermutlich einen verdammt schweren Stand. Doch momentan hatte er andere Sorgen. Eine lockere Polizeikette, hastig gebildet, versperrte den Gang. Laufend erhielt sie Verstärkung von Kollegen, die sich schnell dazuschoben. Viele trugen Helme und Schutzschilder.

Um den eigenen Leuten Mut zu machen, rief ihnen ein Sergeant entgegen: »Ich warne Sie, Sie machen sich strafbar!«

Gore Emhard, an drittvorderster Front, brüllte: »Auf sie, Freunde!«

Alles stürmte nach vorne. Die dünne blaue Kette wankte. Emhard roch Schweiß und Angst und Wut, als sie gegen den Kordon anrannten. Dann brach die Kette an ihrer schwächsten Stelle. Das Grauen und die Verdatterung auf den Gesichtern der Polizisten, als sie vorbeischwärmten, würden sie gewiß so schnell nicht vergessen.

Wie eine Flut wogte die Menge unter Kriegsgeheul den Gang hinab – *»Fuck! Fuck! Fuck!«*

46

In der Zelle war Dr. Holocenter im Begriff, Cynthia eine volle Ampulle Sulphadin IS2 zu spritzen, als er innehielt. Er hatte die Spritze aufgezogen und den alkoholgetränkten Wattebausch schon in der Hand. Jetzt verharrte er reglos und lauschte. Er hörte etwas, das wie fernes Wolfsgeheul klang.

»Was in Gottes Namen ist das?«

Schwer zu sagen. Jetzt klang es mehr nach Hundegebell, einer jaulenden Meute.

Eine der Wärterinnen sagte: »Ich seh mal nach.«

Sie verließ die Zelle, und gleich darauf hörte er draußen im Gang einen gellenden Schrei.

Ein wilder Haufen, angeführt von Emhard und Barton, platzte herein.

Holocenter musterte zunächst den legendären Chef der *Angel Times* und seinen Spätdienstredakteur, dann die nachschwärmende Schar, die hinter den beiden Bandenführern in der engen Zelle Stellung bezog. Links von Emhard pflanzte sich der schlaksige Crispin Frutos auf, Herausgeber der *Militanten Tunten.* In seinem Rücken eine Phalanx von Gay Hussars. Alle Augen schienen auf ihn gerichtet. Holocenter wählte seine Worte mit Bedacht. Leise murmelte er: »Großer Gott.«

Die lange Injektionsspritze wie eine Waffe erhoben, wich er Schritt für Schritt in den Schutz der Zellenecke zurück.

Emhard nutzte die Gefechtspause, um Cynthia von ihrem Knebel zu befreien. Cynthia tat einen Riesenseufzer der Erleichterung.

Emhard begann nun, sie loszubinden, riß die Fesseln von Hand- und Fußgelenken. Erlöst blieb sie einen Augenblick unbewegt sitzen, und Emhard fürchtete schon, sie kämen zu spät und Cynthia sei nicht mehr zu retten. Sie hatte tiefe Ringe unter den Augen, ihr Gesicht war verquollen. Ihr Kopf hing schief, sie atmete schwer und wirkte benommen. Doch Emhard ließ sich vom äußeren Anschein nicht beirren, er sah ihr tief in die Augen und bemerkte dort im Dunkeln ein flackerndes Licht.

Emhard ging zum Waschbecken an der einen Wand und füllte einen der rostfreien Stahlkrüge mit Wasser. Er kehrte zurück und schleuderte ihr feierlich den Inhalt ins Gesicht.

Cynthia spie und schüttelte den Kopf. In ihren Augen glomm das Licht jetzt stärker, als hätte man in einem dunklen Raum die Vorhänge aufgezogen. In Zeitlupentempo stemmte sie sich von ihrem Stuhl hoch und richtete sich vorsichtig und mit Mühe auf. Ihre Beine waren steif und prickelten. Emhard wollte ihr zu Hilfe eilen, aber sie wehrte mit erhobenen Händen ab. Sie schüttelte noch einmal den Kopf, und das Wasser flog wie Sprühregen aus den ungestümen braunen Locken. Sie sah aus wie ein wildes Tier nach langem Schlaf. Für die Befreier hatte ihre Patientenkluft emblematischen Charakter. Sie war eine wahre Amazone.

Sie drehte sich suchend um, bis ihr Blick auf Dr. Holocenter fiel, der von der Menge in die Ecke gedrängt worden war. Mit heiserer Stimme, die kaum mehr als ein Fauchen war, befahl sie: »Den überlaßt mir!«

Der Mob hörte den Unterton und wich zurück.

Cynthia rückte quer durch die Zelle vor.

Holocenter fuchtelte mit hocherhobener Spritze. »Bleiben Sie stehen. Ich warne Sie. Einen Schritt noch, und ich verpasse Ihnen die volle Dosis.«

»Das können Sie mit einer postfeministischen Ikone schlecht machen«, entgegnete Cynthia.

Holocenter drückte sich noch tiefer in die Ecke, damit sie nicht von hinten an ihn herankam. »Bleiben Sie, wo Sie sind. Ich warne Sie.«

Cynthia stutzte, als sei ihr etwas eingefallen, als streife sie eine dunkle Erinnerung. Irgend etwas fehlte in ihrem Leben, und instinktiv erfaßte sie, was das war. Sie suchte den Raum mit den Augen ab. Dann fiel ihr Blick auf den Bisonpenis-Bleistifthalter; er stand auf dem Beitisch.

Es war, als zöge Zorro seinen Degen, Artus das Königsschwert Excalibur, Karl der Große seine blitzende *Joyeuse*. Es war ikonisch. Die Waffe hatte ihren Herrn gefunden – oder vielmehr ihre Herrin. Holocenters Blick verriet, daß er eine Verschwörung dunkler Mächte von geradezu mythischen Ausmaßen erlebte, eine obskure Verschmelzung des Magischen mit dem Physischen, die alle narrative Formen transzendierte. Cynthia packte den Bisonpenis-Bleistifthalter am unteren Ende beidhändig wie ein Samuraischwert und marschierte auf den von den Wänden gebildeten Winkel zu, wo Holocenter seine Spritze hob, als suche er das Schicksal abzuwehren.

»Was passiert, wenn eine Postfeministin auf einen postmodernen Vampir trifft?« meinte Cynthia.

»Soll das ein Rätselspiel sein?« fragte Holocenter. Er schielte zur Zellentür, als erwäge er einen Fluchtversuch.

»Eher eine Demonstration.«

»Ich hoffe aber doch«, bemerkte Holocenter, »sie wird nicht allzu ... em ... Gothic?«

Im nachfolgenden Duell erwies sich die Spritze als dem massigen Schaft des Bleistifthalters hoffnungslos unterlegen. Sie fiel klirrend zu Boden.

Cynthia tat einen letzten Schritt nach vorn. »Großer Gott, nein!« flehte Holocenter.

»Sagen Sie Ah«, befahl Cynthia. »Zeit für Ihre Medizin.«

Die Gesichter von Gore Emhard und Hal Barton spiegelten blankes Entsetzen. Mythisch, ja, symbolisch geschenkt, aber genaugenommen war es doch beängstigend und ekelhaft.

Von Holocenter war etwas zu vernehmen, das deutlich mehr nach »AAAAARGH!« klang.

An den Gesichtern der Umstehenden ließ sich die grauenvolle Tat ablesen. Nicht wenige wandten sich ab. Ein Mann erbrach gegen die Wand.

»*Fuck me*«, sagte Emhard.

Dann rissen Emhard und Barton Cynthia an den Schultern zurück.

»Das reicht jetzt, Cynthia.«

Nachzügler, die nun in der Tür erschienen, erhaschten nur einen flüchtigen Blick auf einen rücklings auf dem Boden liegenden Dr. Holocenter, dem die Augen vor Angst vorquollen und aus dessen Schlund ein zylindrischer Gegenstand ragte.

Andere Geräusche drangen jetzt von ferne zu ihnen, fremde Rhythmen, das Trappeln von Stiefeln, der schwere Schritt anrükkender Polizeiverstärkung. Mit Cynthia an der Spitze, schwärmte die *Fuck! Fuck! Fuck!* skandierende Menschenmenge aus der Zelle hinaus.

47

Draussen tobte unterdessen die Schlacht weiter.

Mit der Macht der Medien ist das so eine Sache. Während der rund halbstündigen direkten Konfrontation zwischen Ordnungskräften auf der einen Seite und jenen der Anarchie auf der anderen übertrugen die Fernsehkameras das Scharmützel live in die heimischen vier Wände und an die Arbeitsplätze der Bürger. Es gab Kommentare zum Stand der Auseinandersetzungen, Experten, die zu den Phänomenen des zivilen Ungehorsams und der Mobilisierung der Massen befragt wurden. Militärstrategen wurden um Meinungen zu den Gefechtspositionen gebeten: hie belagerte Polizeikräfte, dort die Angriffswellen der nun drahtesellosen Dykes und unvermindert militanten Tunten, die sich immer neu formierten und sich gegen die Polizeibarrikaden warfen.

Während dieser halben Stunde zwischen zehn und zehn Uhr dreißig verzichtete ein überwältigender Prozentsatz der Angestellten der umliegenden Büros auf seine Kaffeepause, um die paar Straßenzüge zum Civic Centre hinunterzuschlendern und das Schlachtgetümmel direkt in Augenschein zu nehmen. Obwohl sie nicht an vorderster Front standen, nicht an den heldenmütigen Sturmangriffen der Lesben und Queens teilnahmen, verfolgten sie das Geschehen vor ihren Augen mit großem Interesse.

Es war ein strahlender Tag mit tiefblauem Himmel, von wenigen kleinen Zirruswolken durchsetzt und einer einzigen gewittrigen Haufenwolke drüben über Van Nuys, und das alles unter dem gloriosen Regenbogen des künstlichen Niederschlags, den die über das dichteste Gewühl gen Himmel gerichteten Wasserkanonen erzeugten – ein Niederschlag, der den Kampfgeist der Kombattanten keineswegs zu dämpfen schien, sondern ihn eher auf beiden Seiten noch entflammte, wie seinerzeit in der Schlacht bei Azincourt, als die Engländer der Übermacht der französischen Reiterei trotzten.

Bürgermeister Dally beobachtete das Ausufern der Menge, zu der immer mehr Angestellte beiderlei Geschlechts aus den umliegenden Büros stießen. Bald waren dort draußen seiner Schätzung nach an die hunderttausend Menschen oder mehr versammelt, zumeist der Geschäftswelt von Los Angeles zuzurechnen. Ihm schien, es trage sich etwas zu, das sich quantitativ wie qualitativ von der Situation zu Kampfbeginn unterschied. Die jungen Büroangestellten und Sekretärinnen und Geschäftsleute, die sich eine Arbeitspause gönnten, um einer historischen Schlacht beizuwohnen, konnte man beim besten Willen nicht als tendenziell aufrührerisch oder radikal bezeichnen, und nur wenige, dachte er, wären so verderbt, der Versuchung zu erliegen, für die Demokraten zu stimmen, und sei es in den geheimsten, uneinsehbaren Winkeln einer Wahlkabine. Man brauchte wahrlich kein Einstein zu sein, um sich ausrechnen zu können, daß sich, wenn rund fünfundneunzigtausend Republikaner zu fünftausend Demokraten hinzukommen, die Frage der Klientel auf subtile Weise verschiebt.

Bürgermeister Frank Dally war nicht unempfänglich für derlei subtile Veränderungen. Er war ein Mann mit ausgeprägtem moralischen Gewissen, ein Mann, der mit seinen Mitmenschen fühlte, besonders, wenn sie handfeste, konkret umsetzbare Hinweise auf Wählerpräferenzen lieferten. Und schließlich gab ihm noch etwas zu denken. Nämlich, daß die breite Peripherie des Geschehens zunehmend mit dem harten inneren Kern zu einer homogenen Gesamtheit zu verschmelzen schien. Büroanzüge, Herren und Damen, mischten sich unter tätowierte Oberkörper und leuchtfarbene Punkfrisuren. Mehr noch, der Schlachtruf des harten Kerns – *Wir wollen Fuckwoman!* – wurde von immer weiteren Kreisen aufgegriffen, bis sich Dally des Eindrucks nicht erwehren konnte, daß er erneut, nur in ganz neuen Dimensionen, Zeuge einer unerfreulichen und erschreckenden Verbrüderung von reaktionärem und anarchischem Lager wurde.

Es zeichnete sich eine politische Krise unvorstellbaren Ausmaßes ab. Eltern, die ihre Fernseher eingeschaltet hatten, brave Erziehungsberechtigte aus Culver City und Pacific Palisades, würden bald mitansehen müssen, wie ihre Sprößlinge, ihre Martins und Cecilias, sich gegen Polizeibarrikaden warfen und dazu *Fuck, fuck, fuck!* skandierten, wie sie schwergewichtigen Ordnungshütern den Arsch aufzureißen versuchten, deren einziges Vergehen darin bestand, daß sie Verträge mit der Stadt abgeschlossen hatten und ihren Dienst an der Allgemeinheit versahen, was de facto vor allem bedeutete, daß sie das taten, was der Bürgermeister befahl.

Das sind die Augenblicke, die zum Prüfstein für Politiker werden und die Männer von den Knaben scheiden, die Frauen von den Mädchen, die Schafe von den Ziegen, oder auch die Männer von den Schafen, die Frauen von den Knaben und die Mädchen von den Ziegen, je nach individueller Präferenz. Es sind die Momente, da es einen neuen und tragfähigen demokratischen Konsens geben muß, da die politischen Führer – aus tiefster Überzeugung und der Gewißheit heraus, zum Wohle aller zu handeln, nicht weichen und nicht wanken dürfen. Zu solchen Zeiten sind Männer der Tat, Ehrenmänner jeder Provenienz, auch Politiker, gefordert, denn von ihnen verlangt das Gebot der Stunde, sich nicht länger im Hintergrund herumzudrücken, sondern vorzutreten und sich an die Spitze zu stellen.

Zufällig war Bürgermeister Dally ein solcher Mann.

48

Drinnen bog der von Cynthia und Emhard angeführte Zug um eine Ecke und sah sich plötzlich einer Polizeiphalanx gegenüber. Davor, auf einer Kiste, hinter einem hastig herbeigeschafften Rednerpult, stand Bürgermeister Dally.

Dally hatte anscheinend nicht nur sämtliche Reserveeinheiten des LAPD zusammengetrommelt, sondern jeden letzten hochbetagten Trooper eigenhändig aus seinem Rollstuhl gescheucht und auf Posten geschleift. Noch nie hatten sie so viele Uniformierte auf einem Haufen gesehen. Die Eingangshalle wimmelte derart von Polizei, daß noch die Seitenflügel, die Fensterbuchten, jeder Fußbreit mit ihnen gepflastert war. In den Tiefen eines abgehenden Flurs waren Officers mit langen Wasserschläuchen zu sehen, die sie offenbar an den Haushaupthahn angeschlossen hatten.

Die zwei Lager standen sich Aug in Aug gegenüber. Dally hatte sich, mit einem Megaphon bewehrt, vor ihnen aufgepflanzt. Direkt hinter ihm, gleichsam wie eine Leibwache, umgaben ihn etwa ein Dutzend Polizisten in voller Kampfmontur, jederzeit bereit, ihn abzuschirmen und seinen Rückzug zu sichern. Dally wirkte keck wie ein Kampfhahn, knopfäugig wie ein Koala. Emhard rechnete fest damit, daß er sie kurz über Liberalismus und Rechtskultur belehren würde, um sich dann zu verkrümeln und die legitimierte Gewalt ihren Gang nehmen, sprich sie krankenhausreif schlagen zu lassen, weil sie es wagten, gegen ihn aufzubegehren.

Dally räusperte sich. Obwohl von hinten noch letzte Nachzügler zu dem Befreierzug stießen und seine Reihen stärkten, war ihr Trupp doch von dem unerwarteten Polizeiaufgebot hinreichend überwältigt, um einen Augenblick zu zögern.

Der Bürgermeister hob an: »Ich muß mich bei Ihnen entschuldigen.« Er schenkte ihnen ein Lächeln, das Emhard so bald nicht vergessen sollte, ein zuversichtliches Siegerlächeln, als sei ihm diese große Stunde von jeher vorherbestimmt gewesen und er folge nun heldisch besagter Bestimmung.

Cynthia, Emhard und Barton horchten mit unleugbar skeptischen Mienen auf.

»Mir scheint, wenn man die Umstände berücksichtigt und die Sachlage prüft, daß wir von der Stadt und dem LAPD in unserer Verfolgung Cynthia Lelagues, auch als … äh … Fuckwoman bekannt, vielleicht etwas über das Ziel hinausgeschossen sind.«

Emhard brach das Schweigen, das sich über alle gesenkt hatte, indem er rief: »Reden Sie Klartext, Sie Gauner!«

»Nun, ich muß schon sagen … äh … Mr. Emhard, es läßt sich wohl nicht ganz von der Hand weisen, daß es beim Vorgehen unseres kriminalpsychologischen Chefberaters Dr. James Holocenters einige … Irregularitäten gegeben haben mag. Es ist da infolge eines gewissen Übereifers offenbar zu Fehleinschätzungen gekommen …«

»Spuck's aus, Dally!« rief Emhard.

»Ich muß einräumen, daß Miss Cynthia Lelagues Grundrechte im Verlauf ihrer Festnahme und Verwahrung möglicherweise in unzulässiger Weise eingeschränkt wurden. Natürlich wird sich Miss Lelague vor dem Gesetz verantworten müssen. Doch wollen wir, und ich habe hierzu die Zustimmung der Staatsanwaltschaft, bis sich die ganze Aufregung etwas gelegt hat, Miss Lelague eine auf einen Monat befristete Strafbefreiung gewähren, während derer sie unter anderem Gelegenheit erhält, sich von der Behandlung zu erholen, der sie unterzogen wurde, und sich auf das Verfahren vorzubereiten …«

An diesem Punkt lächelte Dally erneut, als sei ein solcher Verzicht auf Strafverfolgung, nebst gnadenweiser Nachsicht und anderen schönen Dingen, die man damit assoziiert, eine persönliche Erfindung von ihm. »Darüber hinaus wollen wir, die Vertreter der Stadt, in Anbetracht der Zumutungen, denen die Angeklagte ausgesetzt war, den Hausfriedensbruch stillschweigend übergehen und von einer Verfolgung der Beteiligten absehen.« Er schwieg. »Mehr wollte ich nicht sagen.«

Es entstand eine seltsame, spannungsgeladene Atmosphäre. Einzelne Polizisten hofften vielleicht, daß sie Gelegenheit fänden, mit individuellen Demonstranten, deren Hohn sie fast drei Wochen lang über sich hatten ergehen lassen müssen, persönlich abzurechnen.

Dally stieg von seinem improvisierten Podest herunter und zog sich hinter den Polizeikordon zurück. Weil es mucksmäuschenstill blieb, hörte man Gore Emhard sehr deutlich zu Hal Barton sagen: »Unglaublich, was manche Leute für Wählerstimmen tun.«

Noch ließen sich Ordnungskräfte und Aufrührer nicht aus den lauernden Augen. Liebend gern hätten sie die Sache da und dort geregelt und letzte Mißverständnisse ausgeräumt, wären handgreiflich und emotional geworden, auf daß der (oder die) Tüchtigste den Sieg davontrage, aber es sollte nicht sein.

Statt dessen wurden Kommandos gebrüllt, und die Officers traten beiseite, um die Menge passieren zu lassen. Es war das geteilte Meer – Fluten blauer Uniformen, so weit das Auge reichte. Lieutenants und Sergeants bellten Befehle. Die Polizeireihen wichen zurück und bildeten eine Gasse zum Haupteingang der City Hall, die so lang schien wie der Panamakanal, wenn auch weniger einladend.

Draußen sammelten sich noch größere Menschenmassen. Die Kunde hatte sich wie ein Lauffeuer verbreitet. Die Belagerung war im Fernsehen übertragen worden. Die Menschen waren von überall herbeigeströmt, die Büros hatten sich in den Kaffeepausen geleert.

Als der City-Hall-Zug die vielen Menschen draußen am fernen Ende des Polizeispaliers sah, gab es Juchzer, vereinzelt zunächst und verhalten. Doch der Ruf wurde von der Menge draußen am Ende des Korridors erwidert, wie es Abholer am Flughafen tun, die ihre Lieben hinter der Trennscheibe zum Zollbereich erspähen. Es war ein dünnes Geräusch, ein Aufheulen – wie die Totenklage der Berberfrauen.

Cynthia, Emhard und Barton hatten sich während der Neuformierung der Polizeireihen nicht vom Fleck gerührt. Jetzt aber wurden sie umringt und von ihren Mitstreitern, so sehr sie sich wehrten, auf die Schultern gehoben, und der Jubel schwoll an.

So traten sie ihren Marsch durch den langen Polizeitunnel an, und sie hatten die Strecke knapp zur Hälfte hinter sich gebracht, als sich ein neues Geräusch vernehmen ließ, das sie noch nie gehört hatten und nie wieder hören sollten. Als rege sich etwas im Schlaf und erwache in den Tiefen einer Höhle, hob ein finsteres, erderschütterndes Grummeln an, das ihren Zug einen Augenblick ins Wanken brachte, ehe man wußte oder auch nur ahnte, was da geschah.

Das Grummeln wurde lauter, und ehe sie recht begriffen hatten, begannen rund tausend oder fünfzehnhundert Officers des LAPD, von den lokalen Medien und Interessensgruppen vielgeschmäht, jubelnd oder vielmehr röhrend ihre Zustimmung zu bekunden. Nirgends trat auch nur einer aus den strammstehenden Reihen, verriet durch eine Bewegung seinen Enthusiasmus. Das Brüllen stieg aus dem tiefsten Inneren der Körperpanzer auf, aus den Menschen, die in den Uniformen steckten.

Emhard hätte nicht sagen können, was sie sangen. Vielleicht hatte der Polizeichor des LAPD seine Hymne angestimmt. Vielleicht waren es Teile des *Star-spangled Banner.* Zwischenzeitlich meinte er, den Refrain von *She'll Be Coming Around The Mountain When She Comes* zu erkennen.

Die Menge draußen hörte es auch, und die Menge befiel Schweigen, und das war es, was alle vor allem im Gedächtnis behalten würden: die unheimliche, donnernde Inbrunst der disziplinierten Ehrbezeigung des LAPD, diesen seltenen Moment der Eintracht zwischen Ordnungskräften und Kräften der Anarchie und des zivilen Ungehorsams.

Es jagte denen, die dabei waren, einen Heidenschrecken ein, aber am meisten erschütterte es den Bürgermeister, der die Stufen zu seinem Amtszimmer erklomm. Er blieb wie vom Donner gerührt stehen. Ihm tönte es im Ohr wie das Heulen sämtlicher Höllenhunde, die mythische Verbündung revolutionärer und reaktionärer Kräfte. Dort auf seiner Treppe schauderte er unwillkürlich; dann ging er weiter.

Als sie am Ende des Polizeikorridors ins helle Sonnenlicht traten, brachen auch die Massen draußen endlich in lauten Jubel aus und brüllten im Chor: »*Wir wollen Fuckwoman! Wir wollen Fuckwoman!*«

Emhard und Barton hatten noch nie eine solche Menschenansammlung gesehen, jedenfalls nicht in Los Angeles. Sie hätten sie nicht beziffern können, aber es kam ihnen vor, als wäre die halbe Stadt auf den Beinen. Die Menschen standen überall und noch in den angrenzenden Straßen so dicht gedrängt, daß der Verkehr in weitem Umfeld zum Erliegen gekommen war. Hubschrauber schwirrten über ihren Köpfen wie Libellen, Überwachungsflugzeuge der Polizei und Privatmaschinen mit Film- und Fernsehcrews.

Die einzige andere Gelegenheit, bei der Emhard und Barton ein vergleichbares Meer von Menschen gesehen oder mittendrin gestanden hatten, war beim Woodstock-Festival gewesen – als sie noch jung waren und das Haar lang trugen und viel Shit rauchten und Achtzehnjährige und manchmal Sechzehnjährige flachlegten; obwohl niemand auf der ganzen Welt Emhard oder Barton ein solches Geständnis hätte abringen können, nicht einmal, wenn er sie aufs Streckbett gelegt und ihnen nach allen Regeln der Folterkunst die Fingernägel einzeln und mit unendlicher Geduld herausgerissen hätte, denn keiner von beiden wäre bereit gewesen zuzugeben, daß gerade die, die in ihrer Jugend glühend radikal sind, im Alter die überzeugtesten Konservativen werden. Sie hatten also sehr wohl schon solche Menschenansammlungen gesehen, doch das einzuräumen hätte Schichten ihrer Psyche berührt, die zu vergraben sie sich allerhand Mühe gegeben hatten, und deshalb war das Ganze für sie eine äußert unbehagliche Erfahrung, auf deren Wiederholung sie keinerlei Wert legten.

In ihrem Rücken war eine Art Seufzer und das Schlagen von Schutzschildern zu hören, als die Polizei nun wieder die Reihen schloß und hinter ihnen den Eingang zur City Hall gegen weitere Eindringlinge verriegelte.

Hoch über ihnen erschien der Bürgermeister auf seinem Balkon, winkte der Menge zu und hielt sich den Menschenandrang zugute, als wäre er ausschließlich seiner, Dallys, Popularität geschuldet, und als hätte er nicht nur die eigene, sondern die Popularität überhaupt erfunden.

Emhard und Barton, die alten Renegaten, konnten endlich von ihrem ungewohnten Sockel als Helden zivilen Ungehorsams und der Mobilisierung der Massen herabsteigen. Sie ließen sich von den Schultern ihrer Mitstreiter wieder in die Menge gleiten und sahen dem Zug nach, der Cynthia Lelague mitten ins dichteste Gedränge hinaustrug.

Sie beobachteten ihren vieltausendfach bejubelten Empfang. Ein Brausen stieg auf und hallte zwischen den hohen Gebäuden und der achtundzwanzigstöckigen City Hall wider. Sie hörten die Massen brüllen und sahen die Menge wie ein von heftigem Regen bestrichenes Gewässer wogen, als Fäuste gereckt wurden. Das Brausen stieg noch über die schwindelnden Höhen der Gebäude hinauf, zwischen die Hubschrauber und noch weiter.

Postskriptum

Cynthia Alouette Assumpta Lelague wurde wegen der Rechtsbrüche der notorischen Aktivistin »Fuckwoman« vor Gericht gestellt und zu zwei Jahren auf Bewährung verurteilt.

Gore Emhard räumte nach Ablauf von drei Jahren seinen Posten als Chefredakteur der *Angel Times*. Seine Nachfolge trat Cynthia Lelague an.

Bürgermeister Frank Dally wurde wiedergewählt und konnte seinen Stimmenanteil ausweiten.

Dr. James Holocenter wurde mit geweitetem Schlund und anderen, geringfügigen Traumata in eine Notfallklinik gebracht. Er legte die Arbeit als Psychiater nieder und betrieb ein Altersheim in Miami.